Breaking
Defense

Für Jenny und Andi, zwei der wichtigsten
Menschen in meinem Leben.

Christine Troy

Breaking Defense

Impressum

Lektorat: Buchstabensalat & Wortzauber
Coverdesign und Satz: Michael Troy, www.mt-design.at
Verwendete Fotos: ©Eugene Onischenko, Wavebreak
Media Ltd, www.bigstockfoto.com
Herstellung und Verlag: BoD – Books on Demand,
Norderstedt
ISBN: 9783746013572

Bibliografische   Information   der   Deutschen
Nationalbibliothek: Die Deutsche Nationalbibliothek
verzeichnet diese Publikation in der Deutschen
Nationalbibliografie; detaillierte bibliografische Daten
sind im Internet über http://dnb.dnb.de abrufbar.

Kurzbeschreibung

Cole McKensey befindet sich auf dem Zenit seiner Karriere. Frauen, Geld, Erfolg, der Profi Footballspieler hat alles, was er sich je gewünscht hat. Diese Tatsache ist seinem festen Vorsatz zu verdanken:

Sei dir selbst der Nächste und traue niemandem.

Doch Coles perfekte Welt gerät ins Wanken, als die zierliche Studentin Riley ihm vor die Motorhaube läuft und sich mit einem Schlag alles verändert …

Riley

„Komm schon Riles, es wird bestimmt nur halb so schlimm." Mit hochgezogenen Mundwinkeln sieht mich meine Freundin mitfühlend an.

„Halb so schlimm?", wiederhole ich ungläubig. „Emma, ich bin den beiden 67 verdammte Tage ausgesetzt, das sind verflucht noch mal 1608 Stunden! Ich habe echt keine Ahnung, wie ich das packen soll." Seufzend lasse ich die Schultern sinken. Eigentlich müsste ich mich auf die Sommerferien freuen, auf Partys gehen, mich amüsieren und wie meine Collegefreunde das Leben genießen. Aber so viel Glück habe ich nicht. Nein, mir blühen zweieinhalb Monate voller Debatten, pausenloser Schikane und endlosen Vorwürfen seitens meiner Stiefmutter. Olivia Banks ist der Inbegriff eines Hausdrachens. Sie ist oder besser gesagt war sechs Jahre lang mit meinem Dad verheiratet. Ich war damals vier Jahre alt, als die beiden zusammenkamen und zehn, als mein Dad dem Krebs erlag und mich mit Olivia alleine ließ. Mit ihr und Scarlett, ihrer leiblichen Tochter und der wohl größten Beißzange, die diese Welt je gesehen hat. Scarlett ist 20, also genauso alt wie ich. Sie und ihre Mutter bilden ein unschlagbares Gespann. Beide sind

oberflächlich, geldgierig und botoxsüchtig. Ach ja, und sie können mich beide auf den Tod nicht ausstehen. Warum das so ist, keine Ahnung. Soweit ich mich erinnern kann, habe ich weder der einen noch der anderen je einen Stein in den Weg gelegt. Ich glaube, die beiden sind schlicht und einfach von der Sorte *schlechter Mensch.* Und nein, das sage ich nicht nur, weil sie es sich zum Hobby gemacht haben, mich zu erniedrigen, und darauf stehen mir das Leben zur Hölle zu machen. Diese Frauen sind tatsächlich bösartig. Auch wenn mir das die Meisten nicht glauben, da insbesondere Olivia sich darauf versteht, ihr wahres Gesicht vor der Außenwelt zu verbergen. Emma ist die Einzige, die die beiden Botoxschlangen besser kennt. Sie ist seit dem Kindergarten meine beste Freundin und weiß, was in unserem Haus vor sich geht. In der Nachbarschaft gelte ich als undankbare Rebellin, die der Stiefmutter das Leben schwer macht. Was die Leute denken, ist mir eigentlich egal. Sie wissen nicht, was ich weiß, fristen nicht mein Dasein. Ich hasse es, dass mich diese widerliche

Frau in der Hand hat und zähle die Tage, bis zu meinem 21. Geburtstag. *Ab morgen sind das genau noch zehn Monate,* erinnere ich mich.

„... dann sehen wir uns am Montag?", holt mich Emma aus meinen Überlegungen.

„Montag?"

„Ja, wir wollten zum Tae Bo, schon vergessen?"

„Nein, natürlich nicht, ich war nur in Gedanken." Wie könnte ich das Tae Bo-Training vergessen, wo sie mich doch beinahe stündlich daran erinnert. Emma hat in jüngster Zeit ein Auge auf unseren Trainer André geworfen. Ihr zuliebe quäle ich mich jeden Montag und Donnerstag durch sein schweißtreibendes Training. Dabei bin ich der Überzeugung, dass Emma keine Chance bei ihm hat. Nicht, weil sie nicht gut aussieht. Ganz im Gegenteil, meine Freundin ist mit ihrem schwarzen Bob, der makellos olivfarbenen Haut und den leicht schief stehenden Augen, die ihr einen asiatischen Touch verleihen, ein echter Hingucker. Dennoch bin ich der Überzeugung, dass es nie etwas mit den beiden werden könnte, denn der Gute ist mit Sicherheit vom anderen Ufer und steht auf Männer. Ich habe sie mehrfach auf seine gezupften Augenbrauen und seine übertriebenen Gesten hingewiesen, doch sie ist sich sicher, ihn früher oder später an Land ziehen zu können. Ich lasse sie in dem Glauben, denn wenn Emma Tade sich erst einmal was in den Kopf gesetzt hat, bringt man sie mit nichts auf der Welt davon ab.

„Okay, dann treffen wir uns am Montag kurz vor neun vor dem Fitnesscenter?"

„Jap, Montag kurz vor neun", bestätige ich, umarme Emma zum Abschied und steige aus ihrem Auto aus. Während meine Freundin sich mit ihrer Schrottlaube von Ford Sierra wieder in den Verkehr einfädelt, bleibe ich am Bürgersteig stehen und sehe ihr nach. Ich seufze, als ich spüre, wie dieses ekelhafte Gefühl der Leere in mir hochkriecht. Es überkommt mich jedes Mal, wenn die Ferien starten. Ich hasse den Sommer, hasse es, in dieses Haus zu müssen, das so viele Erinnerungen birgt. *67 Tage Olivia und Scarlett,* rufe ich mir in Erinnerung und möchte mich am liebsten an Ort und Stelle erschießen. *Was soll´s,* ermutige ich mich und straffe die Schultern, *sobald ich meinen Fond bekomme, bin ich hier ein für alle Mal weg.* Während meine Füße mich wie von selbst die Straße hinab tragen, versuche ich mich mit etwas Musik abzulenken. Die Kopfhörer in meine Ohren stöpselnd, zappe ich die Playlist rauf und runter. Bei *Numb* von Linkin Park bleibe ich letztlich hängen. Chester Benningtons markante Stimme ist genau das, was ich brauche, um runterzukommen. Im Song versunken, rücke ich meine Tasche zurecht und laufe auf die Kreuzung zu. Das Ampelmännchen für die Fußgänger steht auf grün, weshalb ich, ohne zu überlegen, auf die Straße trete. Ich bin genau zwei Schritte weit gekommen, als ich im Augenwinkel ein Schimmern sehe und von etwas Hartem seitlich erfasst werde. Ein Geräusch wie das einer Hupe zerreißt die Luft und im nächsten Moment gerät die Welt ins Schlingern und versinkt in Dunkelheit.

Als ich das nächste Mal die Augen aufschlage, ist alles verschwommen. Das Einzige, was ich erkenne, ist ein dunkler Umriss über mir. Nachdem ich blinzle wird das Bild immer deutlicher und ich begreife langsam, was ich da sehe: ein Gesicht. Es ist ein junger Mann, mit dunklen an den Seiten kurzen und oben längeren Haaren. Er hat giftgrüne Augen, die um die Pupillen herum braun werden. Seine dichten Brauen sind markant, die Nase schmal und die Lippen ... Wow, das sind die sinnlichsten Lippen, die ich je bei einem Kerl gesehen habe.

„Alles klar bei dir?", erkundigt er sich, schiebt mir vorsichtig einen Arm unter den Rücken und hilft mir, mich aufzurichten. „Scheiße Man, es tut

mir echt leid, ich habe dich übersehen",
entschuldigt er sich, während mein Blick an mir
herab und über die Straße, auf der ich sitze,
wandert. *Ich wurde angefahren*, begreife ich, und
merke in dem Moment, wie ein pochender
Schmerz durch meine Schläfen fährt.

„Ah, verdammt", keuche ich und fahre mir mit
der Hand an die Stirn, wo ich etwas Feuchtes
spüre.

„Soll ich einen Krankenwagen rufen?" Einen
Krankenwagen? Bloß nicht. Ich habe ehrlich
keine Lust, mir einen Sommer lang anzuhören,
wie dumm ich bin, weil ich nicht einmal die
Straße entlanglaufen kann, ohne mich selbst zu
gefährden. Nein, das wäre die kleine Auszeit im
Krankenhaus vom Drachengespann nicht wert.
Abgesehen davon, habe ich keine Lust, unnötige
Krankenhausrechnungen zu bezahlen. Dafür ist
mir die Kohle zu schade, schließlich habe ich
andere Pläne.

„Nein, ich brauche keinen Arzt. Halb so
schlimm", winke ich ab und richte mich auf.
Meine Beine sind jedoch nicht der Meinung, mich
tragen zu müssen, die Verräter geben unter mir
nach und lassen mich gegen den Typen sinken.
Seine kräftigen Arme umfassen mich, bevor ich
fallen kann, und ziehen mich an seine breite,
nach Duschgel duftende Brust.

„Hey, verdammt! Bist du sicher, dass wir dich nicht ins Krankenhaus bringen sollen?" Wir? Zum ersten Mal sehe ich mich richtig um. Erkenne den Lieferwagen, der an der gegenüberliegenden Straßenseite mit aufleuchtender Warnblickanlage steht. Dahinter hat sich eine Schlange Autos gebildet und auf dem Bürgersteig stehen Schaulustige. Unmittelbar vor mir, direkt auf dem Zebrastreifen, steht ein nachtschwarzer Porsche mit offenstehender Fahrertür. Trotz dröhnender Kopfschmerzen ist mir das Ganze hier peinlich, weshalb ich nur noch wegwill.

„Bekki, kannst du einen Rettungswagen rufen?", höre ich meinen Helfer fragen und folge seinem Blick auf ein stark geschminktes Mädchen mit roten Locken, das gerade zur Beifahrertür aussteigt.

„Nein, keinen Krankenwagen!", wiederhole ich so laut, dass mich auch diese Bekki hören kann.

„Also gut, aber dann las mich dich wenigstens nach Hause bringen", beharrt der Fremde und sieht mich eindringlich an. Weil ich zu wackelig auf den Beinen bin, um selbst nach Hause zu laufen, nicke ich und lasse mich zu seinem Auto führen.

Cole

Fuck, wie konnte mir nur so eine Scheiße passieren? Warum lasse ich mir auch am helllichten Tag einen blasen? Hübsche Titten hin oder her, ich hätte nicht so leichtsinnig sein dürfen.

„Rutsch nach hinten", weise ich Bekki an und sehe zu, wie sie ihren kleinen Arsch eilig zwischen der Mittelkonsole auf die Rückbank quetscht. „Geht´s?", erkundige ich mich bei der Kleinen, die ich angefahren habe und helfe ihr vorsichtige auf den Beifahrersitz. Wie konnte ich sie nur übersehen? Ein schlechtes Gewissen nagt an mir. Insbesondere als ich meinen Blick noch einmal über ihr hübsches, von dunkelblonden Locken umrahmtes Gesicht tasten lasse und sie mich mit ihren blauen Augen verstört anblinzelt. Scheiße, sie ist echt erschreckend blass und das Blut, das in ihrer rechten Braue klebt, gefällt mir gar nicht. Keine Frage, es wäre besser, sie untersuchen zu lassen, aber da sie das Krankenhaus partout ablehnt und ich mir neben dem Unfall hier keinen weiteren Patzer leisten will, werde ich sie eben nachhause bringen.

Mit zittrigen Händen langt die Kleine nach dem Gurt, den ich ihr helfe anzulegen. Dann werfe ich die Tür zu, umrunde den Carrera und steige auf der Fahrerseite ein.

„Also, wohin darf ich dich bringen?"

„Arlington Rd. 143", ist ihre Antwort. Sie wirkt noch immer benommen – kein gutes Zeichen. Trotzdem, ich werde sie ganz bestimmt nicht noch einmal fragen, ob sie sich nicht doch untersuchen lassen will. Stattdessen starte ich den Motor und fahre los. Bevor ich die Adresse in mein Navi eingeben kann, legt mir Bekki ihre manikürte Hand auf die Schulter.

„Da vorne links", sagt sie und ich sehe im Rückspiegel, dass sie auf ihrem Handy den Google Routenplaner geöffnet hat. Ich lasse mir den Weg in die Arlington Rd. 143 weisen, die, wie sich herausstellt, gleich um die Ecke ist. Die Adresse führt zu einem eleganten Backsteinhaus am Ende einer von Villen gesäumten Straße.

„Das passt schon, du kannst mich hier rauslassen", erklärt der Lockenkopf zwei Häuser vor unserem Ziel. Bevor ich etwas erwidern kann, angelt sie bereits nach dem Türgriff. *Wow, die hat´s ja kaum eilig.* Bevor mir das Mädel erneut unter die Räder kommt, fahre ich rechts ran.

„Also dann", sagt sie und steigt ohne ein weiteres Wort aus.

„Hey!", lasse ich sie innehalten, als sie im Begriff ist, die Tür zuzuwerfen. Warum ich das tue, weiß ich allerdings selbst nicht so genau. Vermutlich, weil mich ihr Verhalten verwirrt oder weil da irgendwo in mir noch dieses schlechte Gewissen ist. Ich sollte mich noch mal entschuldigen und ihr zumindest meine Telefonnummer dalassen. Nur für den Fall, dass noch was sein sollte. *Oder sie Bock auf eine schnelle Nummer hat*, fügt mein Unterbewusstsein hinzu. Die Süße ist nämlich nicht von schlechten Eltern. Das heißt, wenn sie nicht so benebelt und wortkarg wäre. Aber ihre Figur ist, nach allem, was ich so sehe, Bombe und ihre Lippen. Scheiße, die sind so was von voll … ich darf gar nicht überlegen, wie sie sich auf meinem Schwanz anfühlen würden.

„Ich bin übrigens Cole", sage ich, eine Hand locker auf dem Lenkrad abgestützt.

„Schön für dich", brummt sie und wirft die Tür zu. Hat die Kleine mich eben echt abs<rerviert? Ungläubig sehe ich ihr hinterher, wie sie ihre Tasche zurechtrückend den Bürgersteig entlanggeht, und das, ohne sich ein einziges Mal nach mir umzudrehen. So was habe ich noch nie erlebt. In der Regel bin ich es, der die Weiber

abserviert und nicht umgekehrt. Scheiße noch mal, ich bin Cole McKensey, Quarterback der Washington White Sharks!

„Interessant, da ist wohl eine immun gegen deinen Charme", kommt es gespielt mitfühlend von der Rückbank. Ich übergehe Bekkis Anspielung, schließlich ist sie es nicht wert, dass ich mich ihretwegen ärgere. Gerade als sie versucht, wieder nach vorn zu klettern - vermutlich um da weiterzumachen, wo sie vor dem Unfall stehen geblieben ist - trete ich auf das Gaspedal. Quiekend fällt sie auf die Rückbank.

„Cole!", empört sie sich, doch auch darauf gehe ich nicht ein. Für heute habe ich die Schnauze voll von der rothaarigen Klugscheißerin, weshalb ich sie nachhause bringe.

Gegen 15 Uhr fahre ich auf den Parkplatz vor Coach Klarks Ferienhaus in der River Street. Mit der Holzfassade und der großzügigen Terrasse auf der Frontseite des Gebäudes, erinnert es stark an das Strandhaus aus American Pie 2. Ein fettes Grinsen legt sich auf mein Gesicht, als ich mir überlege, dass die Hütte hier nicht nur an den Film erinnert, sondern auch für ähnliche Zwecke benutzt wird. Abgesehen davon, dass sie am

Ufer des Chehalis River und nicht wie die Villa aus American Pie am Strand steht, und wir keine Studenten sind, sondern waschechte Footballprofis, würde ich sagen, läuft es bei uns genauso ab wie bei den Jungs aus dem Film. Wir lassen es so ziemlich jeden Tag krachen, feiern bis in den Morgen und verbuchen einen legendären Frauenverbrauch. Ehrlich, ich liebe mein Leben und Coach Klark, der unser Team hier den ganzen Sommer über wohnen lässt.

Ich parke meinen Porsche neben Masons BMW. Der steht nicht nur auf deutsche Pussys - seiner Meinung nach die besten – sondern auch auf deren Autos. Dieses Baby hier, ein feuerroter M4, ist sein ganzer Stolz. Wie viele von uns hat Mason sich die Karre zum diesjährigen Saisonende gegönnt, nachdem wir zum zweiten Mal in Folge die NAFL - New American Football League - gewonnen und einen ganzen Haufen Schotter kassiert haben.

„Man, Alter, wo warst du so lange? Ich dachte, wir wollten bei Henry Nachschub besorgen?", fängt mich mein Kumpel Alec ab, als ich gerade die paar Stufen zum Haus hochsteige. Ach verdammt, das habe ich voll vergessen. Alec will heute Abend eine Party schmeißen. Er hat da wohl in der Mall ein paar Mädels kennengelernt, die auf seinen Skater-Look und die schulterlangen Haare stehen, und sie zu uns eingeladen. Nach der Scheiße von vorhin ist mir jedoch alles andere als nach Einkaufen. Mein Schädel pocht und ich habe verdammt schlechte Laune.

„Können wir auch später fahren? Ich will mich erst eine Runde aufs Ohr hauen."

„Was? Später? Mutierst du jetzt zum Grandpa, oder was?" Ich, Grandpa? Das würde ihm wohl so passen. Keine Party ohne Cole McKensey. Ich bin der verdammte Abschleppkönig, und das weiß er nur zu gut. Schließlich schanze ich ihm an acht von zehn Abenden eine Tussi zu.

„Fick dich", murre ich, was Alec ein Augenrollen abringt.

„Bitte, dann leg dich eben hin, Dornröschen. Dann geh ich eben mit Liam einkaufen."

„Vergiss es, der Idiot kauft nur harten Scheiß wie Schnaps." Davon werden die Weiber zwar schneller willig, aber das hochprozentige Zeug sorgt auch dafür, dass sie uns die Bude vollreihern. Und ich habe echt keinen Bock Tussikotze zu wischen. „Hol den Pick-up, ich komme mit."

„Na also!", freut sich Alec, klatscht mir auf die Schulter und läuft zum Parkplatz.

„Verfluchte Amateure", knurre ich in mich hinein, „wenn man nicht alles selber macht ..."

Riley

Mit einem säuerlichen Geschmack auf der Zunge drehe ich den Türknauf und betrete unser Haus. Künstlicher Lavendelduft steigt mir in die Nase und lässt mich endgültig würgen. Der Geruch erinnert an Olivia. Entweder ist die Hexe gerade nachhause gekommen oder gegangen. Jedenfalls verpestet ihr Parfum den kompletten Eingangsbereich. Weil meine Laune ohnehin schon im Keller ist, beschließe ich, nach oben in mein Zimmer zu gehen, wo ich meine Ruhe habe.

„Riley", lässt mich die Stimme meiner Stiefmutter zusammenfahren, als ich meine Hand gerade auf den untersten Pfosten des Treppengeländers legen will. *Na prima, so viel zum Thema „unauffällig auf mein Zimmer verschwinden".* „Warum schleichst du dich denn rein wie eine Verbrecherin?" *Weil ich in der Regel genauso behandelt werde – wie eine Verbrecherin,* denke ich, sage aber nichts, sondern wende mich argwöhnisch zu ihr herum. Olivia Banks sieht wie immer wie aus dem Ei

21

gepellt aus. Die blondierten Haare zur Hochsteckfrisur gestylt, das von Schönheits-Operationen entstellte Gesicht mit Make-Up zugekleistert und die Schlauchbootlippen zu einem Lächeln verzogen. Die Hände ineinander gefaltet steht sie in ihrem Designerkleidchen vor mir und sieht mich lächelnd an. Warum um alles in der Welt ist sie so freundlich?

„Also, wie war das College?" Wie das College war? Okay, hier stinkt irgendwas zur Decke. Seit wann ist die Frau an meinem Leben interessiert? Bis heute war ich ihr komplett egal. Also, was soll das?

„Es war ... gut." Mein Stirnrunzeln schickt einen dumpfen Schmerz durch meine Schläfen und erinnert mich an den Unfall.

„Das freut mich zu hören. Rosa ist bis in einer halben Stunde mit dem Lunch fertig. Es gibt Kräuterlachs und Safrannudeln, wenn du magst."

„Danke, aber ich habe keinen Hunger." Und keine Lust, mehr Zeit als unbedingt nötig mit Olivia zu verbringen.

„Verstehe, dann sage ich Bescheid, dass sie dir was aufheben soll. Wir sehen uns dann später." Olivia präsentiert in einem noch breiteren Lächeln eine Reihe perlmuttweißer Zähne und legt mir ihre knochige Hand auf die Schulter. „Willkommen zuhause, Liebes. Schön, dass du wieder da bist." Willkommen zuhause? Liebes? Ich unterdrücke den Impuls, ihre Hand abzuschütteln, und lächle stattdessen gekünstelt zurück. Während sich meine Stiefmutter umdreht und durch den Flur in Richtung Wohnzimmer stöckelt, frage ich mich, ob sie wohl ein paar ihrer Gute-Laune-Tabletten zu viel geschluckt hat. Ich beschließe, mir später den Kopf über ihren Stimmungswechsel zu zerbrechen, und steige die Treppe empor.

In meinem Zimmer atme ich das erste Mal durch und entspanne mich. Hier ist alles wie früher. Die weiße Tapete mit dem Blumenmuster, der Schreibtisch in der Ecke, mein Schrank und natürlich das Boxspringbett auf dem Moms Teddybärensammlung sitzt. Mürbe von den Kopfschmerzen, lege ich mich hin und schließe die Augen. Oh je, es fühlt sich an, als würde sich mein Bett drehen. Kurz überlege ich, ob ich mich vielleicht doch von einem Arzt anschauen lassen sollte. Doch dann überkommt mich eine bleierne Müdigkeit und ich nicke ein.

Laute Stimmen reißen mich aus einem Traum voller Menschen, die unser Haus umzingeln und mich zwingen, drinnen zu bleiben, obwohl der Dachstuhl brennt. Benommen richte ich mich auf und lausche.

„Fick dich, Mad!" Das ist Scarlett. Aber warum brüllt sie wie eine Verrückte herum? Mir den Schlaf aus den Augen reibend, stehe ich auf und gehe zur Tür. Im Flur finde ich meine Stiefschwester, die ihren Freund in Richtung Treppe schubst.

„Du reagierst mal wieder vollkommen über", jammert er und fängt das *30 Seconds to Mars Shirt*, das sie ihm hinterherwirft, reflexartig auf. Mad ist ein lieber Kerl. Ich habe mich mehr als einmal gefragt, wie er es mit einer Zicke wie ihr aushält. Er hat es nicht verdient, herumgeschubst zu werden, wie es Madame gerade passt.

„Was ist denn los?", mische ich mich ein und bereue es im selben Moment.

„Halt dich da raus, Blondie!" Scarlett kommt mit zu Schlitzen gezogenen Augen auf mich zu. Ihr rot lackierter Zeigefinger, der an eine Klaue erinnert, sticht nach meiner Brust. „Wie wär's, wenn du Leute vollquatschst, die deine Meinung interessiert?" Die Nase gerümpft sieht sie mich angewidert aus ihren unscheinbar braunen Augen an. „Gibt es in dem Sauverein, das du College nennst, jetzt schon keine Duschen mehr, oder was? Du widerst mich an!", giftet sie, während ihr Blick über meine Brauen wandert.

Keine Ahnung, worauf sie hinauswill, aber ich gehe nicht darauf ein.

„Scarlett, komm schon, lass uns darüber reden."

„Nein, Mad", kläfft sie und wirbelt herum, sodass mir ihre braunen Schnittlauchlocken ins Gesicht springen. „Ich habe dir gesagt, du sollst dich verpissen. Was verstehst du daran nicht?" Seufzend resigniert Mad. Es ist ein verstörendes Bild, den 1,80m großen Kerl wie ein Häufchen Elend auf der Treppe stehen zu sehen.

„Also gut, ich werde dir deine restlichen Sachen Anfang Woche bringen", lenkt er ein.

„Wie du meinst." Die Hände vor den falschen Brüsten verschränkt, wartet Scarlett, bis Mad die Treppe hinunter und zur Haustür hinaus ist. Dann zieht sie ihr Handy aus der Gesäßtasche ihrer hautengen Jeans und wählt eine Nummer.

„Brenda? Ja, ich bin´s. Er ist weg. Feuer frei für heute Abend!" Ein letzter abwertender Blick auf mich und Scarlett verschwindet in ihrem, mir gegenüberliegendem Zimmer. Diese Frau ist doch wirklich das Letzte. Sie hat Mad nur abserviert, um heute Abend ohne schlechtes Gewissen die Sau raus und sich auf andere Typen einlassen zu können. Und am Montag wird es dann sein wie immer. Sie wird ihn anrufen, sich mit ihm versöhnen und dasselbe bescheuerte Spiel von neuem starten. Es ist einfach nur falsch von ihr, ihn so an der Nase herumzuführen. Er liebt sie und ist die treuste Seele, die ich kenne. *Armer Kerl, dass er nicht loslassen kann,* denke ich, gehe zurück in mein Zimmer und setze mich an den Schreibtisch. Eines Tages, davon bin ich überzeugt, bekommen Menschen wie Scarlett die Rechnung für ihr Verhalten.

Um den armen Mad aus dem Kopf zu bekommen, der vermutlich das restliche Wochenende seine Trauer in Bier ersäuft, fahre ich meinen Laptop hoch. Dabei erkenne ich im Bildschirm mein Spiegelbild. Igitt, was klebt denn da an meiner rechten Braue? Ich stehe auf und gehe zum großen Wandspiegel in der Ecke, um mich anzusehen. Es dauert einen Moment, bis ich erkenne, dass dieses verkrustete Zeug, getrocknetes Blut ist. Das ruft mir wieder den Unfall und den Typen mit den außergewöhnlichen Augen in Erinnerung. Dieses Giftgrün, warum meine ich nur, es schon mal irgendwo gesehen zu haben? Ich überlege, ob ich ihn aus meiner alten Schule, dem College oder sonst woher kennen könnte. Doch so sehr ich mir auch das Hirn zermartere, ich komme auf keinen grünen Zweig. Also verwerfe ich meine Grübeleien, schnappe mir mein Handy und rufe

Emma an. Ein wenig Zerstreuung wird mir guttun. Außerdem bin ich gespannt, was sie von Olivias Stimmungswechsel hält.

Cole

„Man, Cole, wo bleibst du denn?" Alec hat den Kopf zu meiner Zimmertür hereingesteckt.

„Einen Moment, Sam", bitte ich und drücke mein Handy an die Brust.

„Alter, du verpasst die ganzen geilen Schnitten", drängelt mein Freund. Seinem Silberblick nach, hat er schon reichlich intus, was mich besorgt, denn es ist noch nicht einmal elf.

„Ja, schon gut, ich komme gleich", wimmle ich ihn an und widme mich wieder meinem Telefonat.

„Ich muss Schluss machen. Dann sehen wir uns nächste Woche?"

„Montag", bestätigt die raue Stimme am anderen Ende. „Und Cole, pass mir auf die Jungs auf und sieh zu, dass sie meine Bude nicht abfackeln, hörst du?"

„Keine Sorge, Coach, ich kümmere mich um alles."

„Gut, dann bis Montag. Und sollte was sein ..."

„Dann rufe ich dich an", seufze ich. Jedes Mal dasselbe. In der Sache ist er genauso verbohrt wie mein Vater. Erst bietet er uns an, den Sommer hier zu verbringen, und dann sorgt er sich pausenlos, wir könnten irgendeinen Scheiß bauen.

„Alles klar, bis dann." Ich lege auf, werfe kopfschüttelnd mein Handy aufs Bett und mache mich auf den Weg nach unten, zur Party.

Masons Sound dröhnt wie jeden Abend um diese Zeit lautstark durch alle Räume. Nur gut, dass Coach Klarks Bude hier unten am Chehalis River abgeschieden genug liegt, um niemanden zu stören. Ansonsten hätten wir vermutlich am laufenden Band die Bullen im Haus.

„Hey, Baby", fängt mich Bekki noch auf der Treppe ab. „Lange nicht mehr gesehen." Die Pupillen auf ein maximum geweitet, in der Visage ein dümmliches Grinsen krallt sie sich an meinem Arm fest. Na toll, die Kleine ist komplett breit. Angewidert löse ich ihren Griff. Wenn ich eines hasse, dann sind das Bräute, die stoned sind. Ich habe mich das ein oder andere Mal auf so eine Nummer eingelassen. Das Resultat war mehr als ernüchternd. Bekiffte Tussen sind im Bett etwa so beweglich wie Faultiere und anhänglich wie Hündchen. Nichts für mich.

„Bekki, du solltest nachhause gehen."

„Was? Nein! Nicht, bevor ich zu Ende gebracht habe, was ich heute Mittag angefangen habe", raunt sie, stellt sich auf die Zehenspitzen und beugt sich zu mir rüber, um mich auf den Hals zu küssen. Bevor sie mich erreicht, schnellen meine Arme hoch und packen sie bei den Schultern.

„Ich muss wohl deutlicher werden." Mein strenger Tonfall lässt sie verstört blinzeln. „Geh und such dir jemand anderen. Ich habe keine Lust auf dich, klar?" Weil ich keinen Bock auf unnötiges Theater habe, lasse ich sie ohne ein weiteres Wort stehen und gehe nach unten. Im Wohnzimmer sitzen Jester und Mason mit ein paar Mädels am Karten spielen. Wahrscheinlich Stripp-Poker, wie ich die Jungs kenne. Da die Runde jedoch noch ihre Klamotten an hat, gehe ich davon aus, dass sie eben erst begonnen haben. Mir ist nicht nach spielen zumute, weshalb ich in die Küche gehe. Hier finde ich, neben ein paar anderen Teamkameraden, Alec, der sich mit drei Mädchen unterhält, die ich noch nie bei uns gesehen habe. Einmal blond, einmal brünett und einmal rothaarig. Frischfleisch. Wie schön. Schnell angle ich mir ein Bier aus der gekühlten Box auf der Anrichte und trete von hinten an meinen Teamkameraden heran.

„Alec, wie ich sehe, hast du jemanden mitgebracht?" Das wölfische Grinsen in seinem Gesicht, als er sich zu mir umdreht, spricht Bände. Den Ladys jedoch scheint es zu entgehen. Wenn sie nur wüssten. Sie sind wie Fliegen im Spinnennetz. Alle drei hängen sie fest. Keine von ihnen wird dieses Haus ungevögelt verlassen.

„Cole, na endlich. Darf ich vorstellen, das sind die drei bezaubernden Damen, die ich heute in der Mall kennengelernt habe." Alec verzichtet bewusst darauf, mir die Mädels namentlich vorzustellen. Aus Erfahrung ist es schlauer, diesen Part wegzulassen, da es leider immer wieder welche gibt, die meinen, mehr als einen Fick zu bekommen. Keiner von uns Jungs hier ist der Beziehungstyp. Abgesehen von Mason, der von seiner letzten Freundin einen Laufpass kassierte, weil sie urplötzlich ihre lesbische Seite entdeckt hatte. Die Jungs aus unserem Team, die auf was Festes stehen, sind den Sommer über bei ihren Liebsten. Wir hier hingegen, bevorzugen es, das Leben in vollen Zügen zu genießen. Und das funktioniert nur, wenn man die Finger von anhänglichen Weibern lässt.

„Ich habe gehört, du sollst der beste Quarterback der ganzen NAFL sein", beginnt die Rothaarige ein Gespräch, beißt sich lasziv auf die Lippe und sieht mich vielsagend an. Okay, damit fällt die Tante aus meinem Beuteschema. Wo bleibt da der Jagdspaß, wenn sich einem eine so offensichtlich an den Hals wirft? Sorry, aber nein danke. Die kann sich meinetwegen Alec krallen. Der steht auf einfache Nummern.

„Nun, wenn man den Zeitungen glauben darf, dann ist das wohl so", antworte ich unbeeindruckt und richte meine Aufmerksamkeit auf die anderen beiden. Die Blondine wäre ganz hübsch, wenn ihre Augen nicht so nah beieinander stünden. Somit fällt sie auch aus dem Rennen. Sorry, aber ich habe keine Lust, sie ausschließlich von hinten zu nehmen, nur weil ihr Silberblick mich sonst losprusten lässt. Dann bleibt also nur noch Lady Nummer drei. Die Brünette.

„Die NAFL ist ja so was von abgefahren! Kaum zu glauben, dass es sie erst zwei Jahre gibt. Die Zeitungen sind voller Berichte über das Endgame. Insbesondere über euer Team", schwärmt das Rotkäppchen weiter.

„Dann seid ihr Footballfans?" Die Frage richte ich gezielt an die Brünette, mit den dunklen Augen und den mega Blaslippen. Sie errötet ein wenig, als ich sie direkt anspreche. Na bitte, die ist doch schon eher nach meinem Geschmack.

„Absolut, wir haben nicht ein Spiel verpasst", meint sie und ich bin mir sicher, dass das eine Lüge ist. Dreiviertel der Weiber, die hier angeschleppt werden, behaupten Fans zu sein. Nur um uns zu imponieren. Dabei wissen sie in der Regel nicht einmal, wie unser Head Coach heißt oder wer unser Center ist.

Wir unterhalten uns noch eine Weile mit den dreien, was mir zugegeben auf die Nerven geht. Mir ist heute nicht nach baggern und flirten. Darum beende ich das Ganze mit dem Vorschlag, meiner Favoritin das Haus zu zeigen. Wie erwartet, ist sie von meiner Idee begeistert. Also führe ich sie herum, zeige ihr den oberen Stock und mein Zimmer. Als sie eintritt bewundert sie die Wände, die mit Postern von Spielern unseres Teams zugekleistert sind. Auch wenn ich nicht begeistert bin, tagtäglich von den Jungs auf den Plakaten angestarrt zu werden, so sind sie doch Coach Klarks ganzer Stolz. Er hat sämtliche Gästezimmer damit vollgehängt.

„Wahnsinn", ist alles, was sie dazu meint, während sie voller Bewunderung die Wände abgeht und alles genau inspiziert. Ja, schon klar, sie sind der Hammer. Und jetzt komm her, zieh dich aus und lass dich flachlegen, hätte ich ihr am liebsten gesagt. Doch ich bin keiner von diesen plumpen Idioten. Deshalb setze ich mich auf mein Kingsize Bett und betrachte sie. Das kleine trägerlose Schwarze, das sie anhat, verspricht einen top Körper darunter. Ich liebe es, mir auszumalen, wie die Ladys unter ihren Kleidern aussehen könnten. Meist liege ich ziemlich gut. Auch wenn es viele verstehen, ihre Oberweite um ein dreifaches durch Push-Up-BHs zu vergrößern. Da sich bei diesem Exemplar hier jedoch die aufgerichteten Brustwarzen durch den Stoff des Kleides abzeichnen, gehe ich davon aus, dass sie gar keinen trägt. Die Vorstellung, ihre Möpse gleich auszupacken und meine Zähne in ihre festen Nippel zu graben, lässt mich hart werden.

„Willst du dich nicht zu mir setzen?", raune ich und ernte einen verführerischen Blick, den sie mir über die Schulter hinweg zuwirft. *Oh ja Süße, wir verstehen uns*, grinse ich stumm, als sie, die Hüfte schwingend, auf mich zukommt. Unmittelbar vor mir bleibt sie stehen und streicht mit ihren Fingern durch mein Haar. Dabei schweben ihre Brüste nur Zentimeter vor meinem Gesicht. Wenn das mal keine Einladung ist. Die Arme hebend, hake ich meine Finger unter den Stoffbund über ihren Titten und ziehe ihr das Kleid bis zum Bauchnabel herunter. Nun steht sie nackt mit ihren ballonartigen Brüsten und leicht nach oben zeigenden Nippeln vor mir. Dass die

Dinger falsch sind, sehe ich auf den ersten Blick. Eigentlich stehe ich ja nicht auf Silikon, aber in der Not frisst der Teufel bekanntlich Fliegen. Und da mein Schwanz inzwischen schmerzhaft gegen meine Jeans drückt ... Die Hände auf ihre feste Oberweite legend, knete ich sie, beuge mich vor und beiße in ihre Spitzen. Das entlockt meinem heutigen Spielzeug ein Keuchen. Sie lässt den Kopf in den Nacken sinken. Offensichtlich geht sie davon aus, ich würde mich intensiver um sie kümmern, doch dazu turnt sie mich zu wenig an. Eine schnelle Nummer reicht vollkommen. Also stehe ich auf, schnappe sie mir und werfe sie aufs Bett. Der entzückte Ausdruck, der auf ihrer Miene erscheint, verrät mir, wie willig sie ist. Vermutlich könnte ich alles von ihr haben, wenn ich nur wollte. Schade, dass sie mir nicht besser gefällt, sonst hätte das ein höchst interessanter Abend werden können. So aber greife ich sie an den Füßen und ziehe sie näher zu mir heran.

„Uuuh, du bist ja ein ganz Ungeduldiger", kichert sie, als ich nach dem dünnen Stoff ihres Kleides lange und ihr das Teil ausziehe. Ich ignoriere ihre Worte und beuge mich stattdessen über sie, um an ihren harten Brustwarzen zu knabbern und mich über ihr Schlüsselbein hoch an ihren Hals zu küssen. Diese simple Berührung lässt sie unter mir lustvoll aufstöhnen. Das Kreuz durchdrückend, fordert sie mich auf, weiter an ihr zu spielen. Sie scheint immer noch nicht begriffen zu haben, wie die Sache hier läuft. Darum werde ich deutlicher, ziehe ihr den Slip aus und schlüpfe meinerseits aus den Klamotten. Das scheint ihr zu gefallen, denn sie beißt sich grinsend auf die Unterlippe. Ihre Schenkel fallen wie von selbst auseinander, als ich mich ihr nähere. *Na also, geht doch*, denke ich, strecke mich, um vom Nachttischkästchen einen Gummi zu holen und senke dann meine Lippen auf ihre. Während ihre Finger mein Sixpack abtasten, lasse ich meine Hand zwischen ihre Beine wandern. Mit den Fingerspitzen zeichne ich ihre Schamlippen nach, bevor ich sie teile und meinen Mittelfinger in sie schiebe. Wieder keucht sie auf, dieses Mal, als stünde sie kurz vor dem Orgasmus. Dabei kann ich mir kaum vorstellen, dass sie erregt ist, denn ihre Pussy ist staubtrocken. Um sie in Stimmung zu bringen, winkle ich meinen Finger an, und massiere ihren magischen Punkt. Den haben alle Ladys. Er ist wie ein Schalter, mit dem man sie binnen Sekunden von null auf hundert bringen und sie vor Verlangen tropfen lassen kann. Auch bei meiner heutigen Gespielin finde ich den G-Punkt auf Anhieb. Und wie ihre Vorgängerinnen bringe ich auch sie halb um den Verstand, als ich ihn zu massieren beginne. Trocken bleibt sie jedoch nach wie vor. Auch nicht schlecht, so eine hatte ich noch nie. Trotzdem reicht es mir jetzt. Mit geübten Fingern ziehe ich mir den Gummi über und schiebe mich in sie. Diesmal klingt ihr Keuchen fast schmerzvoll, was ungefähr dieselbe Wirkung auf meinen Schwanz hat, wie ein Bild von sterbenden Kätzchen. Ich fühle, wie er zusammenfällt. Was für eine Scheiße! Ich bewege mich noch ein paar Mal leicht vor und zurück, in der Hoffnung, die Sache retten zu können. Vergebens. Genervt ziehe ich mich zurück, rutsche von ihr herunter und stehe auf.

„Cole, alles klar?" Sie sieht mich verstört aus ihren knopfförmigen Augen an. Mein Blick rutscht herab und bleibt an ihren aufgespritzten Lippen hängen.

„Ja, alles klar", sage ich trocken, reiche ihr die Hand und helfe ihr auf. Kaum steht sie vor mir, lege ich meine Hände auf ihre Schultern und drücke sie vor mir auf die Knie. Oh ja, das gefällt mir schon besser. Mal sehen, wie sich solche Botoxlippen bei einem Blow anfühlen. Ich ziehe den Gummi ab und die Brünette versteht.

„Aber ... Cole", stammelt sie noch, doch da habe ich bereits ihren Hinterkopf umfasst.

„Scht", mache ich, während sie brav den Mund öffnet. „Wir wollen doch nicht, dass du kleckerst."

Memo an mich: Botoxlippen sind kein Garant für einen guten Blow, bläue ich mir ein, als ich das Mädchen nach getaner Arbeit aus meinem Zimmer schiebe. Ihre Schminke ist verschmiert und das Haar zerzaust, aber das ist nicht mein Problem. Ms. Trockenmöse war ein ganz schöner Reinfall, ich will jetzt nur noch eines: meine Ruhe.

„Und nun?", fragt sie und sieht mich hoffnungsvoll.

„*Nun* werde ich duschen gehen", erkläre ich und tupfe zum Abschied einen Kuss auf ihren Handrücken.

„Okay, dann warte ich unten, ja?" Sie will unten warten? Oh, aber natürlich, sie ist ja mit ihren Freundinnen hier. Wie ich Alec kenne, ist er noch nicht fertig mit seiner Auserwählten.

„Wie du willst", sage ich daher achselzuckend und verdrücke mich ins Bad. Hauptsache sie geht mir nicht auf den Zeiger.

Am nächsten Morgen klingelt pünktlich um 8 Uhr mein Handywecker. Zeit für meine tägliche Joggingrunde. In Sportklamotten und

Laufschuhen renne ich über die Treppe nach unten, wo ich im Wohnzimmer die Brünette von gestern Abend entdecke. Sie liegt schlafend neben ihrer blonden Freundin. Was die beiden wohl noch hier wollen? Bevor ich mich umdrehen und gehen kann, erwacht die Trockenmuschi. Als sie mich entdeckt, strahlt sie über das ganze Gesicht. *Oh nein, bitte lass sie keine von diesen nervige Alten sein, die nicht lockerlassen.* Ich hasse es, wenn die Weiber anhänglich werden. Dabei war ich doch deutlich, finde ich. Was braucht sie denn noch? Muss ich ihr wirklich wie einem Kindergartenkind verklickern, dass das gestern ein One-Night-Stand war und ich kein Interesse an ihr habe? Jetzt ist auch ihre Freundin erwacht. Die hingegen sieht mich skeptisch an.

„Cole, Süßer. Ich habe die ganze Nacht gewartet. Bist wohl eingeschlafen", säuselt die Brünette. Oh Mann, sie ist tatsächlich eine von der Flizpiepensorte. Na toll. Ihr abwartender Gesichtsausdruck birgt so viel Hoffnung, dass ich es nicht übers Herz bringe, mich wie üblich über sie zu belustigen, sondern beschließe, es kurz und schmerzlos zu machen. Eben wie das Abreißen eines Pflasters.

„Okay Mädchen, pass auf, das gestern war nur Sex. Nichts Ernstes. Wenn du jetzt also bitte gehen würdest." Wer sagt´s denn, das war doch gar nicht mal schlecht. Kurz, direkt und ohne lange Umschweife.

„Aber Alec meinte, du hättest gesagt …" Oh Gott, zittert etwa ihre Lippe? Das darf doch nicht wahr sein, wo hat mich Alec da wieder reingeritten? Er checkt einfach nicht, dass ich beim Bräute abschleppen keinen Flügelmann brauche. Ich werde mit ihm reden müssen und ihm erklären, dass er seine Sprüche wie „Mein Freund Cole hat nur noch Augen für dich" und „Dem hast du mächtig den Kopf verdreht, denn eine wie dich sucht er schon lange" lassen soll.

„Nein. Also hör mal, egal, was Alec erzählt hat oder du dir einbildest, was jetzt zwischen uns wäre, da ist nichts, okay?" Einen Augenblick lang schweigt sie. Dann wechselt von jetzt auf gleich ihr Gesichtsausdruck von enttäuscht auf wütend.

„Verstehe", sagt sie spitz, erhebt sich und sieht mich mit zusammengepressten Lippen an. „Bitte, das war's. Ich bin weg." Ohne auf ihre Freundinnen zu warten, schnappt sie sich ihre Handtasche und rauscht davon.

„Süße, warte!" Mit einem vernichtenden Blick an mich, sucht auch Blondie das Weite.

Na also, das wäre erledigt.

Riley

Zufrieden seufzend speichere ich das letzte Kapitel und fahre meinen Laptop herunter. Gedanklich noch in meiner Lovestory, stehe ich auf und ziehe mir meine Trainingsklamotten an. Ich liebe es, zu lesen und in jüngster Zeit auch zu schreiben. Nachdem mein Vater vor zehn Jahren starb, flüchtete ich mich in die Welt der Bücher. Es war die einzige Möglichkeit, meinem trostlosen Alltag zu entfliehen. Anfangs verschlang ich sämtliche Jugendbücher, die unsere Bibliothek zu bieten hatte. Später fand ich Gefallen an Stephen Kings Kunst, seine Leser in Angst und Schrecken zu versetzen. Hängen geblieben bin ich letztlich im Romance Genre. Als Lesesüchtige hätte ich mir nie erträumt, eines Tages selbst ein Buch zu schreiben. Es ist das einzig Gute, das ich meiner Stiefmutter zu verdanken habe. Hätte sie mir letzten Winter wie vereinbart die Bücher aus der Bibliothek geholt, die ich zurücklegen ließ, wäre ich nie in Versuchung gekommen, mich selbst an eine Story zu wagen. So aber saß ich ein

Wochenende lang auf dem Trockenen. Und da ich E-Books nicht mag und Bücher in der Regel nur einmal lese, habe ich mich an was Eigenem versucht. Mit dem Resultat, stolze Verfasserin eines 300 Seiten starken Liebesromans zu sein. Nachdem ich seit Freitag wie eine Verrückte daran gearbeitet habe, fehlen mir nur noch zwei Kapitel bis zu dessen Vollendung.

Jetzt aber gilt es erst einmal die müden Knochen in Schwung zu bringen. Bewaffnet mit meiner Sporttasche, in der ich eine zwei Liter Flasche Wasser mitschleppe – die ist unverzichtbar bei Andrés Training – und dem Vorsatz, heute durchzuhalten, mache ich mich auf den Weg ins Fitnesscenter.

Vor dem Haus überlege ich einen Moment, ob ich Olivias Wagen nehmen soll. Sie hat ihn mir für die Sommerferien angeboten, weil sie, wie sie sagt, ohnehin mit ihrem Zweitwagen, dem Cabrio, unterwegs sein wird. Generell war sie die Tage ungewöhnlich freundlich, was mir nicht geheuer ist. Ein Mensch ändert sich nicht von heute auf morgen. Und schon gar nicht eine Olivia Banks. Ich habe lange überlegt, woran ihr Stimmungswechsel liegen oder ob sie etwas von mir wollen könnte. Leider bin ich auf keinen logischen Nenner gekommen. Es gibt nichts, das diese Frau von mir brauchen könnte.

Schlussendlich entscheide ich mich, den Wagen stehen zu lassen, und nehme stattdessen den Bus.

Am Fitnesscenter angekommen, werde ich von einer übermütigen Emma in Empfang genommen.

„Riley, du hast ein fantastisches Wochenende verpasst!", schwärmt sie und fällt mir um den Hals.

„Ach ja?" Wenn meine Freundin derart aus dem Häuschen ist, gehe ich davon aus, dass sie ein sehr flirtreiches Wochenende hatte.

„Ich sage dir, es war einfach unglaublich! Also pass auf, nachdem ich dich am Freitag aussteigen ließ, bin ich direkt zu ... Ach du Schande, es ist fünf nach neun, wir sind zu spät!", fällt sie sich selbst ins Wort. „Schnell, lass uns reingehen, ich erzähle dir nach dem Training von Jester." Das Grinsen das sich bei diesem Versprechen auf ihr Gesicht stiehlt, lässt mich schmunzeln. Scheint, als gäbe es einige heiße Details zu berichten.

André lässt uns wie erwartet schwitzen. Nach den ersten zehn Minuten habe ich das Gefühl, meine Zunge würde mir bis auf den Boden hängen. Nach der Hälfte der Trainingsstunde habe ich bereits meine Wasserflasche geleert, und als André, dieser kleine Feldwebel, endlich mit uns fertig ist, liege ich wie eine erschlagene Fliege auf dem Boden. Warum nur habe ich mich zu dieser Quälerei überreden lassen? Insbesondere, da Emma offensichtlich kein Interesse mehr an ihrem Tae Bo Energiebündel hat.

Noch immer keuchend, lasse ich mir schließlich von meiner Freundin hochhelfen.

„Dafür habe ich was gut", halte ich ihr vor und trockne mir mit meinem Handtuch den Nacken.

„Oh, und ich weiß auch schon, wie ich mich bei dir bedanke", erklärt sie augenbrauenwackelnd. Ach du Schande, ein Emma-Dankeschön? Na, das kann ja was werden. Das letzte Mal als sie der Meinung war, ich hätte was gut bei mir, wollte sie mir ein Nasenpiercing spendieren. Sie meinte, es würde meine Stupsnase hervorragend zur Geltung bringen. Das Mal davor war es ein Rosentattoo, das meinen Fußknöchel schmücken sollte. Emma steht total auf solchen Körperkunstkram. Dementsprechend sieht sie selbst auch aus. Neben zwei Nippelpiercings – in jeder Brustwarze eines - ziert eines ihren Bauchnabel und gleich drei ihre intimste Stelle. Außerdem hat sie einige Tattoos an den Beinen und am Rücken.

„Na, ihr zwei. Respekt, heute habt ihr euch tapfer geschlagen." André tritt von hinten an uns heran. Sein Muskelshirt ist unter den Armen und der Brust großflächig durchgeschwitzt. Aber abgesehen davon, sieht er aus, als käme er gerade von einem Spaziergang und hätte nicht 60 Minuten Vollgas schattengeboxt.

„Tja, Übung macht den Meister", erwidert Emma unbeeindruckt und bückt sich nach ihrer Wasserflasche. *Oooookay,* denke ich, *wen auch immer sie am Wochenende kennengelernt hat, muss es ihr ganz schön angetan haben.* Noch vor wenigen Tagen hat sie überlegt, sich für André dreimal die Woche aufs Training zu quälen. Hätte sie eine Chance gesehen, bei ihm zu landen, hätte sie ihn wie einen Fisch an Land gezogen. Und heute, da er uns tatsächlich anspricht, könnte sie desinteressierter nicht sein. Aber das macht unserem Trainer offensichtlich nichts aus, denn sein Blick ruht einzig und allein auf mir.

„Riley, ich habe gesehen, dass dir der Punch noch schwerfällt. Wenn du magst, gebe ich dir diesen Donnerstag eine Privatstunde. Bei mir entfällt das Ausdauertraining, da würde es sich gut anbieten." Im Ernst? Wow, da hat mein Schwulenradar ja auf ganzer Länge versagt. André ist also nicht vom anderen Ufer, sondern schlicht und einfach nicht an meiner Freundin interessiert. Dafür offensichtlich umso mehr an mir. Ich sehe den etwa 1,65m kleinen Mann an. Mit seinen schwarzen Haaren, die er zu einer Sturmfrisur gestylt hat, dem typischen asiatischen Gesicht und dem durchtrainierten Körper ist er zwar nicht hässlich, aber für meinen Geschmack Minimum zehn Zentimeter zu klein. Außerdem hatte bis vor kurzem Emma ein Auge auf ihn geworfen, also kommt ein Date nicht infrage.

„Das ist sehr nett, aber ich habe am Donnerstag schon was vor, ich bin den ganzen Tag in Olympia, bei einer Freundin", flunkere ich, um ihn nicht zu verletzten. Gott, was für eine miserable Lügnerin ich bin. Emma neben mir muss sich ein Kichern verkneifen. Doch unser Trainer schluckt meine Ausrede.

„Oh, okay, kein Problem, dann vielleicht ein andermal." Sein hoffnungsvolles Lächeln lässt mich vor schlechtem Gewissen von innen auf die Wange beißen. Zu meinem Glück ruft ihn eine der älteren Kursteilnehmerinnen zu sich, die noch mit Dehnübungen beschäftigt ist. Das ist meine Chance, hier abzuhauen.

„Komm schon, lass uns verduften", wispere ich in Richtung meiner Freundin, schnappe mir meine Sachen und sehe zu, dass ich in die Umkleide komme.

Solange wir duschen zieht mich Emma mit Andrés Angebot auf. Sie findet seine Anmache superlustig und hat hundert blöde Ideen, wie ein Date mit ihm aussehen und schieflaufen könnte.

Eine halbe Stunde später verlassen wir – zu meiner Erleichterung, ohne noch einmal auf den Tao Bo Trainer zu treffen - das Gym. Endlich. Unter dem wolkenlosen Himmel Aberdeens verraucht meine schlechte Stimmung binnen Sekunden. Es ist ein herrlicher Tag mit sommerlichen Temperaturen.

„Also, bist du bereit?", erkundigt sich Emma, streicht ihr rotes Sommerkleidchen glatt und rückt die Brüste zurecht.

„Bereit für was?" Neben meiner aufgebrezelten Freundin sehe ich in meiner kurzen Sporthose und dem Spaghettiträger-Shirt ganz schön langweilig aus.

„Dafür", grinst sie und ich folge ihrem Blick, der auf einem feuerroten Cabriolet mit offenem Verdeckt ruht, das soeben auf den Parkplatz des Fitnessstudios einbiegt. Im Wagen sitzen zwei Jungs. Als sie aussteigen und auf uns zu schlendern kann ich nur staunen, was Emma da mal wieder an Land gezogen hat. Die zwei sehen verboten gut aus. Der größere der beiden hat kurze braune Korkenzieherlocken, eine etwas platte Nase und freundliche dunkelbraune Augen. Außerdem ist er ein Brocken von einem Mann. Nicht, dass er dick wäre, nein, so wie es aussieht, sind diese Massen, die seinen Körper zieren, reine Muskelberge. Wahnsinn, selten habe ich einen so trainierten Mann gesehen. Der kleinere der beiden ist schlank, wirkt aber athletisch. Mit dem dunkelblonden Haar, das er zum Dutt gebunden trägt, und seinem Vollbart ist er der Inbegriff eines Hipsters. Beide Männer sind in schwarze Sporthosen und königsblaue Shirts mit dem Aufdruck *Washington White Sharks* gekleidet. Darunter prangt ein Logo, das einen Hai zeigt, der das Maul aufgerissen hat, und wiederum darunter steht in großen Blockbuchstaben *NAFL*. NAFL? Ich meine davon gehört zu haben. Ist das nicht diese neue Football-League, die gerade wie verrückt im Kommen ist? Bevor ich Zeit habe, mir darüber Gedanken zu machen, haben uns die zwei erreicht.

„Nicht schlecht", lobt Emma, anstelle einer Begrüßung.

„Was denn?", meint der Kleinere fragend, „dachtest du etwa, ich würde deine Einladung vergessen?"

„Offensichtlich nicht." *Offensichtlich ist hier nur eines,* denke ich. *Nämlich, dass meine Freundin sich mal wieder einen neuen Typen auserkoren hat.* Der Glückliche. André mag ihrem Charme vielleicht nicht verfallen sein, aber ich kenne da dutzende andere, die dafür töten würden, um in ihrer Gunst zu stehen.

„Okay, Jungs, darf ich vorstellen, das hier ist meine beste Freundin Riley", erklärt Emma, gerade in dem Moment, als ich beginne, mir zwischen den dreien blöd vorzukommen.

„Riley, das hier ist Mason ..." Sie deutet auf den Größeren; woraufhin wir uns die Hand schütteln. Er wirkt sympathisch, sein Lächeln offen. „Und das hier ist Jester."

„Freut mich, dich kennenzulernen", erwidert der, als ich ihm die Hand reiche. Der Ausdruck, der in seinen Augen spielt und die Art, wie er mit seinem Daumen über meinen Handrücken streicht, lässt keinen Zweifel daran, dass Jester ein Player ist. Ich frage mich, ob Emma das weiß. Und wenn ja, ob er sie deshalb so reizt.

„Okay, da wir uns jetzt ja alle kennen, würde ich sagen, fahren wir los."

„Losfahren?", echoe ich. „Was habt ihr denn vor?"

„Wir   Süße,   *wir.*"   Emma   zwinkert verschwörerisch.   „Lass   dich   einfach überraschen, ja? Ich verspreche dir, du wirst es nicht bereuen."

In Jesters Cabriolet rauschen wir kurz darauf durch die Stadt. Meine Locken tanzen im Fahrtwind und ich muss meine Sonnenbrille aufsetzen, damit mir nicht die Augen tränen. Emma will einfach nicht mit der Sprache herausrücken, wo wir hinwollen, sondern wackelt immer nur mit den Brauen, wenn ich sie danach frage. Ich bereue es bereits, mitgekommen zu sein. *Schade um die Zeit,* seufze ich stumm. Ich könnte längst wieder an meinem Schreibtisch sitzen und am Skript weiterarbeiten. Aber nein, ich gutmütige Nuss muss mich natürlich zu einem Abenteuer nach *Keine-Ahnung-Wo* entführen lassen. *Selbst schuld*, denke ich und richte meinen Blick auf den Chehalis River, an dessen Ufer wir entlangfahren.

„Also, Riley, Emma meinte, du wärst dabei, dein erstes Buch zu schreiben?", erkundigt sich Mason mit lauter Stimme, um den Fahrtwind zu übertönen. Er hat sich zu uns herumgedreht und sieht mich neugierig an.

Das darf doch wohl nicht wahr sein! Ich strafe meine Freundin mit einem kurzen, aber tödlichen Blick. Wie kann sie nur herumlaufen und aller Welt von meinem geheimsten Projekt erzählen? Dafür wird sie mir noch büßen, so viel ist sicher.

Um nicht unhöflich zu sein, richte ich meine Aufmerksamkeit wieder auf Mason und lächle ihn ein wenig verlegen an.

„Emma übertreibt", rufe ich ihm zu, „ich bringe lediglich ein paar Gedanken aufs digitale Papier, das ist alles."

„Verstehe. Und du bist aus Aberdeen?"

„Ja, ich bin hier geboren und aufgewachsen. Und was ist mit euch beiden? Ihr seid nicht aus der Gegend, oder?" Das wüsste ich. Jungs wie sie übersieht man nicht. Auch nicht in einer 500.000 Seelen Stadt wie Aberdeen.

„Nope", erwidert der Große, dessen Korkenzieherlocken wild durcheinanderhüpfen. „Ich komme aus Harlow und mein Kumpel Jester hier aus Olympia."

„Und was führt euch hierher?"

„Das Ferienhaus unseres Trainers." Bei diesen Worten stiehlt sich ein kurzes, aber dunkles Grinsen auf Masons Züge.

„Dann seid ihr Sportler?", frage ich überflüssigerweise, denn ihre Shirts sprechen eigentlich für sich. Doch da ich mir nicht sicher bin, ob ich mit meiner Vermutung, die NAFL könnte eine aufstrebende Football-League sein, richtigliege, stelle ich mich sicherheitshalber dumm. Außerdem habe ich die Erfahrung gemacht, dass die meisten Männer darauf stehen, den Damen ihren Erflog unter die Nase zu reiben.

„Ganz genau. Und was für Sportler wir sind, davon darfst du dir jetzt selbst ein Bild machen", erklärt er wie erwartet, mit stolz geschwellter Brust. Oh Mann. Jester, der Emma die ganze Fahrt über durch den Rückspiegel beobachtet hat, hält auf dem Parkplatz einer Highschool. Das verwundert mich jetzt. Doch als uns die Jungs ums Schulgebäude herum ins hauseigene Footballstadion führen, weiß ich, dass ich mit meiner Vermutung richtiglag. Hier wärmen sich bereits ein Dutzend Kerle mit Brustpanzern, Knieschonern und Helmen auf.

„Also, dann bis nach dem Training", verabschiedet sich Jester mit einem Klaps auf Emmas Hintern.

„Hey", gibt die sich pikiert. Doch ich kenne sie gut genug, um zu wissen, dass ihre Empörung nur gestellt und Teil ihres Verführungsspielchens ist.

Während unsere beiden *neuen Freunde* sich umziehen gehen, setzen wir Mädchen uns auf die Tribüne.

„Na, habe ich zu viel versprochen?" Emmas Augen funkeln vor Begeisterung. Na toll, wie erkläre ich ihr, dass nicht jeder ihre Männervernarrtheit teilt. Ich wüsste tausend spannendere Dinge zu tun, als hier rumzusitzen und einem Haufen Grobiane zuzusehen, wie sie sich um einen Ball streiten.

„Ich hätte eigentlich noch anderes zu erledigen gehabt."

„Ach ja, und was?" Eine Braue erhoben, sieht sie mich mit missbilligend verzogenen Lippen an. „Wieder zuhause herumzusitzen, um auf deinem blöden Laptop herumklimpern?"

„Hey, ich schreibe eben gern", gebe ich verärgert zurück.

„Riley." Mit einem Mal weicht der genervte Ausdruck von Emmas Gesicht und sie sieht mich ernst an. „Hör mal, du lebst schon fast wie eine Einsiedlerin. Ich weiß nicht, ob es dir bewusst ist, aber du kapselst dich immer weiter von mir ab."

„Das stimmt nicht!"

„Ach nein? Und was war letztes Wochenende, als ich dich mit zu Helens Geburtstagsparty nehmen wollte?"

„Da hatte ich Kopfschmerzen."

„Und das Wochenende davor, als wir vorhatten, in den Club zu gehen, und du mir kurz vor knapp abgesagt hast?"

„Da war mir schlecht ..." Ich klinge genauso blöd, wie ich mich fühle. Mir war an dem Freitag weder schlecht noch hatte ich bei Helenas Party Kopfschmerzen. Die Wahrheit ist, ich wollte nicht, weil ich zu versessen an meinem Buch gearbeitet habe. Außerdem will ich mir so wenig Geld wie möglich für Geburtstagsgeschenke oder Taxis von dieser Schlange Olivia borgen müssen.

„Na ja, und ich wollte kein Geld ausgeben", gebe ich zu. Emma kennt meine Situation. Sie weiß, dass ich ab meinem 21. Geburtstag Zugriff zum Fond erhalte, den mein Dad nur Tage vor seinem Tod für mich einrichten ließ. Darauf soll sich genug Geld befinden, um in ein sorgenfreies Leben zu starten. Es gibt nur eine Klausel; ich darf bis dahin keine Vorstrafe haben, ansonsten wird der Fond für zehn weitere Jahre gesperrt. Das soll wohl meiner eigenen Sicherheit dienen und garantieren, dass ich keine Dummheiten mache oder mich in den falschen Kreisen bewege. Zumindest bis zu meiner Volljährigkeit. Durch diese Klausel hätte ich dann die Möglichkeit, innerhalb eines Jahrzehnts wieder auf die richtige Bahn zu gelangen und mithilfe meines Erbes in einen neuen Lebensabschnitt zu starten.

„Süße, hör mal, ich kann ja verstehen, dass du besorgt bist, vorab zu viel vom Fond auszugeben. Aber jetzt mal ehrlich, abgesehen von den Collegegebühren hattest du doch bisher kaum Ausgaben." *Ja,* denke ich bitter, *und die*

Collegegebühren gehen nur Dank meiner raffsüchtigen Stiefmutter auf meine Kappe. Dad würde sich im Grab umdrehen, wenn er wüsste, was für einen Vertrag mich dieses Biest unterzeichnen ließ. Alles Geld, das ich bis zu meinem 21. Lebensjahr von ihr bekomme, muss ich auf Heller und Pfennig aus dem Fond zurückzahlen. Vermutlich ist der Vertrag von Anfang an nichtig, da ich zum Zeitpunkt dessen Abschluss minderjährig war. Aber das ist mir gleich. Ich werde dieser Frau zurückgeben, was sie mir geliehen hat. Denn ich habe nicht vor, in ihrer Schuld zu stehen. Und dann werde ich mit einer reinen Weste und mit bestem Gewissen verschwinden und nie wieder zurückkommen.

„Du hast recht", sage ich, als ich mir Emmas besorgtem Blick bewusstwerde. „Ich kapsle mich zu sehr ab. Ein paar Dollar mehr auszugeben, wird mich bestimmt nicht zu einer armen Kirchenmaus machen."

„Gutes Mädchen", sagt sie zufrieden und drückt meine Hand. „Es sind nur noch ein paar Monate, dann hast du es geschafft und kannst den Wahnsinn hinter dir lassen. Und jetzt lass uns einen knackigen Hintern für dich aussuchen." Damit rutscht sie aufgeregt näher an mich heran und deutet aufs Spielfeld, wo gerade unsere beiden neuen Freunde in Footballmontur auflaufen. Während Mason, mit der Rückennummer 89, sich zu uns herumdreht und mir winkt, läuft Jester, mit der Nummer 7, weiter und reiht sich unter ein paar Muskelbergen ein, die bereits mit dem Aufwärmtraining begonnen haben.

„Oh, ich sehe schon, unser Großer hat ein Auge auf dich geworfen", raunt Emma und stupst mich in die Seite.

„Mag sein, und Mason ist irgendwie auch ganz süß. Aber ich habe im Moment keine Lust auf eine Beziehung."

„Wer sagt denn, dass du ihn gleich heiraten sollst? Amüsiere dich, hol dir Bestätigung und genieß verdammt noch mal deine Jugend." Sie hat recht. Es wäre wirklich nichts dabei, ein wenig Spaß mit dem Muskelberg zu haben. Mein letztes Mal Sex ist eine gefühlte Ewigkeit her. Um genau zu sein, war es letzten Winter mit meinem damaligen Freund Stan. Er war nicht gerade Giacomo Casanova, war weder ein Charmeur noch ein grandioser Liebhaber. Um ehrlich zu sein war er eine Niete im Bett. Dafür war er geheimnisvoll und still – Attribute, die mir damals gefielen. Dummerweise stellte ich bald fest, dass seine Schweigsamkeit vielmehr seinem geringen IQ zuzuschreiben war, als einem undurchschaubaren Wesen. In Gedanken bei meiner Libido, die ich die letzten Monate vernachlässigt habe, beobachte ich die Testosteronbomben, die sich unter uns takeln. Ich meine, ihre Männlichkeit bis hier hoch riechen zu können. Muskulöse, verschwitzte Körper, die aufeinanderprallen, raues Keuchen. Okay, ich gebe zu, es war doch nicht die schlechteste Idee, hierher mitzukommen. Und wer weiß, vielleicht wäre ein unverbindlicher Flirt genau das Richtige, um den Sommer herumzubringen. Schließlich kann ich nicht zehn Wochen lang zuhause vor dem Laptop sitzen.

„Ja, gut so, Jester!", feuert meine Freundin ihren jüngsten Schwarm an und applaudiert, als er das Ei mit einem gezielten Kick durchs Tor ballert. Mein Blick wandert über sechs Defense Spieler, die sich zur Verteidigung aufbauen, zu einem dürrbeinigen Wasserträger mit fingernagelgroßen Aknepickeln im Gesicht – der arme Junge – und bleibt letztlich am Spielfeldrand kleben. Der Coach, ein hochgewachsener Mann mit Halbglatze, nimmt gerade einen seiner Schützlinge in Empfang, der erst jetzt aus der Umkleide kommt. Auf seinem Rücken prangt die Nummer 3. Auch wenn ich nicht viel über Football weiß, glaube ich, dass er ein Quarterback oder Kicker sein müsste. Denn die tragen in der Regel Spielernummern zwischen 1 und 9. Die beiden unterhalten sich und der Neue – etwa 1,90 m groß, gut gebaut und voll tätowiertem rechten Arm – nickt immer wieder. Dann sehe ich zu, wie der Trainer die paar Schritte zurück zur Bank läuft und ein Notizheft holt. Als er seinem Spieler darin etwas zeigt, zieht der den Helm aus und mir stockt der Atem. Ich kenne dieses Gesicht. Das dunkle Haar, die schmale Nase und diese unvergleichlichen Augen – das ist der Typ vom Freitag! Derjenige, der mich angefahren und nach Hause gebracht hat. Mein Herz wird plötzlich glühend heiß. Er hat mich vom Boden aufgesammelt, weil ich ihm wie eine blinde Kuh vor den Wagen gelaufen bin. Ich weiß nicht, was peinlicher ist, die Tatsache, dass er mich ohnmächtig und vermutlich halb schielend gesehen hat, oder ich ihm, ohne mich zu verabschieden, die Tür vor der Nase zugeknallt habe. Gott, ich war an dem Tag ultra genervt, weil ich nachhause und zu Scarlett und dem Stiefmonster musste. Und dann hat der Kerl - dieser verdammt heiße, wie ich zugeben muss - mich auch noch gedrängt, ins Krankenhaus zu fahren. Als ob ich mir eine so teure Behandlung leisten könnte. Olivia, dieses geldgierige Monster, hat meine Krankenversicherung schon vor Jahren gekündigt. Verlegen senke ich den

Kopf und halte die Hand vors Gesicht. Cole soll mich nicht sehen! Wenn ich Pech habe, quatscht er mich vor versammelter Mannschaft auf meinen Unfall an. Am liebsten würde ich mich aus dem Staub machen. Doch da ich mit den anderen beiden Teammitgliedern hier bin und Emma nicht alleine lassen kann, werde ich wohl oder übel bleiben müssen. Verstohlen lasse ich meinen Blick wieder auf Cole wandern, der gerade seinen Helm aufsetzt und zu seinen Kameraden aufs Feld läuft. Wahnsinn, was für eine stolze Haltung der Kerl hat. Halb geduckt verfolge ich das restliche Training. Die Jungs sind unheimlich gut, ihre Spielzüge raffiniert. Immer mal wieder befürchte ich, entdeckt zu werden. Doch Cole ist viel zu vertieft ins Training und nimmt nicht einmal Notiz von mir. Dafür sehe ich, wie Mason immer wieder zu uns heraufsieht. Als die Mannschaft endlich Schluss macht und sich die Hälfte der Spieler aus ihren Shirts und Brustpanzern schält, beginnt meine Freundin zu jubeln und applaudieren. Emma ist nackte Oberkörper eigentlich gewohnt, schließlich ist sie gelernte Sportmasseurin. Aber solche Muskelberge, wie die der Footballspieler, sieht selbst sie selten. Ich muss mir ein Kichern verkneifen, bis mir klar wird, dass die Jungs jeden Moment unter der Tribüne in den

Waschräumen verschwinden werden. Gut möglich, dass mich Cole dann hier oben entdeckt. Weil ich um alles in der Welt verhindern will, von ihm gesehen zu werden, erkläre ich Emma, ich müsse auf die Toilette und würde dann schon mal an Jesters Wagen auf sie warten. In ihrer Begeisterung, die Footballspieler gleich aus der Nähe zu sehen – wie ich sie kenne, hofft sie auf ein paar blanke, verschwitzte Oberkörper –, stört es sie nicht, dass ich schon mal vorausgehe. Zum Glück! Nichts wie weg von hier!

Zwanzig Minuten lang stehe ich mir die Beine vor Jesters rotem Flitzer in den Bauch. Und die ganze Zeit über zerbreche ich mir den Kopf darüber, was ich zu Cole sagen würde, sollte ich doch noch auf ihn treffen. Zu meiner großen Erleichterung taucht dieser nicht auf, dafür jedoch eine fett grinsende Emma. Sie kommt in Jesters Arm auf mich zu geschlendert. Ihrem Gesichtsausdruck nach kann sie kaum an sich halten, nicht über ihn herzufallen. Armes Ding. Die Muskelshow hat ihr offensichtlich das Höschen überlaufen lassen, weshalb sie ihr Katz-und-Maus-Spiel früher als geplant beendet hat. In der Regel bringt meine Freundin die Männer mit ihren Reizen erst einmal um den Verstand, bevor sie wie Butter in ihren Händen schmelzen und praktisch alles mit sich machen lassen. Ja, Emma weiß, wie sie die Herren der Schöpfung dazu bringt, ihr aus der Hand zu fressen. Daher wundert es mich umso mehr, dass sie sich so schnell auf den kleinen Hipster einlässt. Noch dazu, weil ich ihn für einen aufgeblasenen Angeber halte. Mal ehrlich, was sieht sie in dem Kerl? Als er ihr, keine zehn Fuß vor mir, ins Ohr flüstert und sie daraufhin kichert wie eine Fünfjährige, klappt mir um ein Haar die Kinnlade herunter. Hallo, Erde an Emma, geht's noch?!

„Wo habt ihr denn Mason gelassen?", frage ich in der Hoffnung, ihr Gekicher zu stoppen. „Fährt er nicht mit uns zurück?"

„Nein, er will mit dem Coach und unserem Quarterman Cole noch an einem neuen Spielzug feilen." Die Erwähnung von Coles Namen beschert mir ein seltsam flaues Gefühl im Magen. Fast so, als hätte ich was ausgefressen und doch ganz anders ... irgendwie aufregender.

„Verstehe. Wärst du so nett und würdest mich nach Hause bringen?", frage ich.

„Klar, meine Hübsche. Eine Perle wie dich würde ich doch nie hier allein stehenlassen." Mit einem Süße-für-dich-würde-ich-alles-tun-Blick an mich zieht Jester den Autoschlüssel aus seiner zerschlissenen Jeans und öffnet mit einem Klick die Türen. Ich kotz gleich. Wie ich Typen wie ihn hasse. Die Freundin an der Hand, versucht er bereits das nächste Eisen ins Feuer zu legen. Der spinnt doch. Und was ist eigentlich mit Emma los? Warum sieht sie nicht, was hier abläuft? Hat er ihr eine Gehirnwäsche verpasst, oder lässt sie sich wirklich von ihm blenden? Die Anmache ignorierend, steige ich hinten in den Wagen ein und lasse mich von Mr.-Ich-bin-der-Schärfste nach Hause chauffieren.

Den restlichen Montag verbringe ich in meinem Zimmer vor dem Laptop. Seit Stunden versuche ich mich jetzt schon am vorletzten Kapitel. Dabei bringe ich nichts zustande. Kaum habe ich ein paar Zeilen geschrieben, lösche ich sie. Egal was ich versuche, alles klingt hölzern. Es ist zum verrückt werden. Immerzu geistern mir Emma und ihr neuer Lover durch den Kopf. Hoffentlich spreizt sie für diesen Idioten nicht die Beine. Wobei, wenn ich an die Nachhause-Fahrt denke, wie er seine Hand beiläufig auf ihren Oberschenkel gelegt hat und bis zum Saum ihres Minikleidchens hat hochwandern lassen, stehen die Chancen schlecht. Wieder zwinge ich mich, weiterzuarbeiten und meine Gedanken auf die Story zu lenken. Meine Finger huschen über die Tastatur, schaffen es, zwei Sätze zu tippen, bevor der Schreibfluss versiegt. Genervt wiederhole ich den Text, spreche ihn laut aus und bemerke, dass ich meinen Protagonisten plötzlich nicht mehr John, sondern Cole nenne. Na toll, jetzt schleicht sich schon der Quarterback in meine Gedanken. Das reicht! Was genug ist, ist genug! Ohne den Laptop herunterzufahren, klappe ich ihn zu und beschließe, den Kopf mit einer Dusche frei zu bekommen.

Leider hilft mir weder heißes noch kaltes Wasser den Tag zu vergessen. Im Gegenteil, ich habe das bizarre Gefühl nur noch mehr daran denken zu müssen. Wie zur Bestätigung ruft meine Erinnerung Coles Gesicht auf, als ich die Augen schließe und die Stirn gegen die Fliesenwand sinken lasse.

Das ist doch zum Verrücktwerden!

Ungehalten drehe ich das Wasser ab und trete aus der Dusche. Im Badezimmerspiegel betrachte ich mich. Meine Figur ist zierlich, die Brüste klein, aber fest. Mein von nassem, dunkelblondem Haar umrahmtes Gesicht liegt im Durchschnitt. Zumindest sehe ich das so. Laut Emma bin ich ein echter Hingucker mit meinen, wie sie sagt, blauen Kulleraugen, der Stupsnase und dem kleinen Mund. Sie vergleicht mich gern mit Anime-Figuren, was ich albern finde. So große Augen habe ich dann auch wieder nicht. Unwillkürlich frage ich mich, was Cole von mir hält. Dass Mason auf mich abfährt, ist kaum zu übersehen, doch das interessiert mich nicht. Auch wenn er auf eine gewisse Art süß ist, ist er für mich eher der Typ *guter Kumpel*, einer, mit dem man es krachen lassen kann. Aber Sex, nein, den kann ich mir nicht wirklich mit ihm vorstellen. Und das ist bei mir nun mal eine Grundvoraussetzung: Fange nie etwas mit einem Typen an, mit dem du dir keinen Sex vorstellen kannst. Und daran habe ich mich bislang gehalten.

Ein Klopfen an der Badezimmertür lässt mich aufschrecken.

„Riley, bist du da drin?" Es ist meine Stiefmutter, und ihre Stimme klingt schon wieder so freundlich. Wenn ich nur wüsste, was sie will. Eines ist sicher, dieser Frau ist nicht zu trauen, weshalb ich beschließe, auf Hab acht zu gehen.

„Ja. Was kann ich für dich tun?", frage ich dementsprechend skeptisch.

„Ich wollte dich fragen, ob du morgen Abend schon etwas vorhast." Na sieh mal einer an, wir kommen der Sache also näher.

„Nein, ich habe noch nichts vor", sage ich gespielt arglos, in der Hoffnung, dass sie endlich damit rausrückt, was sie eigentlich will. Doch so leicht ist eine Olivia Banks nicht zu durchschauen.

„Sehr schön", meint sie zuckersüß, „das freut mich. Ich habe Rosa beauftragt, morgen Abend Hamburger und Pommes zu machen." Mein Lieblingsessen? Warum das? Und noch dazu in ihrem Haus. Normalerweise kommt Olivia nur das Feinste vom Feinen auf den Tisch. Etwa wie Kaviar, Lachs, Angussteak oder dergleichen. Dass sie die Haushälterin anweist, etwas so Billiges wie Burger zu machen, ist neu. Als ich nichts sage, fügt sie hinzu: „Also gut, dann gibt es morgen zum Dinner Burger. Wir essen wie üblich um halb acht. Bitte sei pünktlich." Hallo, wir essen nie pünktlich und schon gar nicht zusammen. Das Klacken von Olivias Absätzen verrät mir, dass sie sich zurückzieht. Endlich. Nach dieser Einladung besteht kein Zweifel mehr, meine Stiefmutter will etwas von mir. Aber was? Auf jeden Fall muss es etwas Großes sein, denn sonst würde sie nicht sämtliche Geschütze auffahren, um mich positiv zu stimmen.

Ich beschließe, Emma anzurufen, vielleicht hat sie eine Idee. In meinen Bademantel schlüpfend, husche ich aus dem Bad und über den mit Olivias Parfum verpesteten Flur in mein Zimmer. Gerade schnappe ich mir mein Handy vom Schreibtisch, als das Gerät in meiner Hand zu vibrieren beginnt. Ich werfe einen Blick auf das Display und lache auf.

„Zwei Dumme, ein Gedanke", begrüße ich meine Freundin. „Ich wollte dich gerade anrufen."

„Weil?"

„Olivia", erkläre ich leise. Wir wollen ja nicht, dass mich der Drachen womöglich noch hört. „Sie hat mich morgen Abend zum Dinner eingeladen."

„Aber das ist doch gut."

„Gut? Emma, seit ich zuhause bin, kriecht mir die Frau in den Arsch. Das schreit doch förmlich danach, dass sie einen Anschlag auf mich vorhat."

„Zugegeben, es ist untypisch für die Hexe. Aber hey, warum genießt du den Frieden nicht einfach. Wie ich deine Stiefmutter kenne, hat sie sich mal wieder ein paar Pillen zu viel eingeworfen. So wie damals, als sie zwei Tage am Stück geschlafen hat. Weißt du noch?"

„Wie könnte ich das vergessen." Es waren die zwei entspanntesten Tage, die ich in den letzten zehn Jahren unter diesem Dach erlebt habe.

„Also Süße, mach dir keinen Kopf. Du wirst sehen, sobald sie ihre Medikamente richtig dosiert hat, wird sie dieselbe unausstehliche Zicke sein wie früher."

„Oder sobald sie mit der Sprache herausrückt, was sie von mir will, und ich ihren Wunsch ablehne."

„Oder so", bestätigt meine Freundin und ich kann sie förmlich vor mir sehen, wie sie mit den Achseln zuckt. Sei es, wie es wolle, sie hat recht, ich werde noch früh genug dahinterkommen, was Olivia plant.

„Also", sage ich, weil ich die Sache aus dem Kopf bringen will, „warum rufst du an?"

„Weil du, Riles Baby, und ich heute Abend auf eine Party eingeladen sind." Emmas Stimme hat einen verschwörerischen Klang angenommen. Das bedeutet, sie will um jeden Preis dahin. Ich brauche nicht zu fragen, von wem die Einladung kommt. „Jester hat gesagt, Mason würde ihm in den Ohren liegen. Er will unbedingt, dass du auch mitkommst." Wusste ich ´s doch.

„Eigentlich ist es heute Abend ziemlich ungünstig …"

„Okay, stopp! Das reicht!", unterbricht sie mich unwirsch. „Weißt du noch, worüber wir heute Vormittag auf der Tribüne sprachen?"

„Dass ich mehr unter Leute gehen sollte", erinnere ich mich augenverdrehend. „Aber …"

„Nein, kein Aber! Riley Monica Banks, du wirst mich heute Abend zu dieser Party begleiten. Und wenn ich dich aus deinem Zimmer schleifen muss, hörst du?" Bei der Vorstellung, sie würde bei mir einbrechen und mich, die ich mit meinen 1,70 m fast zehn Zentimeter größer bin als sie, aus dem Haus schleifen, muss ich schmunzeln.

„Hey, lachst du mich etwa aus?"

„Wer ich? Nein das würde ich nie tun", gebe ich mich unschuldig. „Wo wollt ihr denn überhaupt hin?"

„Das wissen wir noch nicht. Der Plan ist, spontan irgendwo was trinken zu gehen." Das klingt harmlos.

„Und wann?"

„So gegen acht."

„Also gut, ich bin dabei. Aber nur, wenn wir mit deinem Auto fahren." Denn dann können wir gehen, wann wir wollen und sind nicht auf die beiden Hirnis angewiesen.

„Perfekt!", jubelt Emma. „Dann hole ich dich kurz vor acht. Bis dann." Bevor ich etwas erwidern kann, hat sie aufgelegt. *Junge, da ist aber eine aufgeregt*, schüttle ich den Kopf. Bestimmt verbringt sie die nächsten Stunden damit, ihren Kleiderschrank zu durchforsten, um das perfekte Outfit zu finden. Mir ist das zu blöd, weshalb ich mich noch einmal vor den Rechner setze. Und diesmal finde ich tatsächlich zurück in den Text. Als ich das nächste Mal von meinem Laptop aufsehe, habe ich fünf Seiten geschrieben. Ich freue mich wie ein kleines Kind, weil mir der Auszug, wie ich finde, gut gelungen ist. Ein Blick auf die Uhr am unteren Bildschirmrand lässt mich erschrocken aufspringen. Es ist gleich halb acht! Scheiße! Wie von der Tarantel gestochen, eile ich an meinen Schrank, schnappe mir das Erstbeste, das ich finden kann, und laufe ins Badezimmer, um mich fertig zu machen.

Als Emma pünktlich an unserer Haustür klingelt, bin ich gerade dabei, mit etwas Lipgloss den letzten Schliff zu setzen. Mit fliegenden Händen werfe ich Wimperntusche, Kajal und einige andere Sachen, die ich brauchen könnte, in meine Handtasche und eile nach unten, wo Scarlett gerade die Haustür öffnet.

„Was will die denn schon wieder hier?", grunzt sie und lässt meine Freundin herein.

„Ja, Scarlett, es freut mich auch, dich wiederzusehen", kommt es Emma herablassend über die Lippen. Die beiden können sich aufs Blut nicht ausstehen. Wenn sie aufeinandertreffen, ist es wie bei einem Raben und einem Falken: Erst umkreisen sie einander, krähen sich gegenseitig an und fallen schließlich übereinander her.

„Tagt der Nuttenkongress in der Stadt oder warum seid ihr angezogen wie Schlampen?" Die Arme vor der Brust verschränkt, die Nase gerümpft, steht meine Stiefschwester am Fuße der Treppe. Ihr Blick wandert angewidert zischen Emma, die einen Minirock in Lederoptik, ein tief ausgeschnittenes Top und dazu passende High Heels trägt, und mir, die ich mich für eine hautenge Jeans und ein bauchfreies Top entschieden habe, hin und her. Ich weiß, dass Scarlett eifersüchtig auf Emmas knackigen Hintern und meinen flachen Bauch ist. Deshalb entlockt mir ihre Stichelei lediglich ein müdes Grinsen.

„Wenn dem so wäre, würdest du wohl kaum noch hier sein, nicht wahr?", giftet meine Freundin zurück. Oh je, ich kann an ihrem Blick erkennen, wie sie sich den nächsten verbalen Fausthieb zurechtlegt. Jetzt gilt es zu verschwinden, bevor die zwei die Krallen ausfahren und wie Löwinnen übereinander herfallen.

„Okay, wir sind dann mal weg", sage ich, steige eilig in meine Pumps, die im Hausflur stehen und öffne die Tür. „Komm Emma, lass gut sein. Du machst dir an der höchstens die Hände schmutzig." Damit packe ich meine Freundin am Oberarm und schiebe sie vor mir her nach draußen. Scarlett kläfft uns noch *ein „ach fickt euch doch"* hinterher, bevor sie die Haustür so heftig zuwirft, dass der Putz an den Ecken bröckelt. Was für eine Dramaqueen. Zu meiner Erleichterung ist die kleine Auseinandersetzung genauso schnell vergessen, wie sie angefangen hat. Gott sei Dank, denn auf eine angefressene Emma hätte ich wirklich keine Lust gehabt.

„Also, wo geht's denn nun hin?", will ich wissen, als wir im Wagen sitzen.

„Lass dich überraschen." Sich auf die Unterlippe beißend, gibt meine Freundin eine Hausnummer in der River Street ein. Seltsam, ich kenne keinen Club in der Gegend. Na ja, was soll's. Ich beschließe, den Abend zu nehmen, wie er kommt, und lasse mich von Emmas guter Laune anstecken. Sie hat eine Playlist von ihrem Lieblingssänger *Christofer* laufen und trällert mit. Beim Song *Girls* beginnt sie zusätzlich in die Hände zu klatschen und ihren Oberkörper wie eine Schlange im Takt zu winden. Ich kopiere ihre Bewegungen und beginne meinerseits lauthals mitzusingen. Vermutlich denken die Passanten auf der Straße, wir hätten einen an der Waffel. Aber das ist schon okay, ich bin gern verrückt. Ich genieße die Zeit mit meiner Freundin und nehme mir vor, mehr mit ihr zu unternehmen. Sie hat recht, ich igle mich zu sehr ein.

Das Navi führt uns über eine Schotterstraße zum Chehalis River.

„Bist du sicher, dass wir hier richtig sind?" Die Sache ist mir unheimlich. Hier draußen ist bestimmt kein Club.

„Bleib ruhig, wir sind richtig. Jester meinte, das Haus liege etwas versteckt." Das Haus? Verdammt, ich dachte, wir gehen aus! Ich habe meinen Gedanken kaum zu Ende gebracht, da biegt Emma um eine Art Hügel und ich entdecke ein großes, hell erleuchtetes Haus. Hatten Mason und Jester nicht etwas von einem Ferienhaus ihres Coaches erwähnt? Ich meine mich zu erinnern, das Team würde den Sommer über dort wohnen. Und tatsächlich, auf dem Parkplatz entdecke ich sowohl Jesters Cabrio als auch Coles schwarzen Porsche. Cole. Meine Kehle wird staubtrocken, als mir klar wird, dass ich unweigerlich auf ihn treffen werde. Das überfordert mich gerade, weshalb ich nervös mit den Handflächen über meine Oberschenkel reibe. Wenn ich nur wüsste, wie ich mich ihm gegenüber verhalten soll. Er wird mich auf den Unfall ansprechen. Und dann? *Am besten ich gebe mich gleichgültig*, überlege ich. Einfach nicht auf die Sache eingehen, das dürfte helfen.

„Alles okay bei dir?" Emmas Blick misst mich argwöhnisch.

„Ich dachte, wir würden in einen Club gehen", werfe ich ihr vor.

„Ja, aber ist das nicht viel besser?!" Mit ausgestreckten Armen auf das Haus deutend, als wäre es ein Hauptgewinn, grinst sie mich an. Ich verzichte auf eine Antwort und steige stattdessen aus.

„Wuhuuu, das wird super, wirst schon sehen", verspricht sie und umrundet das Auto.

„Also gut, bringen wir's hinter uns", seufze ich, hänge mich bei meiner vor Vorfreude quiekenden Freundin unter und lasse mich die Treppe hochführen.

Cole

Was für ein verdammt geiler Tag. Man könnte sagen, ich habe einen Lauf. Erst das Hammer Training, dann erfahre ich, dass ich einen Duschgel-Werbespot an Land gezogen habe, und nun diese Party. Wenn ich wollte, könnte ich so ziemlich jede Pussy hier drinnen haben. Die Blicke der Ladys sprechen Bände. Meine aktuelle Favoritin jedoch ist dieses dunkelhaarige Exemplar, das da drüben unter der Treppe an der Wand lehnt. *Glückwunsch*, denke ich, als ich, die Hände in die Hosentaschen geschoben, auf sie zugehe und sie von oben bis unten scanne. *Wer sagt's denn, wir haben eine Gewinnerin.* Ihre Prachttitten begutachtend, komme ich vor ihr zum Stehen und stütze mich auf einen Arm neben ihrem Kopf an der vertäfelten Holzwand ab.

„Hi, ich bin Cole", stelle ich mich lasziv grinsend vor.

„Love", lächelte sie und sieht durch ihre Wimpern zu mir auf. So so, Love. Nicht gerade passend, wenn ich bedenke, was für schmutzige Dinge ich mit ihr vorhabe.

„Du bist das erste Mal hier", stelle ich fest. Nicht, dass es viele Mädchen gäbe, die hier ein zweites Mal aufschlagen. Abgesehen von ein paar Ausnahmen wie Bekki, sind die meisten von ihnen angepisst, wenn sie erst checken, dass keiner in diesem Haus was Ernstes sucht. Nein, Coach Klarks Sommerhaus ist kein Liebesnest mit Schleifchen und Blümchen, hier wird gefickt, was das Zeug hält. Wem das nicht passt, der darf sich gerne verpissen.

„Ja, ich war noch nie zuvor hier. Das da drüben ist meine Freundin Nina." Ihr Finger deutet auf die Couch, wo eine Brünette mit mächtigem Hintern auf Alecs Schoß herumrutscht.

„Sieht aus, als würde sie sich amüsieren", beurteile ich und gratuliere meinem Kumpel im Geiste für seinen Fang – ich weiß, dass er einen Fetisch für große Ärsche hat.

„Ich denke, wir sollten dafür sorgen, dass du genauso viel Spaß hast wie Nina, findest du nicht auch?", frage ich mit rauer Stimme und beuge mich näher zu ihr hin. Inzwischen kann ich ihren Kaugummiatem riechen und die Hitze fühlen, die von ihrem Körper ausgeht.

„Auf jeden Fall", erwidert sie etwas unsicher. *Ach Süße*, denke ich, *du brauchst keine Angst vor mir zu haben, ich werde dir lediglich das Hirn rausvögeln, das ist alles.*

„Übrigens", beginnt sie abzulenken, „ich fand dich unglaublich beim Endgame. Den Touchdown in letzter Minute hätte ich nie erwartet", schwärmt sie, wobei mir ein kleiner S-Sprachfehler auffällt. Hoffentlich hat sie nicht vor zu plaudern, wenn ich es ihr nachher besorge. Andernfalls müsste ich ihr den Mund stopfen.

„Das freut mich", erwidere ich, den Blick von ihren Augen abwärts wandern lassend. Im Gegensatz zu ihrer aufgedunsenen Unterlippe, ist die obere dünn wie ein Strich. Nichts, das mich anturnt. Ich werde sie wohl von hinten nehmen und wenn sie tatsächlich meint, quatschen zu müssen, werde ich sie so hart ficken, dass es ihr die Sprache verschlägt. Meinen Plan gedanklich abnickend, grinse ich sie wölfisch an. Ob die kleine Love weiß, was ihr gleich blüht? Vermutlich nicht. Ich warte, bis ihre Schwärmerei über mein sportliches Talent ein Ende findet, und beschließe, sie danach nach oben und in mein Zimmer zu bringen. Während das Mädchen weiter auf mich einredet, lasse ich den Blick gelangweilt an ihr vorbei und in Richtung Eingang wandern. Wenn die Tante nicht bald die Klappe hält, werde ich mir ein anderes Paar hübscher Titten suchen. Das ist ja nicht zum Aushalten!

Zwei Bräute, die gerade zur Tür hereinkommen, erregen meine Aufmerksamkeit. Wie schön, Frischfleisch. Die kleine Dunkelhaarige, erinnere ich mich, heute auf dem Training gesehen zu haben. Soweit ich weiß, ist sie Jesters neues Spielzeug. Den blonden Lockenkopf mit den großen Augen neben ihr meine ich, auch schon mal gesehen zu haben. Aber wo? Plötzlich weiß ich es wieder und es läuft mir kalt den Rücken runter. Scheiße, die Kleine ist das Mädchen, das ich letzten Freitag dank Bekkis Blow übersehen und angefahren habe. Aber was zum Teufel will sie hier? Mich auf Schmerzensgeld verklagen? Mit einem Mal ist meine gute Laune im Arsch.

„Entschuldige mich kurz, Love. Bin gleich zurück." Es ist schlauer, freundlich zu bleiben und die Kleine nicht zu vergraulen. Das heißt, solange ich sie noch nicht flachgelegt habe. Danach ist mir scheißegal, was sie denkt oder wie sie sich fühlt. Jeder ist sich selbst der Nächste, nicht wahr? Genervt mache ich mich auf die Suche nach Jester und finde ihn, als ich gerade zur Hintertür hinauswill. Er sitzt auf einer der Stufen, die in den Garten hinabführen, und ist gerade dabei, sich eine Tüte zu drehen.

„Hey, Mann, na, alles klar?" Einen flüchtigen Augenblick überlege ich, ihm von Freitag zu erzählen, entscheide mich dann aber dagegen. Je weniger davon wissen, umso besser.

„Logo", grinse ich und setze mich zu ihm. „Übrigens, deine Süße vom Training ist eingetrudelt."

„Emma?" Bei der Erwähnung ihres Namens sehe ich, wie ein lüsternes Schimmern in seine Augen tritt.

„Jap, und sie hat 'ne Blonde im Schlepptau."

„Das wird Riley sein, ihre beste Freundin. Es wird Mason freuen zu hören, dass sie mitgekommen ist."

„Wieso? Läuft da was zwischen den beiden?" Der Gedanke gefällt mir nicht. Ich habe keinen Bock, dass mein kleiner Unfall hier die Runde macht. Mason ist ein feiner Kerl, aber wenn er von der Sache Wind bekäme, könnte ich mir vorstellen, dass er sich einmischt, nur um bei dem Mädchen Eindruck zu schinden.

„Nö, nicht, dass ich wüsste. Aber ich glaube, sie gefällt ihm. Weißt schon, blonde Haare, blaue Augen – eben so richtig deutsch."

„Genau sein Beuteschema", überlege ich laut.

„Du sagst es", klopft mir Jester auf die Schulter und steckt sich die Tüte hinters Ohr. „Und jetzt entschuldige mich, da wartet eine Wildkatze auf mich." Während er zurück ins Haus geht, bleibe ich sitzen und starre auf den Chehalis River, der etwa 100 Fuß unter mir vor sich hinplätschert. Ich war nie jemand, der sich vor Problemen gedrückt hat. Zumindest früher nicht. Seit ich den Washington White Sharks beigetreten bin und explosionsartig Kariere gemacht habe, neige ich dazu, Ärger aus dem Weg zu gehen. Schließlich habe ich keinen Bock auf negative PR. Ob diese Riley zufällig auf der Party ist oder nicht, kann ich nicht sagen. Aber ich werde dafür sorgen, dass sie mit niemandem über den Unfall sprechen wird, indem ich sie hier rausekle. Sicher ist sicher. Mason kann sich ja eine neue Braut suchen.

Riley

Meine Beine sind Pudding, als ich Cole unter der Treppe mit diesem Mädchen sehe. Die Art, wie er sich über sie beugt, und der Blick, mit dem er sie misst, bescheren mir einen Druck im Magen, als würde ich fallen. Und dann sieht er in meine Richtung. Oh Gott, er erkennt mich wieder! Ich wusste es. Aber er spricht mich nicht wie erwartet an, sondern macht sich mit eisiger Miene vom Acker. Seine Reaktion vermittelt mir das Gefühl, unerwünscht zu sein, wovon Emma neben mir natürlich nichts mitbekommt, weil sie bereits nach Jester Ausschau hält. Warum habe ich mich nur überreden lassen mitzukommen?

„Geh schon mal vor", bitte ich meine Freundin, die gerade mit mir im Schlepptau das Haus erkunden will. Das Handy aus meiner hinteren Jeanstasche ziehend, wedle ich damit herum. „Ich muss noch schnell zuhause anrufen, damit Olivia mir einen Schlüssel bereitlegt. Ich habe meinen vergessen", lüge ich.

„Kein Ding, ich sehe mich schon mal um." Und weg ist sie, und ich flüchte nach draußen auf die Veranda, wo ich meine Ruhe habe. Mit einem unguten Gefühl in der Brust, betrachte ich die teuren Wagen auf dem Parkplatz unter mir. Selten habe ich mich so fehl am Platz gefühlt. Ich stehe weder auf One-Night-Stands, noch bin ich eine von diesen Frauen, die hinter der Kohle der Spieler her sind. Also, was verdammt noch mal mache ich hier? Mein Blick streift über die Schotterstraße und zum Hügel hinüber, der das Anwesen vor neugierigen Blicken schützt. Wie lange ich wohl unterwegs wäre, wenn ich nachhause laufen würde? Den Weg würde ich finden, das dürfte nicht das Problem sein. Aber in den Pumps käme ich nicht weit. Vielleicht sollte ich mir ein Taxi rufen. Das wäre zwar nicht die günstigste Alternative, aber wenigstens eine Möglichkeit, von hier wegzukommen. Auf der Veranda auf und ab laufend, überlege ich noch eine Weile, was ich tun soll, und entscheide schließlich, Emma um ihren Wagen zu bitten. Ich gehe ohnehin davon aus, dass sie bei Jester schlafen wird. Der könnte sie morgen früh dann zurückfahren. *Ja, das ist die beste Lösung*, denke ich, und will eben wieder rein, um nach ihr zu suchen, als die Tür sich öffnet.

„Wen haben wir denn da?", Coles markant tiefe Stimme geht mir durch Mark und Bein. „Ich dachte schon, du wärst abgehauen", erklärt er und kommt auf mich zu.

„Abgehauen? Wie kommst du darauf?", frage ich und stelle mit Entsetzten fest, wie wackelig meine Worte klingen. Cole macht mich nervös, seine selbstsichere Haltung, die Art, wie er mich mit seinen fast schon unnatürlich grünen Augen mustert.

„War nur so eine Vermutung." Schulterzuckend kommt er näher, die Arme vor der Brust verschränkt. Wow, ich hatte vergessen, wie groß er ist. Ich muss den Kopf heben, um ihn anzusehen.

„Sonst alles klar bei dir?" Die Frage verwirrt mich. Worauf will er hinaus? Doch hoffentlich nicht auf den Unfall! Ich sehe, wie sich seine Augen um eine Winzigkeit verengen, als er auf meine Antwort wartet.

„Bestens", erkläre ich und versuche dabei, selbstsicher zu wirken.

„Gut." Coles Miene nimmt von jetzt auf gleich einen unergründlichen Ausdruck an. Ich wünschte wirklich, ich wüsste, was er von mir will. „Warum bist du nicht drinnen, bei den anderen? Willst du etwa schon gehen?" Höre ich da Hoffnung in seiner Stimme?

„Nein, ich musste nur kurz telefonieren und wollte eben wieder zurück auf die Party", flunkere ich und stelle mit Überraschung fest, dass ihm meine Antwort nicht gefällt. Aber warum, was ist sein Problem? Will er mich etwa nicht hier haben?

„Wie du meinst." Sein schneidender Tonfall lässt mich innerlich zusammenzucken. Okay, der Typ hat definitiv ein Problem mit mir. Ich mag im Allgemeinen eher ein zurückhaltender Mensch sein, aber wenn mir jemand mit so offensichtlicher Abneigung entgegenkommt, noch dazu, obwohl es keinen Grund dazu gibt, dann kann ich richtig böse werden.

„Was ist los, hast du ein Problem mit mir?", frage ich direkt und verschränke die Arme, wie einen Schutzschild vor meiner Brust.

„Ich?", lacht er und stemmt die Hände in die Hüften. „Wieso sollte ich?"

„Das weiß ich nicht, aber vielleicht verrätst du es mir ja."

„Wenn ich mit dir ein Problem hätte, Goldlöckchen, wären du und deine Freundin hier längst rausgeflogen." Er hält kurz inne und lässt seinen Blick zwischen meinen Augen hin und her wandern. „Aber vielleicht solltest du dir Gedanken machen, ob du nicht auf der falschen Party bist. Dies hier ist nicht der richtige Ort für Mauerblümchen wie dich." Uff, das hat gesessen. Ich gebe zu, nicht so stark geschminkt zu sein wie die anderen Mädchen da drinnen, aber dafür hinterlässt mein Gesicht auch keinen Abdruck auf den Kissen. Und ja, ich könnte bestimmt mehr aus mir herausholen. Aber ich bin ganz bestimmt keine unscheinbare graue Maus! Oder? *Nein, wenn ich wollte, könnte ich an jedem Finger fünf Typen haben*, spreche ich mir stumm zu. Unter Coles abgeneigtem Blick werde ich von Sekunde zu Sekunde unsicherer. Warum ist er so fies?

„Ich glaube, es ist besser, wenn du gehst. Ich rufe dir ein Taxi", meint er siegessicher.

„Ich glaube, es ist besser, wenn du mich entscheiden lässt, was ich tun will und was nicht." Eine Braue hebend, sieht er mich beinahe mitleidig an.

„Du kannst mir glauben, die Jungs da drinnen sind andere Kaliber gewohnt. Aber bitte, wenn du dich blamieren willst", mit diesen Worten tritt Cole beiseite und macht eine einladende Geste in Richtung Tür. Obwohl er mir das Gefühl vermittelt, die hässlichste Frau der Welt zu sein, nehme ich meinen ganzen Mut zusammen und gehe an ihm vorbei.

„Tu mir einen Gefallen und heul nicht, wenn du auf die Nase fällst", fügt er bösartig hinzu. Mein Herz, das ohnehin schon in einer Mischung aus Scham und Verletzlichkeit ertrinkt, zieht sich auf die Größe einer Rosine zusammen, als ich mich ein letztes Mal zu ihm umwende. Auf seinem Gesicht liegt ein harter Ausdruck.

„Das werde ich nicht", sage ich, zwinge mich, die Schultern zu straffen und das Kinn zu heben. Dann überwinde ich, mich trotz glühendem Knoten im Bauch, ins Haus zu gehen. Als die Tür hinter mir ins Schloss fällt, meine ich ihn fluchen zu hören. Es kostet mich meine ganze Kraft, nicht in Tränen auszubrechen. Nie zuvor hat sich ein Mann mir gegenüber so abfällig verhalten. Cole muss der Erfolg zu Kopf gestiegen sein. Wer weiß, vielleicht ist es ein Spiel für ihn, sich Frauen herauszupicken, die ihm nicht gefallen, und sie zu schikanieren. Oder er ist einer von der Sorte Mann, die solche Sachen anturnen. Wer weiß, zutrauen würde ich es ihm. Plötzlich überkommt mich ein mulmiges Gefühl. Was wenn Coles fieses Spiel erst angefangen hat? Um mich in Sicherheit zu bringen, suche ich bei Emma Zuflucht. Ich finde sie zusammen mit Jester, auf dessen Schoß sie sitzt, und einigen anderen Leuten im Wohnzimmer auf der L-förmigen Couch. Das mit hellbraunem Leder überzogene Möbelstück sieht recht abgenutzt aus und ist schlichtweg riesig. Irgendwie habe ich direkt ein Bild vor Augen, wie die Footballspieler hier Orgien feiern, und zwar mit überschminkten

Mädchen mit Silikonbrüsten und gebleichten Zähnen. *Reiß dich zusammen Riley*, schimpfe ich mich stumm und setze mich neben meine Freundin. Tatsächlich schaffe ich es, mich in ihrer Nähe ein wenig zu beruhigen.

„Hey, Riles, Süße, wo warst du denn so lange? Mason hat schon nach dir gesucht." Mason hat nach mir gesucht ... mein Hirn benötigt einen Moment, um zu begreifen, was ihre Worte bedeuten. Doch dann, endlich, schalten die Synapsen. Mason, aber natürlich, ich weiß doch, dass er auf mich steht. Na warte, Cole. Du denkst, du könntest mich beleidigen? Meinst, ich wäre eine graue Maus? Von wegen! Ich werde dir zeigen, wie diesem unscheinbaren Mädchen hier die Männer zu Füßen liegen.

„Tut mir leid, ich habe Olivia nicht gleich erreicht", erkläre ich und sehe mich nach meinem Verehrer um. „Wo ist Mason?", will ich mit einem strahlenden Lächeln wissen und schüttle mir mit den Fingern die Locken auf. In diesem Moment fällt mein Blick zur Tür, zu der eben zwei Männer hereinkommen. Es sind Mason und Cole. Sie scheinen über etwas zu diskutieren. Mein Herz krampft sich zusammen. Er wird doch nicht bei Mason schlecht über mich geredet haben? Doch da schwenkt dessen Blick zu mir herüber. Das Lächeln, das auf seinen Lippen erwacht, als er mich entdeckt, zeigt, dass ich mich umsonst sorge, denn er freut sich, mich zu sehen. Und ehrlich, ich freue mich mindestens genauso. Auch wenn ich mich eigentlich nach wie vor nicht wirklich auf etwas einlassen möchte. Aber ein freundliches Gesicht wie seines ist gerade Balsam für meine Seele. Ich sehe zu, wie er etwas zu Cole sagt, ihm auf die Schulter klopft und dann zu mir herüberkommt. Den Fiesling, der über die Treppe nach oben verschwindet, ignorierend, schenke ich Mason mein schönstes Lächeln.

„Hi", begrüßt er mich und setzt sich zu mir, „ich habe gehofft, dass du kommst."

„Aber Hallo, eine Party der White Sharks darf ich mir doch nicht entgehen lassen", gebe ich zwinkernd zurück und entlocke ihm ein Lächeln.

„Und, hat dir das Training heute gefallen?"

„Ich gebe zu, ich bin nicht gerade der Footballprofi, aber ja, es war sehr interessant."

„Wie bitte, ein Nicht-Footballprofi in Coach Klarks Haus?" Mason gibt sich gespielt empört.

„Schande über mich", sage ich und halte mir die Augen zu, als würde ich mich schämen. „Ich kenne nicht mal wirklich die Spielregeln."

„Na, das kann ich ändern, pass auf." Mason schnappt sich einen Block plus Kugelschreiber aus einem Fach unter dem Couchtisch und beginnt, ein Spielfeld aufzuzeichnen. In der nächsten Dreiviertelstunde erklärt er mir allerlei Wissenswertes über den Sport. Angefangen von den Regeln über die Aufstellungsformen, Fouls und natürlich die Erfolge der White Sharks. Während der ganzen Zeit, hält er meinen Blick immer wieder länger als notwendig fest und berührt wie beiläufig mein Bein. Selbst ein Blinder mit Krückstock würde sehen, dass ich bei dem Mann leichtes Spiel habe. *So viel also zum Thema, ich spiele nicht in der Liga der Sportler,* triumphiere ich gedanklich. Wenn nur Cole hier wäre, damit ich ihm unter die Nase reiben könnte, wie falsch er lag.

„Zugegeben, wir sind schon ganz schön stolz darauf, die NAFL zum zweiten Mal in Folge gewonnen zu haben", schwärmt Mason, womit er mich langsam, aber sicher zu langweilen beginnt. Ich überlege, ob ich mir was einfallen lassen soll, um ihn für ein paar Minuten loszuwerden. Eine Ausrede wie, *ich muss mal auf die Toilette,* hilft für gewöhnlich immer. Da entdecke ich Cole auf der Treppe. Sieh mal einer an, Mr. Beleidigend gesellt sich doch noch unter das Volk. Wie schön. Mir ein verschmitztes Grinsen verkneifend, sehe ich zu, wie er am Treppenende von einer Rothaarigen aufgehalten wird. Ist das nicht? Doch, natürlich, das ist Bekki, das

Mädchen vom Unfall. Ich kann sehen, wie sie Cole auf die Pelle rückt, ihn am Unterarm hält und wimpernklimpernd zu ihm hochsieht. Was auch immer sie ihm gerade zuhaucht, ignoriert er und sieht stattdessen über ihren Scheitel hinweg zu mir herüber. Sein harter Blick trifft unvermittelt auf mich und lässt mir nicht nur das Herz vor Schreck in die Hose rutschen, sondern auch mein Selbstbewusstsein bröckeln. Eilig richte ich meine Aufmerksamkeit wieder auf Mason, der mich mit einem offenen Lächeln ansieht.

„Und, was meinst du?", fragt er.

„… was ich meine?"

„Wegen morgen, hast du Lust, mit mir ins Kino zu gehen?"

„Kino", wiederhole ich und spüre dabei Coles Blick, der ein Prickeln auf meine Haut verursacht. „Tut mir leid, ich habe meiner Stiefmutter ein Dinner versprochen." Endlich mal eine Ausrede, die wahr und nicht an den Haaren herbeigezogen ist.

„Dann vielleicht am Mittwoch?" Oh, ich kenne den Ausdruck, der in seinen Augen liegt. Dieses sanfte Schimmern. Er hat sich in mich verknallt. Das ist wirklich süß; er ist süß. Aber warum zum Teufel wünscht sich ein Teil von mir, er wäre ein klein wenig mehr wie Cole? Mason mit diesem aufgeblasenen Arsch zu vergleichen, ist wirklich fies. Schließlich weiß er, wie man sich in Gegenwart einer Frau verhält. Er ist mit Abstand der Sympathischste hier. *Gegen einen Kinobesuch mit ihm ist eigentlich nichts einzuwenden. Ein harmloses kleines Date, was ist schon dabei?*, überlege ich.

„Mittwoch klingt gut", antworte ich und ernte dafür ein strahlendes Lächeln.

„Cool! Ich hole dich ab und wenn du magst, können wir im Anschluss noch was essen gehen."

„Klar, warum nicht?" *Weil du ihm keine falschen Hoffnungen machen solltest,* flüstert eine kleine Stimme in meinem Kopf. Ich will nach wie vor nichts Festes. Da kommt mir die Idee, Masons Date ein wenig abzuschwächen. „Was hältst du davon, wenn wir Emma und Jester mitnehmen?" Ich spreche meinen Vorschlag bewusst so laut aus, dass die beiden mich hören können. Emma, die knutschend auf Jesters Schoß sitzt, unterbricht ihre Zungenakrobatik und sieht zu mir herüber.

„Wer will uns wohin mitnehmen?"

„Mason und ich, am Mittwoch, ins Kino", erkläre ich kurz und bündig. „Wie sieht´s aus, seid ihr dabei?"

Emmas Blick schwenkt auf Jester. „Was meinst du?"

90

„Ich hatte eigentlich anderes mit dir vor." Ihren Hintern packend, drückt er sie auf seinen - wie ich vermute - harten Penis.

„Dazu werden wir auch nach dem Kino noch genug Zeit haben", schnurrt sie und sieht mich wieder an. „Alles klar, wir sind dabei." Ihr Tonfall klingt so selbstverständlich und lässig, dass Jester nichts anderes übrigbleibt, als mit den Schultern zu zucken.

„Meinetwegen, bin dabei. Aber ich geh in keine Schnulze, das verspreche ich euch." Bevor er weiterreden kann, umfasst meine Freundin sein Kinn, sieht ihm einem Moment in die Augen – und ich schwöre, ich kann sehen, wie er unter ihr schwach wird – und senkt dann ihre Lippen auf seine. Oh ja, Emma weiß ganz genau, wie man Männer nehmen muss. Schmunzelnd wende ich mich zu Mason um, der enttäuscht wirkt.

„Das wird super", versuche ich seine Stimmung zu heben. Doch er sagt nichts, sondern nickt nur.

„Hey, ihr zwei, nehmt euch ein Zimmer!" Ohne aufzusehen, weiß ich, dass das Cole ist. Seine Nähe, lässt mir die Härchen an den Armen aufstehen. Mit Bekki im Schlepptau setzt er sich auf die andere Seite der Couch. Die beiden sprechen leise miteinander. Als ich einen Blick in ihre Richtung wage, sehe ich, wie mich beide beobachten. Sie mit offener Neugier, er mit derselben herablassenden Art wie vorhin auf der Veranda. Meine Hände werden schwitzig und beginnen zu meinem Entsetzen an zu zittern. Scheiße noch eins, die beiden machen mich nervös. Ich verwickle Mason in ein belangloses Gespräch über das Haus, das eigentlich nur dazu dient, mich abzulenken. Doch er scheint zu denken, es würde um ihn gehen, dass ich versuche ihn anzubaggern. Dementsprechend hebt sich seine Stimmung. Er erklärt bereitwillig, wie lange das Ferienhaus schon im Besitzt der Klarks ist und wie viele Gästezimmer es gibt. Währenddessen beobachte ich im Augenwinkel Cole. Er lümmelt auf der Couch, einen Arm um Bekki den anderen auf der Lehne. Ich weiß nicht warum, aber er mustert mich nach wie vor mit diesem du-gehörst-hier-nicht-hin-Blick. Das macht mich schon wieder rasend. Ich frage mich, ob er blind ist, oder einfach nicht verstehen will, dass sein Freund auf mich abfährt. Vielleicht sollte ich ihm zeigen, wie leicht es für mich ist, einen der Jungs abzuschleppen. Dann wird er ein für alle Mal die Klappe halten und mich in Ruhe lassen. *Ja, das ist eine gute Idee,* bestätige ich im Geiste meine Überlegung. Wenn Cole mit eigenen Augen sieht, wie sein Kumpel auf mich steht, wird selbst er begreifen, wie falsch er lag. Um sicher zu gehen, dass er sieht, was ich jetzt gleich machen werde, hebe ich den Blick und sehe ihm direkt in die Augen. Es ist, als würde mich ein Stromschlag durchfahren, während ich diese Intensität, mit der er mich ansieht, erkenne. Mir über die Lippen leckend, reiße ich mich zusammen, lasse mich nicht von ihm ablenken und lege unvermittelt die Hände um Masons Gesicht. Der hält mitten in der Erklärung inne und sieht mich verdutzt an. Ich wette, er hätte nie damit gerechnet, heute noch von mir geküsst zu werden. Als meine Lippen auf seine treffen, wirkt er zunächst überrumpelt. Doch er begreift sofort und erwidert meinen Kuss. Seine Hand findet ihren Weg an meinen Nacken, um mich näher an ihn zu ziehen. Ich gebe zu, er ist kein schlechter Küsser und sein Atem riecht angenehm nach Minze. Trotzdem ziehe ich mich rasch wieder zurück. Das Lächeln, das nun auf Masons Zügen spielt und eine Reihe schneeweißer Zähne offenbart, ist süß. Cole hingegen sieht alles andere als glücklich aus. Ich meine zu erkennen, wie ein Muskel an seinem Kiefer hüpft. Es fällt mir schwer, doch ich schaffe es, ihn zu ignorieren und mich stattdessen auf mein Gegenüber zu konzentrieren.

„Du bist schon eine Nummer", schmunzelt Mason und hebt die Hand, um mir zärtlich eine Locke hinters Ohr zu schieben. Ach du Schande, ich hätte meinen kleinen Rachefeldzug vielleicht vorher zu Ende planen sollen. Bevor ich etwas erwidern kann, schiebt sich vor uns jemand zwischen Couchtisch und Sofa durch, stolpert und fällt auf mich. Mir entfährt ein spitzer Schrei, als mir etwas Kaltes ins Dekolletee schwabbt. Entsetzt erkenne ich, dass es niemand Geringeres als Bekki ist, die da halb auf mir liegt. Und dieses kalte Etwas ist Bier.

„Ach verdammt, 'tschuldige", jammert sie und lässt sich von Mason von mir runter helfen. „Tut mir leid, das wollte ich nicht." Aber sicher doch, die Kuh ist rein zufällig über mich gestolpert.

„Was soll denn das?", mischt sich jetzt auch Emma ein, die von Jester abgelassen hat und Bekki böse anfunkelt.

„Chill mal. Ich bin gestolpert", erklärt sie und macht sich aus dem Staub.

„Komm Süße, wir trocknen dich." Während meine Freundin aufsteht, um mich auf die Toilette zu begleiten, spüre ich wieder Coles Blick. Diesmal jedoch lasse ich mich nicht dazu hinreißen, ihn anzusehen.

Den ganzen Weg zur Toilette schimpft Emma, was für ein Trampeltier diese Bekki ist.

Ich hingegen bin mir sicher, dass ihr Sturz geplant war, doch das sage ich nicht. Stattdessen betrachte ich voller Bestürzung mein beigefarbenes Top, das komplett durchnässt ist. Mein weißer BH, ja sogar mein Bauchnabelpiercing, das knapp unterhalb des Saums liegt, zeichnen sich deutlich ab. Wie peinlich!

„Lass mal sehen." Emma kommt mit einem Handtuch und versucht mich trocken zu tupfen.

„Las gut sein, das hat keinen Wert", sage ich resigniert. *Cole hat sein albernes kleines Spiel gewonnen. Ich hab´s kapiert, ich passe nicht hierher.* Es klopft an der Tür und Masons Korkenzieher-Lockenkopf erscheint im Rahmen.

„Riley, ich habe hier etwas Trockenes zum Anziehen für dich." Er reicht mir ein Washington White Sharks T-Shirt.

„Danke."

„Na, siehst du, Riles. Es kann doch noch ein toller Abend werden." Emma gibt nicht auf, sie ist so was von hartnäckig.

„Lass gut sein, ich möchte einfach nur noch nachhause."

„Bist du sicher?" Mein Nicken entlockt ihr ein Seufzen. „Also gut, dann werde ich Jester Bescheid sagen, dass ich dich heimbringe."

„Das kann ich übernehmen", bietet sich Mason an, „ich habe noch nichts getrunken."

„Ehrlich, das wäre super!" Klatscht Emma in die Hände. *Ja, super, einfach ganz toll,* denke ich sarkastisch. Da überredet sie mich mitzukommen, schleppt mich ausgerechnet hierher und lässt mich dann sitzen, sobald ich sie brauche.

„Natürlich nur, wenn das für dich okay ist, Riley." Wieder dieses hoffnungsvolle Schimmern in Masons Augen. Oh Gott, was habe ich nur getan? Ich hätte ihn nicht küssen dürfen! Jetzt macht er sich Hoffnungen.

„Natürlich. Das ist sehr lieb von dir", sage ich, den Blick gesenkt.

„Alles klar, dann bis gleich!" Während der Footballspieler verschwindet, schlüpfe ich aus meinem nassen Oberteil, das ich genervt in die Ecke schleudere und ziehe mir das Sharks T-Shirt über. Es verdeutlicht den Größenunterschied zwischen Mason und mir, denn es reicht mir bis zu den Knien. Mich gedanklich darauf vorbereitend, wie ich meinen Retter möglichst schnell und vor allem, ohne ihn zu verletzten loswerde, folge ich Emma zurück auf die Party.

Cole

Von meinem Platz auf der Couch aus verfolge ich, wie Riley sich von ihrer Freundin verabschiedet. Sie trägt ein Washington Sharks Fan-Shirt, das ihr mindestens drei Nummern zu groß ist. Trotzdem finde ich, es steht ihr. Es lässt sie noch zierlicher erscheinen. Mason, der den ganzen Abend nicht von ihrer Seite gewichen ist, legt fürsorglich einen Arm um ihre Schulter und begleitet sie nach draußen.

Fuck!

Ich will nicht, dass er sie nachhause fährt. Unser kleines Spielchen hat mir gefallen. Okay, zumindest bis sie meinen Kumpel geküsst hat. Beim Gedanken daran, flammt Wut in meinem Bauch auf. Keine Ahnung warum, aber die Kleine macht mich rasend. So kenne ich mich gar nicht. Wahrscheinlich regt sie mich so auf, weil es mir nicht gelungen ist, sie einzuschüchtern und von hier zu verscheuchen. Stures Biest.

Als sie und Mason durch die Haustür verschwinden, halten mich keine zehn Pferde mehr auf der Couch. Schnaubend stehe ich auf und gehe in die Küche, wo ich mir ein Bier besorge. Ich leere die Flasche in zwei großen Schlucken. Leider vermag sie nicht den Zorn, der heiß in meiner Kehle lodert, zu löschen. Also muss eine Zweite her. Entnervt öffne ich den Deckel mit einem Feuerzeug, das ich neben dem Kühlschrank finde, und setze eben an, als mir jemand von hinten die Hand auf die Schulter legt.

„Was?", kläffe ich und wende mich um. Es ist Love, die eine Schnute zieht.

„Ich dachte, du wärst nur einen Moment weg?" Normalerweise halte ich mich von aufdringlichen Tussis wie ihr fern. Die wird man nur schwer wieder los. Aber heute will ich eine Ausnahme machen. Denn so aufdringlich solche Mädchen auch sind, so einfach sind sie ins Bett zu kriegen. Ich setze die Bierflasche an und nehme einen großen Schluck, bevor ich sie wegstelle, Love bei der Hand nehme und ohne ein Wort in mein Zimmer hochbringe.

Fünf Minuten später räkelt sie sich nackt auf meinem Bett.

„Komm schon, Cole, lass mich nicht warten", schnurrt sie und lockt mich mit dem rechten Zeigefinger zu sich.

„Kannst du haben." Bevor sie weiß, wie ihr geschieht, packen meine Hände sie an den Fußfesseln und ziehen sie zu mir an die

Bettkante herunter. Ohne sie geküsst zu haben, an ihren Titten gespielt oder sie sonst wie in Stimmung gebracht zu haben, spucke ich mir auf die Finger und befeuchte damit ihre Pussy. An ihren sich weitenden Pupillen, kann ich sehen, dass sie sich die Sache anders vorgestellt hat. Doch das ist mir egal, ich platziere meinen Schwanz vor ihrer Mitte und schiebe mich in sie. Selbst das heißere Krächzen, das sich daraufhin ihrer Kehle entringt, lässt mich kalt. Sie wollte ficken, also soll sie jetzt gefälligst nicht jammern. Meine Hände auf ihre Hüfte legend, hebe ich ihren Arsch an, während ich zügig in sie pumpe. Love leckt sich die Lippen und knetet mit den schlanken Fingern ihre Brüste. Verdammt, wieso stört mich plötzlich ihre Visage? Bis auf die komische Oberlippe, sieht sie doch gut aus. Also warum zum Teufel, macht es mich nicht an, wenn sie mich mit diesem verführerischen Blick bedenkt und meinen Namen keucht. Bis vor kurzen fand ich ihre dunklen Augen hübsch, jetzt wünschte ich, sie wären blau. Das reicht!

„Zeig mir deinen Arsch", verlange ich, ziehe mich aus ihr zurück und drehe sie auf alle viere. Diesmal krächzt sie nicht, sondern quiekt vor Freude. *So so, das gefällt unserer Love also,* denke ich, lege ihr eine Hand auf den Rücken und zwinge sie, mit dem Oberkörper auf der

Matratze zu liegen. Nun ragt ihr Hinterteil einladend zu mir auf. Ich streichele über die Backen, bevor ich sie an den Seiten halte und mich wieder in sie schiebe.

„Oh, ja, Cole!" Loves Hand fährt zwischen ihre Beine. Sie beginnt sich selbst zu massieren, während ich sie zu bearbeiten beginne. Immer schneller und härter ficke ich sie. Doch so sehr sie auch unter mir stöhnt und keucht, ich schaffe es nicht, meinen Zorn abzuschalten. Also blende ich Loves dunklen Schopf aus und konzentriere mich auf ihren Arsch – stelle mir vor, er wäre Rileys. Es hilft, mein Schwanz wird augenblicklich härter. Meine Hände packen fester zu, drücken die Finger in ihr Fleisch. Die Vorstellung, dieses unverschämte kleine Ding mit den großen Augen unter mir zu haben, ihr zur Strafe grob den Schwanz reinzuschieben, lässt meine Hoden vor Lust zusammenzuziehen. Es dauert keine zehn Stöße mehr, bis ich meinen Steifen bis zum Anschlag in Love geschoben, erschauere und komme. Kaum bin ich fertig, erreicht auch Love ihren Höhepunkt. Oder zumindest spielt sie ihn mir vor, denn weder wird sie wesentlich feuchter, noch ziehen sich ihre Unterleibsmuskeln zusammen. Um mir beim Sex etwas vorzumachen, muss sie schon früher aufstehen. Weil ich keinen Bock auf irgendwelche Diskussionen haben, spiele ich mit, schiebe mich noch ein paar Mal in sie. Theatralisch seufzend, lässt sie sich schließlich aufs Laken sinken, und ich frage mich mehr denn je, was ich an ihr fand. Zugegeben, es gibt größere Nieten als sie im Bett – wie die Staubmöse vom letzten Freitag – aber gut ist was anderes. Kopfschüttelnd löse ich mich von ihr. Ich ziehe den Gummi aus, verknote ihn und werfe ihn in den Mülleimer, der in der Ecke meines Zimmers steht. Love rollt sich währenddessen auf den Rücken und lächelt mich erledigt an. Sie denkt wohl wirklich, ich hätte ihr die Orgasmusnummer abgekauft.

„Okay, raus hier", sage ich und ziehe ihr das Laken unterm Hintern weg. Ich werde es waschen müssen, ich habe gesehen, wie sie gesabbert hat.

„Aber Cole!", empört sie sich. Was denn, dachte sie etwa, ich würde sie jetzt heiraten, oder was?

„Du hattest deinen Spaß, durftest einen NAFL-Star vögeln. Und jetzt verschwinde, ich bin müde." Normalerweise bin ich nicht so schroff, aber die Tante geht mir auf den Zeiger. Außerdem weiß ich, dass ich recht habe. Sie wollte nur unbedingt mit mir in die Kiste, weil ich ein Footballstar bin. Jetzt hofft sie auf das volle

Programm, dass ich sie zu meiner Freundin mache und sie ein wenig meines Ruhms ernten lassen.

„Du bist so ein Arsch!", schimpft sie, steht auf und schlüpft zornig in ihre Klamotten.

„Ja ja, du mich auch", brumme ich, ziehe mir ein Shirt über und steige in eine Trainingshose. Dann mache ich mich, ohne das Mädchen noch eines Blickes zu würdigen, auf den Weg nach unten.

Meine Laune ist im Keller, und das, obwohl ich eben gevögelt habe. Das gab´s noch nie. Ich beschließe, meine schlechte Stimmung in Alkohol zu ertränken, weshalb ich in die Küche gehe und auf den Kühlschrank zusteuere. Da fällt mein Blick auf den Tresen, wo ein beiges Wäscheknäul liegt. Die Stirn in Falten legend, nehme ich das Teil in die Hand, erkenne, dass es Rileys biergetränktes Shirt ist. Jemand muss es hier hingelegt haben. Aus einem Impuls heraus rieche ich daran. Neben der Bierfahne ist eine zarte Parfumnote zu erkennen. Der Gedanke, wie das Teil an ihr aussah, wie ihr schlanker Körper, die festen kleinen Brüste sich darunter abzeichneten, pumpt Blut in meinen Unterleib. *Sie hat einfach unser kleines Spiel abgebrochen,* überlege ich, *dabei war ich noch lange nicht fertig mit ihr.* Noch einmal meine Nase über das

Shirt wandern lassend, grinse ich finster, als mir eine ganz neue Idee kommt.

Riley

Den ganzen Dienstagvormittag fällt es mir schwer, mich auf mein Skript zu konzentrieren. Immer wieder kommt mir die gestrige Party in den Sinn. Cole, der mich angegiftet hat, Emma, die neben mir auf Jesters Schoß geradezu geritten ist, und nicht zu vergessen Mason. Die Heimfahrt mit ihm war ja noch ganz okay. Doch als er dann am Straßenrand hielt und wir uns verabschiedeten, versuchte er, mich zu küssen. Oh Gott, meine Reaktion darauf war so peinlich! In Gedanken daran schlage ich mir die Hände vors Gesicht. Ich Idiotin spielte ihm einen Schluckauf vor. Einen, der immer dann einsetzte, wenn er sich zu mir herüber beugte. Danach habe ich mich schrecklich geschämt. Aber was soll ich sagen, ich war verzweifelt! Und ja, die Sache habe ich mir komplett selbst zuzuschreiben. Wie konnte ich nur denken, ihn auf der Party zu küssen wäre eine gute Idee? Verdammt, wie kindisch bin ich eigentlich, dass ich meine, mich vor Cole beweisen zu müssen?

Weil ich mich ohnehin nicht konzentrieren kann, tippe ich Emma eine WhatsApp.

Schon wach? Ich hätte gern ein Update.
Wie war dein Abend gestern noch?

Den Blick auf das Handydisplay gesenkt, warte ich vergebens auf eine Antwort. Es ist erst Mittag, wie ich meine Freundin kenne, schläft sie noch. Auch gut, dann werde ich die Zeit nutzten, um in die Mall zu fahren und mir eine neue Computermaus zu kaufen. Die alte gibt langsam den Geist auf, nimmt nur noch jeden dritten Klick an.

Mein kleinerer Shoppingausflug war die beste Idee seit langem. Es tut mir gut, ein wenig an die frische Luft zu kommen. Es ist ein herrlicher Sommertag und die Leute sind dementsprechend gut gelaunt. Nachdem ich mir vom Verkäufer des Elektrohandels eine Mittelklassemaus aufschwatzen lasse, gehe ich in die Buchhandlung. Dort schmökere ich eine halbe Ewigkeit durch die Neuerscheinungen. Als ich mich schließlich für zwei meiner Lieblingsautoren entscheide, ist es schon spät am Nachmittag. Emma hat bisher weder auf meine Nachricht geantwortet noch hat sie mich angerufen. Ich frage mich, ob ich mir Sorgen machen sollte.

Normalerweise meldet sie sich immer, wenn sie wach ist. Was ist, wenn ihr etwas zugestoßen ist? Ach Unfug, bestimmt ist sie noch immer bei Jester. So wie die beiden gestern aneinandergeklebt haben, können sie bestimmt noch heute nicht die Finger voneinander lassen. *Das wird es sein*, beruhige ich mich selbst und hole mir von einem der Snackläden einen Hotdog. Als ich mich damit auf eine Parkbank setze und zu essen beginne, fällt mir das Dinner mit Olivia heute Abend ein. Augenblicklich vergeht mir der Appetit. Mist, das hatte ich voll verdrängt. Am liebsten würde ich absagen, aber ich will ihre gute Stimmung nicht riskieren. Diese Ferien waren bislang die friedlichsten, die ich seit Dad´s Tod erlebt habe. Also schlucke ich meinen Missmut herunter und mache mich auf den Weg nach Hause.

Pünktlich um halb acht betrete ich frisch geduscht, das Haar zum lockeren Dutt gebunden und in einem gemütlichen Jumpsuit gekleidet, unser Esszimmer.

„Riley, wie schön. Komm setz dich", nimmt mich Olivia in Empfang und rückt mir einen der hochlehnigen Stühle zurecht. Dabei betrachtet sie mit gerümpfter Nase den Einteiler, den ich trage. Ja, schon klar, in so einem Fummel setzt man sich nicht an Olivia Banks Tisch. Nein, denn die Dame des Hauses steht auf das Teure, Mondäne. Und das lässt sie auch alle sehen. Angefangen vom Haus, das ihren Wünschen entsprechend dem Maßstab der High Society angepasst wurde, über ihren kleinen aber feinen Fuhrpark, bis hin zu ihrer Garderobe. Diese Frau ist stets wie aus dem Ei gepellt. Trägt nur Designerkleider und verhält sich – zumindest in der Öffentlichkeit – wie Queen Mum persönlich. Heute ist sie in ein lachsfarbenes Kostüm gekleidet, das von einer goldenen Brosche, die über ihrer rechten Brust prangt, perfekt in Szene gesetzt wird. So wie sie sich gibt und aussieht, könnte man meinen, sie wäre die Witwe eines Königs und nicht die eines Zahnarztes.

Während ich mich setze und Beethovens erster Sinfonie lausche, die im Hintergrund läuft, betritt meine Stiefschwester das Esszimmer.

„Wunderbar, dann wären wir also vollzählig", freut sich Olivia, bietet ihrer Tochter den Stuhl mir gegenüber an und klatscht zwei Mal in die Hände. Daraufhin erscheint Rosa, die Haushälterin im Türrahmen.

„Ma´am?", erkundigt sich die etwa 1,50 m kleine Frau mit den kurzen, grauen Haaren und den gutmütigen Augen.

„Wir wären dann soweit", erklärt Olivia, ohne sich nach ihr umzudrehen und winkt sie davon.

Ich hasse sie dafür, wie sie mit manchen Menschen umgeht. Rosa ist seit einer Ewigkeit Teil dieser Familie. Alle, selbst Scarlett haben das verstanden und benehmen sich ihr gegenüber anständig. Nur Olivia muss den Boss markieren.

„Eine halbe Stunde, sagtest du. Keine Minute länger", brummt Scarlett und greift nach dem Messer. „Ich treffe mich nachher noch mit Mad." *Wusste ich´s doch, dass sie wieder zu ihrem Exfreund zurückläuft,* denke ich und schüttle in Gedanken den Kopf.

„Was lachst du so dämlich?" Die Augen zusammengekniffen, deutet meine Stiefschwester mit der Spitze des Bestecks auf mich. Ich will schon einen blöden Spruch bezüglich ihres Schoßhündchens kontern, als Olivia die Stimme erhebt.

„Scarlett, ich bitte dich. Sei gefälligst freundlich zu deiner Schwester."

„Meiner Schwester?" Jetzt scheint selbst die Dumpfbacke zu begreifen, dass hier was stinkt. Niemals zuvor hat Olivia Banks ihre Tochter in meinem Beisein gerügt und erst recht nicht wegen mir. Ungläubig starren wir sie an, warten auf eine Reaktion, doch die kommt nicht. Dafür kümmert sie sich um die Getränke.

„Riley, Liebes, was hättest du gern? Fruchtsaft, Limonade oder vielleicht ein VOS?"

„Nichts, danke. Ich trinke nie etwas zum Essen." *Und das solltest du als die liebende Mutter, die du hier vorgibst zu sein, eigentlich wissen.*

„Aber natürlich. Scarlett?"

„Ich nehme was vom Rotwein", erklärt mein Gegenüber mit einem herausfordernden Grinsen. Nach dieser Rüge vorhin ist ihr die Lust an diesem Dinner offensichtlich komplett vergangen.

„Netter Versuch, Schätzchen. Versuch's in elf Monaten noch mal, wenn du volljährig bist." Die Antwort lässt mich ein Schmunzeln verkneifen. Ohne noch einmal nachzufragen, schenkt Olivia ihrer Tochter ein Glas Coke und sich selbst Wein ein. Dann setzt sie sich an den Kopf des Tisches und greift nach der Stoffserviette, die sie auf ihrem Schoß ausbreitet.

„Apropos Volljährig", den Kopf hebend sucht sie meinen Blick. „Riley, bei dir ist es ja nicht mehr so lange hin, bis zu deinem 21. Geburtstag."

„Neun Monate", sage ich. Und füge in Gedanke hinzu*: Und 26 Tage, wenn du es genau wissen willst. Und dann werde ich hier ein für alle Male verschwinden. Endlich!*

„Weißt du schon, was du dann tun wirst?"

Kann sie jetzt Gedankenlesen, oder was?

„Nicht genau, nein." Ich werde dieser Frau ganz gewiss nicht verraten, dass ich so weit wie möglich von hier wegziehen und mein Glück im Verlagswesen suchen werde. Das geht sie einen feuchten Dreck an.

„Nun …" Da Rosa gerade mit unserem Essen hereinkommt, hält Olivia inne. Während die Haushälterin jeder von uns einen liebevoll angerichteten Teller mit Burger und Pommes serviert, sieht mich meine Stiefmutter gutmütig lächelnd an. Die winzigen Fältchen, die dabei um ihre Augen spielen, und der weiche Zug ihrer Lippen vermitteln den Eindruck, ihr würde etwas an mir liegen. Aber das ist Unsinn. Jemand wie sie ändert sich doch nicht. Es sei denn, sie ist todkrank. Mein Blick scannt argwöhnisch ihr Gesicht. Rosige Haut, keine trüben Augen oder dunkle Ringe darum. Sieht nicht so aus, als würde ihr was fehlen. Ungeduldig warte ich ab, bis Rosa fertig ist.

„Darf ich Ihnen sonst noch was bringen, Ma´am?"

„Nein, schon gut, verschwinde", verscheucht Olivia die Angestellte. Ich kann mich täuschen, aber sie vermittelt den Eindruck, angespannt zu sein. Das lässt die Alarmglocken in mir schrillen.

„Also dann, guten Appetit. Lasst es euch schmecken." Wieder dieses breite Lächeln meiner Stiefmutter. Ich riskiere einen Blick auf Scarlett, frage mich, wie sie reagiert. Doch die Zicke blendet uns aus und stochert an ihrem Burger herum.

„Nun, Riley", beginnt Olivia bereits nach einer Pommes und legt das Besteck weg. „Ich habe mich gefragt, was du mit dem Geld aus deinem Treuhandfond machen wirst." Wie bitte? Was sie meinem Blick entnimmt, weiß ich nicht, aber sie scheint zu glauben – oder vielleicht auch einfach nur zu hoffen -, dass ich das Geld noch nicht verplant habe.

„Zuallererst werde ich zurückzahlen, was ich über die Jahre hinweg bei dir ausleihen musste", erinnere ich sie. Wenn sie wirklich einen Sinneswandel durchlebt hat, müsste sie an der Stelle eigentlich abwinken und beteuern, ich sei ihr nichts schuldig. Doch Olivia Banks bestätigt meine Aussage mit einem Nicken und beugt sich leicht vor. Die Ellenbogen auf die Tischplatte gestützt, legt sie wie ein Firmenboss die Fingerspitzen aneinander und sieht mich weiter an.

„Abgesehen davon, hast du Pläne für deine 100.000 USD?" 100.000 USD? Woher weiß sie,

111

wie viel der Fond beinhaltet? Das weiß ja nicht einmal ich!

„Ich dachte, die Information über die Einlage wäre streng vertraulich. Es hieß, über den Betrag würde ich erst zu meinem 21. Geburtstag informiert werden."

„Ganz genau, das geschah auf Wunsch deines Vaters. Er wollte nicht, dass das Geld dich verleitet, im Vorhinein Schulden zu machen. Was natürlich Unfug ist. Aber Mr. Darnell, unser damaliger Notar, war so freundlich, mir den Betrag zu nennen. Damit ich eine Ahnung hatte, womit später einmal zu rechnen wäre." Mr. Darnell? Ich erinnere mich an den Mann. Er war unscheinbar und schlaksig und hatte dieses schreckliche Toupet, das ständig verrutschte. Nach dem Tod meines Dads ging er eine Weile lang bei uns ein und aus. Früher dachte ich, es hätte mit dem Testament und anderen Papieren zu tun. Jetzt, da ich weiß, wie gut er sich mit Olivia verstanden hat, bin ich fast sicher, sie hatten ein Verhältnis. Das Bild der beiden, wie sie sich im einstigen Ehebett meiner Eltern räkeln, lässt mich den Bissen Burger, den ich gerade geschluckt habe, um ein Haar wieder hochwürgen. Nur mit Mühe gelingt es mir, die Vorstellung in den hintersten Winkel meines

Bewusstseins zu verbannen. Das war's für heute mit Essen, ich bringe nichts mehr herunter.

„Jedenfalls brauche ich deine Hilfe", kommt meine Stiefmutter endlich zum Punkt. Das ist es, ich wusste es, sie will was von mir! „Wie dir vielleicht aufgefallen ist, hatte ich in letzter Zeit einiges am Haus zu renovieren." Die Handflächen nach oben drehend, sieht sie sich vielsagend um. Renovierungsarbeiten? Das ich nicht lache! Soweit ich weiß, wurde weder am Dach noch der Fassade oder den Leitungen was verändert. Das Einzige an Renovierung, das sie vorgenommen hat, sind Möbel und Accessoires. Die teuerste Renovierung, hat die Frau zweifellos an sich selbst durchführen lassen. Allein in den letzten drei Jahren hat sie sich etliche Male liften, Fett absaugen und mit Botox behandeln lassen. Die Lippen und Brust-OP nicht eingerechnet.

„Und wie soll ich da helfen?" Oh, ich bin mir sicher, ich weiß, was jetzt kommt, aber ich muss es aus Olivias Mund hören.

„Du würdest mir sehr helfen, indem du mir mit deinem Fond ein wenig unter die Arme greifst." Tatsächlich, sie will mein Geld. Dieses raffsüchtige Miststück will das Einzige, das sie sich nach dem Tod meines Vaters nicht unter den Nagel reißen konnte. „Es wäre auch nicht die ganze Summe. 70.000 USD würden mir schon reichen", erklärt sie und zieht ein bemitleidenswertes Gesicht. Tja, dumm für sie, dass das bei mir nicht zieht. Abgesehen von den 10.000 USD, die ich ihr schulde, wird sie keinen müden Cent von mir bekommen.

„Mom, was soll das, seit wann sind wir auf Almosen angewiesen?" Scarlett hat also doch unser Gespräch verfolgt. Sie sieht ihre Mutter verständnislos an. Doch die hat nur Augen für mich.

„Halt dich da raus", meint Olivia eisig. „Also Riley, Liebes, was sagst du, hilfst du mir?" Ach Gott, wie hilflos die arme Frau doch wirkt. Tja, dumm für sie, dass sie mich all die Jahre über wie einen Sträfling behandelt hat. Daher lautet meine Antwort klar und deutlich: „Nein!"

„Wie bitte? Aber Riley, ich brauche das Geld." Der verzweifelte Ausdruck spielt noch immer auf ihren Zügen.

„Ach ja?", sage ich und stehe auf. „Ungefähr so, wie ich jemanden gebraucht hätte, der mich tröstet, als mein Dad starb. Jemand, der mich pflegte, als ich krank war, und der nicht nur Beleidigungen für mich übrighatte." Ein herzloses Lachen schafft es auf meine Lippen. „Du, Olivia, wärst der letzte Mensch auf dieser Welt, dem ich was von diesem Geld abgeben würde. Sie zu, wie du weiterkommst, ich bin aus der Sache raus." Mit diesen Worten fällt ihre Maske und die Kälte kehrt zurück in ihre Augen.

„Du", zischt sie wie eine Schlange und legt die Hände flach auf den Tisch. Den hasserfüllten Blick auf mich gerichtet steht sie ihrerseits auf. „Ob du willst oder nicht, du wirst mir gehorchen."

„Die Zeiten, in denen ich auf dich hören musste, sind lange vorbei", sage ich lachend und wende mich zum Gehen, als es an der Tür klingelt. Das wird Emma sein, dem Himmel sei Dank. Ich habe mein Handy oben im Zimmer gelassen. Bestimmt hat sie versucht mich anzurufen und ist hergefahren, weil sie mich nicht erreicht hat.

„Ich geh schon. Hab ohnehin die Schnauze voll von diesem Zirkus hier." Mit einem dumpfen Kratzen rutscht Scarlett mit ihrem Stuhl zurück und steht auf. Während sie aus dem Esszimmer auf den Flur hinausgeht und ich ihr folgen will, schnappt meine Stiefmutter nach meinem Handgelenk. Ihre Finger legen sich eng wie ein Schraubstock um meine Haut.

„Bist du verrückt?", entfährt es mir. Wer hätte gedacht, die Frau könnte so viel Kraft haben?

„Wer weiß", erwidert sie gefährlich leise. „Verrückt genug auf jeden Fall, um dir deinen Treuhandfond zu versauen."

„Was soll das heißen?"

„Nun, ein paar kleine Erledigungen, ein Anruf bei der Polizei und voilá bist du vorbestraft und dein Geld für die nächsten Zehn Jahre gesperrt."

„Das wagst du nicht!"

„Ach nein?" Der Blick, mit dem sie mich misst, lässt mir die Nackenhaare zu Berge stehen. Die Frau ist verrückt!

„Glaub mir, ich werde dich vernichten. Wenn es sein muss, sorge ich dafür, dass du deinen Lebtag nicht an das Geld deines Vaters herankommst." Einen winzigen Moment schweigt sie, vermutlich, weil sie überlegt. Dann tritt auf ihre Züge ein gestelltes Lächeln. „Aber", sagt sie und lässt mich los, „ich will mal nicht so sein. Ich gebe dir zwei Tage, um über meine Worte nachzudenken. Dann erwarte ich eine Antwort. Und Riley, es wäre vernünftig, diesmal die richtige zu wählen." Ungläubig in ihre wasserblauen Augen schauend, fällt es mir schwer zu begreifen, wie korrupt sie ist. Ich meine, dass sie ein bösartiges Miststück ist wusste ich schon immer, aber das …

„Was willst du denn hier?", höre ich Scarlett draußen im Flur. Sie streitet sich mit jemandem. Verdammt, Emma und sie sind einfach wie Hund und Katze. Ich muss dazwischen! Ohne ein Wort an meine durchgeknallte Stiefmutter, eile ich davon, um meiner Freundin zu helfen.

„Riley", lässt mich die Stimme der Hexe im Türrahmen noch einmal innehalten. „Dank deiner unverschämten Absage vorhin hat sich der Preis verändert. Wir liegen nun bei 80.000 USD." Mit einem bösartigen Grinsen lehnt sie sich in ihrem Stuhl zurück, greift nach dem Weinglas und nimmt, ohne mich aus den Augen zu lassen, einen Schluck.

„... du bist ein dreckiges Schwein!" Höre ich Scarlett kreischen, weshalb ich das Fondgespräch an der Stelle abbreche und zur Tür eile.

„Was zur Hölle ist denn hier draußen los?", will ich wissen und trete an die Seite meiner Stiefschwester. „Könnt ihr beiden nicht einmal ..." Die restlichen Worte bleiben mir im Hals stecken, als ich sehe, dass nicht Emma vor unserer Haustür steht, sondern Cole.

Cole

„Cole, was machst du denn hier?" Riley steht im Türrahmen neben Ms. Trockenmöse und sieht mich ungläubig an.

„Ich dachte mir, ich lasse mich mal blicken, nicht dass deine Sehnsucht nach mir allzu groß wird", antworte ich grinsend.

„Wie bitte?! Soll das heißen, du hast was mit dem Kerl?", entfährt es der Brünetten, woraufhin Riley sich ihr mit konsternierter Miene zuwendet.

„Was? Nein, natürlich nicht!"

„Aber das hätte sie gern", mische ich mich in das Gespräch der beiden ein, verschränke die Arme hinter dem Rücken und verfolge verzückt, wie die Wangen der kleinen Blonden zu glühen beginnen. Sehr schön, sieht so aus, als hätte ich einen Volltreffer gelandet.

„Es geht dich zwar einen feuchten Dreck an, Scarlett, aber ob du's glaubst oder nicht, da läuft nichts zwischen mir und Cole." Nach diesen Worten wendet mir Riley ihr hübsches Gesichtchen zu und erklärt: „Und ich habe nicht vor, an dieser Tatsache was zu ändern."

„Bist du dir sicher?" Eine Braue hochgeschoben, sehe ich sie herausfordernd an.

„Ihr zwei kotzt mich an. Ich bin raus. Beiß dir an dem Arschloch ruhig die Zähne aus." Die Lippen herablassend verzogen, macht Scarlett auf dem Absatz kehrt und verschwindet nach Oben. Riley scheint das völlig kalt zu lassen, sie hält den Blick ungebrochen auf mich gerichtet.

„Deine Schwester?", vermute ich.

„Stiefschwester. Also Cole, warum bist du hier? Was willst du?" Die schlanken Arme vor der Brust verschränkt sieht sie mich an.

„Dir das hier zurückbringen", erkläre ich, ziehe aus meiner hinteren Jeanstasche das Shirt, das sie gestern auf der Party vergessen hat, und werfe es ihr zu. Überrascht lässt sie den Blick zwischen mir und dem Fummel hin und herwandern.

„Und deswegen kommst du extra her?"

„Deswegen und um mich bei dir zu entschuldigen."

„*Du* willst dich entschuldigen?" Ihrem Gesichtsausdruck nach hätte sie wohl mit viel gerechnet, aber nicht damit.

„Hör mal, Mason ist einer meiner ältesten Freunde. Ich will nicht, dass er zwischen den Stühlen sitzt, nur weil wir zwei uns nicht verstehen." Den Ausdruck, der bei diesen Worten

119

über ihre zarten Züge huscht, vermag ich nicht zu deuten. „Also", sage ich und lasse mein schönstes Lächeln aufblitzen, „was sagst du, Frieden?" Ihr meine Rechte entgegenstreckend schaue ich sie abwartend an. Riley erwidert meinen Blick, sieht mich aus ihren blauen Augen abschätzend an.

„Was denn, ist der Penner immer noch hier?", höre ich die Staubmöse blaffen, die im nächsten Moment wieder im Türrahmen auftaucht. Langsam geht mir die Tussi echt auf den Sack! „Du scheinst ja ganz schön auf den Typen abzufahren. Wie erbärmlich." Die Nase gerümpft schüttelt sie ihre braunen Schnittlauchlocken.

„Scarlett, wie wär's, wenn du dich verziehst und jemand anderem auf die Nerven gehst?", kommt es von Riley, doch ihre Stiefschwester übergeht die Aussage.

„Also", meint sie bissig, „wie sieht's aus, hast du dich schon von ihm flachlegen lassen? Ach nein, das kann ja gar nicht sein, denn sonst hätte Mr. Footballstar hier längst das Interesse an dir verloren."

„Mädchen, du nervst, verzieh dich!", knurre ich und ernte dafür einen vernichtenden Blick von Scarlett.

„Und", wendet sie sich wieder an Riley, „weißt du schon, wie du's ihm besorgen wirst?

Lässt du dich ordentlich durchvögeln, bläst du ihm einen oder holst du ihm einfach nur einen runter?" Der Gedanke, wie ich Riley meinen Schwanz in den Mund schiebe, beschert mir einen Steifen. Automatisch senke ich den Blick auf ihre Lippen, frage mich, wie es sich anfühlen mag, ihr meine Latte bis in den Rachen zu schieben. Fuck, langsam wird es eng in meiner Hose.

„Was soll das Scarlett? Cole und ich sind nur Bekannte – da läuft nichts. Und selbst wenn sein Name Aladin wäre, würde ich nicht an seiner Lampe rubbeln." Scarlett braucht einen Moment, um Rileys Worte zu begreifen. Ich hingegen habe ihren Seitenhieb deutlich verstanden – und er schmeckt mir gar nicht.

„Was? … ach so, du meinst, du würdest ihm keinen runterholen … schon klar, verstanden." Offensichtlich hat das Biest erreicht, was sie wollte, denn sie grinst mich bösartig an. „Mir ist sowieso egal, ob du dich von ihm flachlegen lässt oder nicht. Aber ich kann dir sagen, auf dem Footballfeld macht er auf jeden Fall eine bessere Figur als im Bett."

„Lady, du solltest besser …"

„Schenk's dir Cole", fährt mir Scarlett mit erhobener Hand dazwischen. Unter anderen Umständen würde ich der Tante jetzt ordentlich

Gas geben und sie zurechtstutzen. Beleidigen lasse ich mich von niemandem, und schon gar nicht von einer kleinen Möchtegern-Diva wie ihr. Aber heute, jetzt gerade, kommt mir ihr Verhalten goldrichtig.

„Okay, wisst ihr was, das muss ich mir nicht antun." Rileys Blick suchend, mache ich ein ernstes Gesicht. „Ich habe es echt nur gut gemeint. Aber was soll's ..." Damit drehe ich mich um und gehe über den Pflasterweg, der zur Straße hinunterführt.

„Du bist so ein Biest!"

„Ach, du kannst mich mal!", höre ich die Schwestern hinter mir streiten.

„Cole, warte!" Das ist Riley. Grinsend bleibe ich stehen, warte, bis sie mich eingeholt hat und drehe mich dann mit steinerner Miene zu ihr um.

„Was willst du noch?"

„Hör mal, das war vorhin nicht so gemeint ... also wegen der Lampe und so." *Ich weiß,* denke ich und stelle voller Freude fest, wie unangenehm ihr die Sache ist. „Du hast recht, wir sollten uns vertragen. Das Ganze ist total kindisch. Also, Freunde?" Nun ist sie es, die mir die Hand entgegenstreckt. Hinter ihr sehe ich Scarlett, die die Arme in die Hüften gestemmt und zu uns heruntersieht. *Tja, Staubpussy, du hast verloren,* pfeffere ich ihr gedanklich entgegen, grinse verschlagen und greife nach Rileys Hand. Als ihre schlanken langgliedrigen Finger sich um meine schließen, komme ich nicht umhin, mir vorzustellen, wie sie meine Eier damit krault. Ich liebe zierliche Frauen und Riley hat noch dazu dieses unschuldige Etwas an sich. Unter anderen Umständen würde ich sie heute noch vögeln. Leider wird daraus nichts, weil ich andere Pläne habe. Also schüttle ich ihr mit einem offenen Lächeln die Hand.

„Alles klar. Wir sehen uns", verabschiede ich mich mit einem Zwinkern und laufe den restlichen Weg zur Straße hinunter, wo ich in meinen Porsche Carrera steige. Ohne mich noch einmal nach Riley umzusehen, starte ich den Motor und rausche die Straße hinunter.

„Und, konntest du alles klären?" Bekki, die auf dem Beifahrersitz hockt und auf mich gewartet hat, sieht mich aufmerksam an.

„Alles erledigt", sage ich, meine Aufmerksamkeit auf die Straße gerichtet.

„Und was wolltest du von der Tussi?"

„Geht dich nichts an."

„Cole, ich sehe doch, dass du was ausheckst. Also raus damit, was hast du vor?"

„Ich wiederhole mich nur ungern, Bekki, aber das geht dich nichts an." Der schneidende Klang, den ich meiner Stimme verleihe, lässt sie einlenken.

„Schon gut!" Sie hebt abwehrend die Hände. „Ich meine ja nur. Mason scheint einiges an dem Mädchen zu liegen ..."

„Das ist mir durchaus bewusst." Und mir ist auch bewusst, dass Riley angebissen hat und mein Plan aufgehen wird, und zwar genau so, wie ich mir das vorgestellt habe.

Riley

Mit einem tiefen Aufheulen lässt Cole den Motor seines nachtschwarzen Porsches an und fährt die Straße hinab. Der Wagen ist auf Hochglanz poliert. Der perfekte Schlitten, um Frauen abzuschleppen. Mir ist nach wie vor schleierhaft, woher Coles plötzlicher Sinneswandel rührt. Typen wie er ändern sich nicht von heute auf morgen. Auch nicht ihren Freunden zuliebe. *Was soll's.* Schulterzuckend gehe zum Haus zurück, wo Scarlett noch immer im Türrahmen steht.

„Was sollte das?", frage ich entnervt.

„Versteh mich jetzt bloß nicht falsch, ja? Ich kann dich nach wie vor nicht ausstehen. Du bist und bleibst lästig wie ein eingewachsener Zehennagel. Aber nicht einmal du hast es verdient, an so einen Wichser wie ihn zu geraten." Die Brauen hebend schaue ich sie ungläubig an. Wie bitte, Scarlett Banks warnt mich vor einem Typen? Das gab es noch nie!

„Keine Sorge, ich hatte nicht vor, mich auf ihn einzulassen."

„Gut." Damit stößt sie sich vom Türrahmen ab und geht ohne ein weiteres Wort ins Haus. Ich starre ihr ungläubig hinterher, kann nicht glauben, ausgerechnet von ihr gewarnt worden zu sein. Es scheint, als gäbe es da doch einen Funken Gutes in ihr. Kaum zu glauben, bei dieser Mutter. Gedankenverloren will ich ihr gerade folgen, als es hinter mir hupt. Es ist Emma, die in ihrem stahlgrauen Ford Sierra vorfährt.

„War das eben Cole?", will sie wissen, kaum, dass sie ausgestiegen ist. Ihr Finger zeigt die Straße hinunter.

„Jap, das war er."

„Und was wollte er?"

„Lass uns drinnen reden", schlage ich vor und schicke meine Freundin voraus in mein Zimmer, während ich uns zwei Dosen Eistee aus der Küche hole. Meine Sorge, dabei auf Olivia zu treffen, ist unberechtigt, denn die ist wie vom Erdboden verschluckt.

„Also", drängt Emma, als ich ins Zimmer komme, „was wollte Cole?"

„Sich für gestern entschuldigen", erkläre ich, werfe ihr eine der Dosen zu und setze mich zu ihr aufs Bett.

„Entschuldigen, wofür? Habe ich was verpasst?"

„Ach, er hatte gestern wohl einen schlechten Tag, den er an mir ausgelassen hat."

„Echt, ist mir gar nicht aufgefallen."

„Das wundert mich nicht", sage ich mit leisem Vorwurf in der Stimme, „du warst auch ziemlich abgelenkt von Jester. Jedenfalls war Cole hier, um Frieden zu schließen. Er meinte, Mason würde einiges an mir liegen und da er ein guter Freund von ihm wäre, wolle er sich ihm zuliebe mit mir vertragen."

„Nein, wie nobel von ihm. Apropos Mason, dem armen Kerl hast du's so was von angetan", sagt sie zwinkernd. „Er redet pausenlos von dir und freut sich jetzt schon auf unser Doppeldate morgen Abend." Oh Gott, der Kinobesuch, das habe ich ganz vergessen. „Was ist los? Warum machst du ein Gesicht wie drei Tage Regenwetter?" Emma sieht mich mit zusammengeschobenen Brauen an.

„Na ja, es ist wegen Mason. Er ist nett und ein wirklich süßer Typ. Aber ich will nicht wirklich was von ihm."

„Riley, Süße, du machst dir da umsonst einen Kopf. Ich glaube kaum, dass er auf etwas Festes aus ist. Das Team ist hier, um sich zu amüsieren, den Sommer zu genießen, und genau das solltest du auch tun." Sie legt ihre Hand auf meine und sieht mich eindringlich mit ihren dunklen Mandelaugen an. „Was spricht denn gegen einen kleinen Ferienflirt? Lass dir von Mason die Zeit in diesem Gefängnis versüßen." Sie bedeutet mit einer umfassenden Geste auf das Haus. Emma hat recht, nichts spricht gegen einen harmlosen Zeitvertreib. Etwas Ablenkung wird mir guttun. Und wenn Mason zu aufdringlich wird, kann ich ihm immer noch zu verstehen geben, dass zwischen ihm und mir nichts laufen wird.

Wir reden noch eine Weile über ihn, den gestrigen Abend in Coach Klarks Ferienhaus und natürlich über Jester, mit dem sie zu meiner Überraschung keinen Sex hatte. Emma ist da ganz eigen. Sie versteht es wie keine andere meiner Freundinnen, die Männer um den Finger zu wickeln. Unter anderem weil sie niemanden so einfach an ihr Golddöschen, wie sie ihre intimste Stelle nennt, lässt. Keine Ahnung, was sie sonst noch so mit den Kerlen anstellt, aber ich kenne wirklich niemanden, der ihr nicht aus der Hand fressen würde.

Irgendwann spät am Abend, als wir von Eistee auf Rotwein gewechselt haben, erzähle ich ihr von Olivia und deren Forderung. Emma kann nicht glauben, was die Hexe von mir verlangt und rät mir, mich nicht auf den Deal einzulassen. Wir grübeln eine kleine Ewigkeit, wie ich mich gegen sie wehren könnte. Unsere Ideen reichen von den Spieß umdrehen und sie mit irgendeinem Scheiß erpressen, über es darauf ankommen lassen, bis hin zu jemanden finden, der ihr eine Gehirnwäsche verpasst. Vielleicht würde sie sich dann wieder wie ein normaler Mensch benehmen. Als meine Freundin gegen vier Uhr morgens beschwipst nachhause fahren will, überrede ich sie, bei mir zu schlafen. Ich könnte mir nie verzeihen, wenn ihr was zustieße.

In dieser Nacht liege ich bis in die frühen Morgenstunden wach. Olivias Worte wollen mir nicht aus dem Kopf. Wenn ich nur wüsste, was ich tun soll. Wenn ich ihr gehorche und die 80.000 USD abdrücke, bleibt mir kaum genug, um wie geplant ein neues Leben anzufangen. Andererseits, wenn ich mich weigere und sie sich tatsächlich etwas einfallen lässt, um mir eine Vorstrafe aufzubrummen, dann komme ich nicht vor 31 an mein Geld. So wehrlos zu sein, ist schrecklich. Ich komme mit Olivias Gehässigkeiten und der Tatsache, dass ich keine Familie mehr habe, klar, doch weiß ich nicht, wie ich die Fondsache schaffen soll. Ich hasse sie dafür, dass sie mich in der Hand hat. Wenigstens hat Emma versprochen, sich was einfallen zu lassen. Sie ist ein helles Köpfchen. Hoffentlich kommt ihr bald eine zündende Idee. Um mich vom Stiefmonster abzulenken, denke ich an Cole, wie er heute plötzlich vor der Tür stand. Er ist eindeutig von der Sorte Mann, an der man sich die Finger verbrennt. Und trotzdem wollen mir seine grünen Augen und dieser höschentränkende Blick, mit dem er mich immer wieder misst, nicht aus dem Kopf. In seiner Gegenwart fühle ich mich wie eine Motte, die vom Licht angezogen wird. Eine dumme Motte, so viel steht fest. Mit einem aufregenden Kribbeln, das jeder Gedanke an den Quarterback in meinem Bauch erwachen lässt, werde ich schließlich schläfrig. Und endlich fallen mir die Lider zu.

Tageslicht kitzelt mich und lässt mich die Augen aufschlagen. Mein Schädel fühl sich dumpf an. Na toll, das war wohl ein Glas Wein zu viel. Seufzend rolle ich mich herum und entdecke, dass Emmas Bettseite leer ist. *Streberin, sogar nach einer durchzechten Nacht quält sie sich zum Joggen*, denke ich und stehe kopfschüttelnd auf.

Der Mittwoch verläuft überraschend ruhig. Ich bin davon überzeugt, noch einmal von Olivia in die Mangel genommen zu werden, damit ich ihre Drohung ja ernst nehme. Doch sie lässt sich den ganzen Tag nicht blicken. Genauso wenig wie Scarlett.

Um halb acht höre ich das Dröhnen von Masons Sportwagen. In hautengen Hotpants, Keilschuhen und schulterfreiem Top laufe ich die Treppe hinunter. Wie so oft bin ich auch heute wieder zu spät dran, weshalb ich meine Creolen auf dem Weg nach draußen anziehe – ich liebe diese Ohrringe. Auf dem Pflasterweg fällt mein Blick auf den dunklen Wagen, der vorne am Bürgersteig wartet. Unvermittelt bleibe ich stehen.

Was soll das denn nun wieder?

Die Fahrertür schwingt auf und ich sehe zu, wie Cole aussteigt und sein Auto umrundet. Oh Mann, er sieht unverschämt gut aus mit dieser tiefsitzenden Jeans und dem weißen Hemd mit den hochgekrempelten Ärmeln. Als er mit einem schiefen Grinsen die Beifahrertür öffnet und mich auffordernd ansieht, bemerke ich, wie ich ihn mit offen stehendem Mund anschmachte. *Himmel Herrgott reiß dich zusammen Riles,* schimpfe ich mich stumm, straffe den Rücken und gehe auf ihn zu.

„Dir scheint die Gegend hier zu gefallen, so oft wie du hier vorbeischneist", necke ich ihn und bleibe mit einer Hand in die Hüfte gestemmt vor ihm stehen.

„Ich würde lügen, wenn ich behauptete, sie hätte nicht einen gewissen Reiz", erklärt er und lässt dabei ungeniert seinen Blick an mir herabgleiten. Auch ich kann mir einen genaueren Blick auf ihn nicht verkneifen. Und Gott, aus der Nähe sieht dieser Mann noch schärfer aus! Die rabenschwarzen Haare, die diesen unglaublichen Kontrast zu seinen grünen Augen, in denen ich mich zu verlieren drohe, bilden. Und dann der Ausblick auf seine Brust. Cole hat die ersten paar Hemdknöpfe offen stehen, was einen Blick auf seine gebräunte Haut und die trainierte Brust erlaubt. Auf der rechten Seite erkenne ich den Ansatz eines Tattoos. Sieht aus wie eine Feder. Wozu sie wohl gehören mag? Mir wird bewusst, dass ich ihn schon wieder länger als nötig anstarre und reiße mich zusammen.

„Was willst du hier, Cole?" Meine Stimme klingt überraschend fest, dafür, dass meine Beine wie Pudding sind.

„Wonach sieht es denn aus? Ich hole dich ab."

„Ins Kino?", frage ich überflüssigerweise.

„So ist es, Ma´am, wenn ich dann bitten darf." Mit einer angedeuteten Verbeugung tritt er beiseite und bedeutet mir einzusteigen.

„Ich dachte Mason wollte mich abholen?"

„Tut mir leid dich enttäuschen zu müssen, Mason hatte spontan noch was zu erledigen. Darum hat er mich geschickt."

„Mason kommt nicht?" Mist, in meiner Frage schwingt entschieden zu viel Erleichterung mit. Was Cole natürlich nicht entgeht.

„Keine Sorge", sagt er und grinst mich wissend an, „er wird nachkommen, so rasch es geht."

„Und was ist mit Emma und Jester?"

„Die warten bereits vor dem Kino auf uns." Schöne Scheiße, das bedeutet dann, ich darf mit Mr. Sexy-und-provokant mitfahren.

„Gut, dann auf ins Kino." Mit einem gestellten Lächeln und einem Schwarm Schmetterlinge im Bauch steige ich ein und Cole wirft die Tür hinter mir zu. Der Geruch von Leder steigt mir in die Nase. Der Wagen scheint neu zu sein. Das ist mir letzten Freitag, als er mich angefahren und nachhause gebracht hat, gar nicht aufgefallen. Aber da entging mir ja auch, wie heiß sein Besitzer ist. Ganz im Gegenteil zu jetzt, da Cole neben mir auf den Fahrersitz gleitet und mich mit diesem kurzen, aber Atemnot hervorrufenden Blick bedenkt. Die Hitze, die in meiner Kehle erwacht herunterschluckend, richte ich den Blick durch die Frontscheibe auf die Straße vor uns.

„Müssen wir Bekki noch abholen, oder wartet sie auch am Kino auf uns?", frage ich – in erster Linie, um mich selbst abzulenken.

„Wie kommst du darauf, dass sie mitgeht?" Im Spiegelbild der polierten Windschutzscheibe erkenne ich, wie Coles Stirn sich in Falten legt.

„Seid ihr beiden denn nicht zusammen?"

„Was? Nein, ganz bestimmt nicht", meint er, lacht kehlig und lässt den Motor an. „Sie ist eine Bekannte, nicht mehr." Mit dieser ernüchternden Antwort wirft er einen Blick auf den Außenspiegel und fährt los. *Eine Bekannte, na klar.* Nach dem was Scarlett gestern erzählt hat, kann ich mir durchaus vorstellen, was für eine Art *Bekannte* Bekki ist.

„Hattest du denn überhaupt schon mal eine richtige Beziehung?" Die Frage platzt einfach so aus mir heraus. So nah neben Cole zu sitzen, ist nicht gut für mein Hirn. Irgendwie scheint es in seiner Gegenwart auf Slow Motion umzustellen.

„Was glaubst du wohl?" Sein belustigter Tonfall weckt meine Neugier. Den Kopf drehend, schaue ich ihn an. Das Schmunzeln auf seinen Lippen ist ansteckend.

„Schwer zu sagen. Aber nein, ich glaube nicht, dass du jemals eine richtige Freundin hattest. Du bist eher der Typ Mann, der auf

Freiheit und Erfolg steht. Da ist eine Frau nur im Weg."

„Das klingt ganz, als würdest du mich hier als oberflächlich abstempeln."

„Sagen wir so, ich glaube nicht, dass du wirklich kompromissfähig bist. Dafür bist du zu egoistisch."

„Autsch!" Cole gibt ein empörtes Stöhnen von sich. „Ich dachte, wir wollten Freunde sein."

„Tut mir leid, das war nicht böse gemeint. Ist einfach nur meine Meinung." Er wirft mir einen kurzen, dafür finsteren Blick zu.

„Also, damit du es weißt, ich bin sehr wohl kompromissfähig und ja, ich hatte tatsächlich auch schon Beziehungen. Aktuell konzentriere ich mich aber tatsächlich auf meine Karriere und habe daher weder Lust noch Zeit für etwas Festes. Aber wenn das bei dir unter die Kategorie Egoismus fällt …" Was denn, habe ich da etwa einen wunden Punkt bei Mr. Selbstsicher entdeckt? Die Vorstellung entlockt mir ein Kichern.

„Belustigt dich das jetzt auch noch?" Eine Braue ungläubig hochgedrückt sieht er mich an. Seiner Miene nach ist er unschlüssig, ob er nun angefressen oder amüsiert sein soll. „Ich sehe schon, mein Friedensangebot kam zu früh. Du kleines Biest nutzt das knallhart aus." Er verpasst meinem Oberschenkel einen spielerischen Klaps, woraufhin es mir die Sprache verschlägt. Seine Berührung zieht mir kribbelnd über den Schenkel hoch und bis in den Unterleib, wo sich meine Muskeln zusammenziehen und meine Libido erwecken. Wow, was war das denn? Glücklicherweise kann Cole nicht wissen, welche Reaktion er in meinem Körper hervorruft.

„Wie sieht´s mit dir aus, hattest du denn schon mal eine feste Beziehung. Wahrscheinlich nicht, so jung wie du bist.“

„Hey, was soll das heißen? Was denkst du denn bitte, wie alt ich bin?“

„Keine Ahnung, 17, vielleicht 18?“ Cole grinst verkniffen und mir wird klar, dass er mich nur aufziehen will.

„Ich bin 20, aber danke für das Kompliment.“ Einen Wimpernschlag lang bin ich versucht, ihm die Zunge herauszustrecken, beherrsche mich aber. „Ich hatte eine zwei und eine eineinhalb jährige Beziehung“, erkläre ich. Die Letzte ist schon eine ganze Weile her. Ich hatte nie das Bedürfnis, mich auf was Neues einzulassen, war zu sehr mit meinem Buch beschäftigt. Doch in jüngster Zeit fühle ich mich immer öfter einsam. Ich werde mich jedoch hüten, Cole auch nur ein Sterbenswörtchen davon zu erzählen. Er würde sich höchstens darüber belustigen. Männer wie er sind nicht emotional. Sie haben nur schnellen, unverbindlichen Sex im Kopf.

„Wie lange ist die Letzte her?", will er wissen, während er den Porsche auf den Kinoparkplatz lenkt.

„Eine Weile", antworte ich und sehe aus dem Seitenfenster, um seinem Blick auszuweichen.

Cole

Die arme Riley sitzt also schon eine Weile auf dem Trockenen. Nein, wie furchtbar. Ganz bestimmt verzehrt sie sich geradezu nach körperlicher Nähe und einem Mann, der sie umgarnt. Wunderbar, das wird ein Kinderspiel. Ganz der Gentleman, umrunde ich den Wagen und öffne der Kleinen die Tür.

„Darf ich bitten?", raune ich und biete ihr meinen Arm an, den sie tatsächlich ergreift. Wie gesagt, ein Kinderspiel!

„Riles, Süße!", höre ich eine Frauenstimme rufen. Als ich mich umdrehe, sehe ich ihre Freundin Emma mit Jester im Schlepptau auf uns zukommen. Na klasse, ich dachte, sie warten am Eingang. Während Riley auf ihre Freundin zugeht und sie in den Arm nimmt, klicke ich auf den Schlüssel, um den Wagen abzusperren, und ringe mir eine freundliche Miene ab.

„Hey Kumpel", begrüßt mich Jester und ich nicke ihm zu.

„Ihr seid ganz schön spät dran", meint er und reicht jedem von uns eine Karte. „Besser, wir gehen gleich rein."

„Warte, was ist mit Mason?", will ich wissen.

„Der kommt nicht, hat sich den Magen an der Couchpizza verdorben." Ich erinnere mich an eine Meeresfrüchtepizza, die sich Alec gestern bestellt hat. Das Teil hat da schon nicht ganz koscher gerochen und das ganze Haus mit Fischgestank verpestet. Wenn Mason, die arme Sau, heute davon gegessen hat, kann er froh sein, wenn er nicht ins Krankenhaus muss. „Tut mir leid, Riley, aber es hat ihn echt übel erwischt", entschuldigt Jester unseren Freund. Tja, des einen Leid ist des anderen Freud. Besser hätte er mir nicht in die Karten spielen können.

„Der Ärmste, sei so lieb und richte ihm eine gute Besserung aus", bittet Riley, während wir über den Parkplatz gehen. Als die Mädchen vor uns die Stufen zum Kino hochsteigen, nutze ich die Gelegenheit, um Rileys Rückseite in Augenschein zu nehmen. Ihr dunkelblondes, heute geglättetes Haar, das ihr bis auf die Hüfte fällt, glänzt im Sonnenlicht wie reifer Hopfen. Ihr Hintern ist genau so, wie ich es mag, klein und knackig. Und dann diese ewig langen Beine. Ich kann verstehen, warum Mason auf die Frau abfährt. Sie ist verdammt noch mal verboten heiß. Wir treten gerade durch die Drehtür ins Innere des Gebäudes, als ich überlege, wie es wäre, sie flachzulegen. Der Gedanke, wie sie ihre schlanken Beine um meine Taille schlingt und das Becken hochdrückt, lässt mich prompt hart werden.

„Ich glaub´s nicht, das sind sie! Das sind Cole McKenesy und Jester Grady von den Washington White Sharks!", unterbricht eine aufgeregte Frauenstimme meine Überlegungen. Im nächsten Moment scharren sich ein Dutzend Leute um mich und meinen Teamkollegen.

„Ein Autogramm, bitte, ich will ein Autogramm!"

„Schon gut, schon gut", ergibt sich Jester neben mir und nimmt einem Mädchen, das nicht älter als 15 sein kann, den Kugelschreiber ab, dem sie ihm aufgeregt hüpfend, reicht. Während er seine Spielernummer samt seinen Initialen auf ihren Unterarm kritzelt, halte ich nach Riley und Emma Ausschau. Die beiden stehen ein wenig Abseits und betrachten mit großen Augen den Menschenmob, der sich um uns drängt. Als Rileys Blick auf mich fällt und sie bemerkt, dass ich ihr geradewegs in die Augen sehe, lächelt sie. Ich halte ihren Blick noch einen Moment gefangen, bevor Emma sie an der Hand packt und in Richtung Snackbar zieht. Als sie sich ein paar Schritte weiter noch einmal nach mir umdreht, grinse ich. Perfekt, die Kleine wird schon bald Butter in meinen Händen sein.

„Cole, bitte bekomme ich mein Autogramm hierhin?" Eine Lady um die 40 drängt sich mir entgegen, die Brust zur Hälfte entblößt. Sie himmelt mich durch ihre falschen Wimpern an. Auch wenn sie mir ein bisschen zu viel Make-Up trägt, ist sie alles in allem nicht von schlechten Eltern. Wären wir nicht hier, sondern in Coach Klarks Ferienhaus, würde ich sie ohne zu zögern flachlegen. Reifere Frauen sind der Hammer im Bett! Sie wissen, was einen guten Fick ausmacht und sind herrlich versaut. So jedoch bekommt die Gute nur meine Signatur auf die Brust.

Etwa zehn Minuten später sind alle Fans mit Autogrammen und Fotos von uns versorgt und wir verabschieden uns. Riley und ihre Freundin warten mit Popcorn und Getränkebechern vor Saal zwei auf uns, wo unser Film gespielt wird.

„Du bist ja ganz schön begehrt", schnurrt Emma, schlingt Jester die Arme um den Hals und küsst ihn.

„Ich hoffe, Cola ist okay." Riley hält mir einen XL Becher entgegen.

„Du hast mir was zu trinken besorgt?" Hervorragend, sie frisst mir ja jetzt schon aus der Hand. Das war ja fast lachhaft einfach.

„Klar, das machen Freunde doch so", meint sie, dreht sich um und reicht ihr Ticket dem Kartenabreißer vor der Tür. *Tja, zu früh gefreut,* gestehe ich mir ein und folge ihr zusammen mit den anderen in den abgedunkelten Saal. Wir sind so spät dran, dass die Werbung bereits durch ist und die Filmvorschau läuft. Unsere Plätze sind in der hintersten Reihe, was angenehm ist, denn hier dürften wir unsere Ruhe vor weiteren Fans haben. Ich setze mich auf den Platz direkt an der Wand. Neben mir nimmt Riley Platz, dann folgen Emma und Jester. Den Colabecher zwischen den Beinen, den Blick auf die Leinwand gerichtet, wo unser Film gerade anläuft, unterdrücke ich ein Seufzen. Ich habe mir nicht die Mühe gemacht, nachzusehen, was wir uns anschauen, bin aber sicher, dass es irgendeine Schnulze sein wird. Doch schon im Vorspann wird mir klar, in keinem Liebesfilm, sondern Horrorstreifen zu sitzen. Heute ist wirklich mein Glückstag! The Bye-Bye-Man, der jeden holen kommt, der seinen Namen laut ausspricht oder auch nur denkt, hat es ganz schön in sich. Die Schocker sind erstklassig und lassen das Publikum immer wieder aufschrecken. Riley neben mir hält sich

142

erstaunlich tapfer. Je länger der Film jedoch läuft, desto heftiger wird er. Irgendwann sehe ich im Augenwinkel, wie ihre Hände vor den Mund wandern und sie sich vor Angst versteift.

„Hey, ist doch nur ein Film", versuche ich, sie zu beruhigen, doch in dem Moment passiert der nächste Schocker und Rileys Hand krallt sich vor Schreck in meinen Unterarm.

„Tut mir leid", sagt sie verlegen und ich sehe an ihren geweiteten Pupillen, dass sie sich wirklich fürchtet. Das finde ich süß. Schmunzelnd greife ich nach ihrer Hand und verflechte meine großen Finger mit ihren zierlichen. „Keine Sorge, der Bye-Bye-Man wird dich nicht holen. Vorher muss er an mir vorbei." Meine Worte entlocken ihr ein unschlüssiges Lächeln. Ich bin mir sicher, sie wird ihre Hand zurückziehen und mir einen doofen Spruch um die Ohren knallen. Doch das tut sie nicht. Stattdessen verengt sie ihren Griff und sieht wie gebannt zurück auf die Leinwand. Schmunzelnd tue ich es ihr gleich. Das Finale hat es in sich. Rileys kleine Hand drückt meine immer wieder und bis zum Schluss ist sie in ihrer Angst so nah an mich herangerückt, dass ihre Schulter meinen Oberarm berührt. Als der Film zu Ende ist, zieht sie ihre Hand zurück und knetet die Finger.

„War ganz schön spannend, was?", höre ich sie Emma fragen. Wie ich Jester kenne, hat seine Kleine jedoch nicht viel mitbekommen. Er steht darauf, seine Bräute im Kino zu fingern – ein kleiner Fetisch.

Nach dem Kino essen wir noch einen Happen bei *Angelo,* der Pizzeria nebenan. Es wird ein entspannter Abend und ich muss zugeben, die Mädels sind ziemlich cool. Mit ihnen kann man sich amüsieren. Sie quatschen weder ständig über Schminke oder Klamottenkram noch liegen sie uns in den Ohren, wie toll sie die White Sharks finden. Als der Italiener um Mitternacht seinen Laden schließt, bringt Jester Emma nachhause und ich Riley. Im Gegensatz zur Herfahrt wird der Heimweg total entspannt und ich muss zugeben, es gefällt mir, sie neben mir sitzen zu haben. Ich imitiere die Miene des Bye-Bye-Man und versuche, Riley dazu zu bringen, seinen Namen auszusprechen. Damit handle ich mir einen Boxer in den Oberarm ein. Sie ist so ein Angsthase. Vor ihrem Backsteinhaus angekommen, halte ich am Straßenrand und stelle den Motor ab. Einen Moment schweigt sie und ich frage mich, was ihr durch den Kopf geht. Dann wendet sie sich mir mit einem Lächeln zu. Ihre Augen schimmern wie blaue Opale und um ihre Lippen spielt ein weicher Zug.

„Danke, Cole. Es war ein überraschend schöner Abend."

„Da gebe ich dir recht. Das schreit nach einer Wiederholung", sage ich, wende mich ihr zu und lege den Arm um ihre Nackenstützte. Dabei spüre ich, wie meine Muskeln sich anspannen und gegen den Stoff drängen. Rileys verstohlene Blicke entgehen mir nicht. Innerlich grinsend setze ich dem Ganzen die Krone auf, indem ich den Kopf zur Seite neige und ein wenig senke. Der Blick mit dem ich sie nun bedenke lässt sie schlucken und ich bin mir sicher, am Ziel zu sein. Jetzt habe ich sie da, wo ich sie haben wollte. Die Kleine hat sich in mich verknallt. Von nun an wird sie mir wie all die anderen Ladys nachlaufen wie ein Schoßhündchen. Das tut mir leid für Mason, aber meine Karriere geht nun mal vor. Mag sein, dass meine Sorge, sie könnte mich verpfeifen, nichts weiter als ein Hirngespinst ist. Aber ich habe gelernt, derartige eventuelle Probleme lieber früher als später anzugehen. Sollte Riley meinem Kumpel oder einem der anderen Jungs auf die Nase binden, dass ich sie angefahren und nicht einmal ins Krankenhaus gebracht habe, werde ich ihren Vorwurf leicht abschmettern können. Die Jungs wissen, wie verlogen manche Mädchen werden können, wenn man ihre Liebe nicht erwidert. So ziemlich jeder von uns hatte schon mal so eine an der Backe. Rileys Worte werden also auf taube Ohren stoßen. Das bedeutet, ich brauche mich weder über negative PR zu sorgen, noch darum, dass Mason mir böse sein könnte, weil ich seinen Sonnenschein verletzt habe.

Siegessicher, beuge ich mich vor, will das Ding zu Ende bringen. Ein Kuss sollte reichen. Die Lippen spitzend nähere ich mich ihrem hübschen Gesichtchen und erstarre, als ich spüre, wie ihre Hand meinen Schenkel tätschelt.

„Also dann, danke fürs Heimbringen", meint sie und steigt aus. „Mach´s gut, Cole." Schon fliegt die Tür zu und mir bleibt nichts anderes übrig, als ihrem Knackarsch nachzusehen, der den Pflasterweg hochgeht und im Haus verschwindet.

Was zur Hölle sollte das?!

Riley

Die Haustür ins Schloss drückend, lehne ich mich von innen gegen sie. Mein Herz klopft, als wäre ich einen Marathon gelaufen und meine Hände zittern. Unfassbar, Cole McKensey hat gerade versucht, mich zu küssen. Dem Himmel sei Dank, dass ich geistesgegenwärtig reagiert habe und einfach ausgestiegen bin. Denn das ist alles andere als selbstverständlich. Dieser Kerl macht mich verrückt. Seine Anziehungskraft ist nicht in Worte zu fassen. Und ehrlich, ich mag ja sonst ein willensstarker Mensch sein, aber in seiner Nähe mutiere ich zum verweichlichten Schwächling. Das ärgert mich, denn ich habe keine Lust, wie Scarlett zu enden und wie ein Stück Dreck behandelt zu werden. Dafür bin ich mir zu schade. Mein Herz stolpert grob gegen meinen Burstkorb, als ich höre, wie Cole draußen den Motor aufheulen lässt und davonfährt. Die Augen zusammengekniffen, zwinge ich mich ruhig zu bleiben.

„Reiß dich zusammen, Riley, du hast mehr verdient als einen schnellen Fick", flüstere ich mir selbst zu. Ich wünsche mir eine richtige Beziehung, mit jemandem, der für mich da ist und mich unterstützt. Mit Olivia und dem verdammten Fond habe ich genug Probleme am Hals. Da brauche ich nicht auch noch einen Typen, der mir den Kopf verdreht und letztlich das Herz bricht. Mit dem festen Vorsatz, Cole aus meinen Gedanken zu verbannen und mir stattdessen zu überlegen, wie ich die Forderungen meiner Stiefmutter umgehen könnte, mache ich mich auf den Weg nach oben in mein Zimmer.

Am nächsten Morgen bin ich noch immer nicht schlauer. Ich habe mir die halbe Nacht um die Ohren gehauen, jede Menge Pläne gefasst und wieder verworfen. Mit dem Resultat, dass ich heute verzweifelter bin denn zuvor. Nüchtern, weil ich keinen Bissen herunterbekomme, mache ich mich auf den Weg ins Fitnesscenter, wo ich mich mit Emma zum Tae Bo treffe. Andrés Training hilft Wunder. Ich knie mich so richtig in die Stunde rein und schaffe es, den Kopf frei zu bekommen. Dafür bin ich danach ein einziger wandelnder Schweißtropfen und kann es kaum erwarten unter die Dusche zu kommen.

Nach dem Training quatschen Emma und ich noch vor dem Fitnesscenter mit ein paar der anderen Mädchen. André feiert kommenden Montag seinen 28. Geburtstag. Nun sammeln sie für ein Gruppengeschenk. Wir sponsern gerade jeweils zehn Dollar, als er aus dem Gym und auf uns zu kommt.

„Alles klar bei euch?", frägt er in die Runde und erntet von einigen der Mädchen Gekicher. Ich verdrehe die Augen angesichts der Tatsache, wie kindisch sich manche Frauen benehmen können.

„Logo", sage ich und lächle ihn an, „Emma hat nur gerade von einem neuen Laden erzählt, der in der Mall eröffnet hat. Sie meint, da gibt´s die schärfsten Laufschuhe in ganz Aberdeen." „Genau", steigt meine Freundin in die Lüge ein. „Die sollen der Hammer sein, atmungsaktiv mit Gelfußbett."

„Klingt vielversprechend", meint André, den Blick auf mich gerichtet, als wolle er mehr damit andeuten. Das ist mir unangenehm. Zum Glück verwickeln ihn gleich ein paar der anderen Mädchen in ein Gespräch über das heutige Training. Ich will Emma gerade einen Lass-uns-verschwinden-Blick zuwerfen, als ich ein rotes Cabrio auf den Parkplatz einbiegen sehe. Hinter dem Steuer sitzt Jester, mit seinem unordentlichen Hipster-Dutt und dem Vollbart. Neben ihm erkenne ich Coles dunklen Schopf.

Ihn zu sehen, lässt mir den Magen in die Kniekehlen rutschen. Was will er hier? Langsam habe ich das Gefühl, der Kerl verfolgt mich. Das dumpfe Röhren des Wagens erregt die Aufmerksamkeit unserer kleinen Gruppe. Ich kann sehen, wie die Köpfe herumschwenken. Es dauert, einen Augenblick, bis die Damen erkennen, wer da aussteigt.

„Hey, ist das nicht der Quarterback der White Sharks?"

„Und wie er das ist! Das sind Cole McKensey und Jester Grady!"

„Oh Mann, das kann wieder dauern", seufzt meine Freundin neben mir, während unsere Gruppe, ausgenommen André, auf die beiden Sportler zustürmt. „Ein Autogramm! Cole bitte, ich zuerst!", höre ich sie durcheinanderschreien. Doch der Quarterback der Sharks hat keine Augen für die Meute, sondern sieht über diese hinweg und geradewegs in mein Gesicht. Ich spüre, wie meine Wangen rot werden, als André es bemerkt.

„Kennst du den Typen?" Er klingt vorwurfsvoll, was mich verwirrt.

„Flüchtig", antworte ich mit einem schiefen Lächeln und sehe wie Coles Augen schmal werden. Sein Blick schwenkt von mir auf den Trainer, den er mit düsterer Miene mustert.

„Okay, also ich muss dann mal los. Wir sehen uns nächsten Montag", verabschiede ich mich.

„Was denn, du willst schon weg?" Emmas Hand fasst nach meiner und lässt mich innehalten, bevor ich mich umdrehen und gehen kann.

„Ja, sorry, ich habe gerade echt viel im Kopf. Du weißt schon, wegen Olivia und so."

„Ach du Schande, ich wollte mir noch was einfallen lassen ..."

„Schon gut", fahre ich ihr dazwischen, weil ich Coles Blick auf mir spüre und merke, wie meine Konzentration schwindet. „Ich muss jetzt wirklich los. Wir hören uns", verspreche ich, werfe ihr eine Kusshand zu und wende mich um. Ich komme genau bis zur Hälfte des Parkplatzes, als ich hinter mir Schritte höre.

„Riley!" Das ist Cole. Oh verdammt, warum kann er mich nicht einfach in Frieden lassen? Was, wenn er mich auf gestern Abend anspricht? „So warte doch!" Seine kräftige Hand bekommt mich an der Schulter zu fassen und dreht mich zu ihm herum. Mein Blick tastet über sein wie gemeißeltes Gesicht. Er ist unrasiert, hat einen leichten Dreitagebart, was ihn noch verwegener aussehen lässt. Himmel, wie soll eine Frau bei diesem Anblick nicht schwach werden? „Sag mal, bist du sauer auf mich, oder was ist los?"

Die Hände in die Hüfte stemmend, sieht er mich ernst an. Na Gott sei Dank, er reitet nicht auf gestern Abend herum. Gut so. Aber wie kommt er auf die Idee, ich könnte sauer auf ihn sein? Wir hatten vielleicht einen ungünstigen Start, und ja, anfangs hat er sich wie ein Arsch benommen. Aber in den letzten Tagen hat er sich Mühe gegeben, war teilweise sogar ein richtiger Gentleman.

„Ich, sauer? Natürlich nicht", sage ich und stelle erfreut fest, wie meine Worte seine Mundwinkel heben.

„Gut." Er kommt einen Schritt näher. „Wer ist der Kerl da hinten." Mit dem Kopf über die Schulter deutend, sieht er mich aufmerksam an.

„André? Er ist unser Tae Bo Trainer."

„Dir ist klar, dass er auf dich steht?" Das klingt nüchtern, doch da ist ein lauernder Ausdruck in seinen Augen.

„Was, André? Nein, das ist doch Unfug." Ich klinge genauso unsicher, wie ich mich unter seinem Blick fühle.

„Kann man ihm jedenfalls nicht übelnehmen. Der Mann hat Geschmack." Die Hand hebend langt er nach meinem Haar, das ich zum Zopf gebunden trage. „Das steht dir", meint er und wickelt sich eine Strähne um den Finger. Dabei streift er leicht die Haut an meinem Hals, was mich erschauern lässt. Seine Nähe ist berauschend, verschlägt mir den Atem. Und dann, vollkommen unvermittelt, lässt er von mir ab. „Trotzdem, Mason wird nicht gefallen, wenn er hört, dass du hier angebaggert wirst." Mason? Wie kommt er denn plötzlich auf den? Und vor allem, warum tut er so, als würde es ihn etwas angehen, wer sonst noch auf mich steht? Keine Ahnung, was ihm sein Freund erzählt hat, aber Mason und ich sind nicht zusammen. Plötzlich habe ich das Bedürfnis, das klarzustellen.

„Ich wüsste nicht, warum sich Mason daran stören sollte. Wir sind nicht zusammen, falls du das glaubst." Auf diese Aussage hin erwacht ein Ausdruck auf Coles Miene, den ich nicht zu deuten vermag.

„Verstehe", sagt er und wechselt das Thema. „Ich wollte gleich noch mit Jester und Emma an den Chehalis River zum Schwimmen. Wie sieht's aus, bist du dabei?"

Damit ich endgültig schwach werde, weil ich ihn halb nackt sehe? Nein danke!

„Tut mir leid, aber ich habe keine Zeit. Mein Terminkalender ist randvoll."

„Ach ja? Nun, wenn du willst kann ich dir behilflich sein. Soll ich dich wohin fahren?"

„Nein, aber danke, das ist wirklich nett von dir." *Was heißt da nett, das ist einfach nur süß von ihm. Himmel Riley, reiß dich zusammen und hör auf, ihn anzuschmachten!*

„Bist du denn den ganzen Tag verplant?"

„Auf jeden Fall bis zum Abend."

„Klingt ganz schön stressig." Mitfühlend die Lippen verziehend, sieht er mich an und weckt dabei den Wunsch in mir, ihn zu küssen. Der Drang, mich auf die Zehenspitzen zu stellen und mir zu nehmen, was ich will, ist heftig. Wenn ich nicht gleich die Flucht ergreife, werde ich etwas Unüberlegtes tun.

„Sorry, aber ich muss jetzt wirklich los." Mit einem gequälten Lächeln sehe ich ihm ein letztes Mal in die im Sonnenlicht giftgrün schimmernden Augen.

„Also gut, dann bis bald." Warum muss seine Stimme wie flüssiger Sex klingen? „Ach und Riley, solltest du es dir doch noch anders überlegen, hier ist meine Nummer." Er zieht eine Visitenkarte aus seiner hinteren Hosentasche und reicht sie mir. Wieder berühren mich seine Finger wie beiläufig und wieder zieht mir ein Prickeln über die Haut.

„Dann bis bald, Kleines", raunt er und sieht mit einem schiefen Lächeln auf mich herab.

„Danke … ich … bis dann", stammle ich, wende mich um und sehe zu, dass ich davonkomme.

Auf den Bus verzichtend, laufe ich den ganzen Weg bis nach Hause. Eigentlich sollte ich mir noch mal überlegen, was ich zu Olivia sage. Doch ich schaffe es nicht, einen klaren Gedanken zu fassen, weil Cole nicht aufhören will, mir durch den Kopf zu geistern. Wobei, wenn ich ehrlich bin, habe ich im Herzen schon einen Entschluss gefasst. Ich werde mich nicht erpressen lassen. Dieses Geld gehört mir. Wenn Dad wüsste, zu was für einer Hexe sich Olivia nach seinem Tod entwickelt hat und wie ich unter dieser Frau gelitten habe, dann würde er sich tatsächlich im Grab umdrehen. Er würde nicht wollen, dass ich aufgebe und sie auch noch das letzte Bisschen seines Vermächtnisses verpulvern lasse.

Mit einem flauen Gefühl im Bauch erreiche ich mein Elternhaus. Oder besser gesagt, Olivias Haus. Ich beschließe, die Sache so rasch wie möglich hinter mich zu bringen, und mache mich auf die Suche nach dem Stiefmonster. Zu meiner Enttäuschung ist sie nicht zuhause. Dafür finde ich Rosa in der Küche. Sie hat mitbekommen, wie wenig ich in letzter Zeit gegessen habe, macht mir ein Schinkensandwich und besteht darauf, dass ich es vor ihren Augen verputze. Die

Frau ist ein Engel - die gute Seele dieses Hauses.

Ich warte den ganzen Nachmittag, doch außer Scarlett und ihrem mal wieder Freund Mad, taucht niemand auf. Emma schickt mir zwei WhatsApp-Nachrichten. In der ersten will sie wissen, ob mir noch was eingefallen ist und in der zweiten, ob es mir helfen würde, wenn sie bei dem Gespräch dabei wäre. Beides verneine ich. Diese Sache muss ich alleine klären.

Irgendwann wird mir das Warten zu dumm und ich schnappe mir ein Buch und setzte mich ins Wohnzimmer. Kaum habe ich die erste Seite aufgeschlagen, höre ich, wie jemand zur Haustür hereinkommt. Olivias penetrantes Parfüm steigt mir in die Nase noch bevor ich sie sehe.

„Ach, da bist du ja", sagt sie, als sie mich in Dads Ohrensessel entdeckt. Sie trägt ein teuer aussehendes Kostüm, und kommt dem Abdruck auf ihrer Stirn nach, gerade von der Massage. Ihre Handtasche auf den Beistelltisch neben mir legend, sieht sie mich mit gestellt offener Miene an.

„Also, Riley. Die zwei Tage sind um und damit auch deine Bedenkzeit", erklärt sie, setzt sich mir gegenüber auf das Sofa und überschlägt die Beine. „Und ich bin mir sicher, du hast die richtige Entscheidung getroffen." Das Lächeln, das sie bei diesen Worten entblößt und dabei ihre Zähne aufblitzen lässt, erinnert an ein Raubtier. Seltsamerweise schüchtert sie mich damit nicht ein. Keine Ahnung warum, aber ich schaffe es tatsächlich, ruhig zu bleiben.

„Ja, ich denke, ich habe auf jeden Fall die richtige Entscheidung getroffen." Mein Buch beiseitelegend, sehe ich ihr fest in die Augen.

„Und wie lautet sie?" Die Hände auf den Knien faltend grinst Olivia, als wäre sie sich sicher, mich weichgeklopft zu haben. Tja, dummerweise muss ich sie enttäuschen.

„Du wirst dir einen anderen Geldgeber suchen müssen. Von mir bekommst du keinen Cent." Meine Antwort lässt sie künstlich auflachen.

„Kind, bitte sag mir, dass das nicht dein Ernst ist. So unvernünftig kannst nicht einmal du sein."

„Es ist mein voller Ernst", erkläre ich ruhig und sehe, wie sich ihr Gesicht verfinstert. Das Lächeln gefriert auf ihren Lippen und bildet eine harte Linie.

„Du willst dich also wirklich mit mir anlegen, was?"

„Nein, Olivia, ich lasse mich nur nicht erpressen. Und schon gar nicht von jemandem wie dir." Kaum zu glauben, wie ruhig ich bleibe. Die ganze Zeit über habe ich mir den Kopf wegen der Sache zerbrochen. Doch nun, da ich eine Entscheidung getroffen und sie ausgesprochen habe, ist es, als wäre es das Logischste auf der Welt, als gäbe es nur diese eine Möglichkeit.

„Du bist also wirklich so dumm und legst dich mit mir an?" Ihr giftiges Lachen verbirgt nicht den irren Ausdruck, der dabei in ihre Augen tritt. Darauf antworte ich nicht, sondern schnappe mir mein Buch und stehe auf. Ich habe gesagt, was gesagt werden musste. Damit bin ich hier fertig. Auch Olivia erhebt sich vom Sofa.

„Du kleine Idiotin …", zischt sie und kommt mit verächtlich verzogen Lippen näher, „… verwöhnte, selten dumme Göre." Die Hand hebend, sticht sie mit ihrem manikürten Zeigefinger grob gegen meine Brust. „Du hast keine Ahnung, mit wem du dich hier anlegst."

„Und es ist mir auch scheißegal", knurre ich und gehe an ihr vorbei in Richtung Treppenhaus.

„Riley", hält sie mich zurück, bevor ich den Raum verlasse.

„Was noch?" Den Blick stur geradeaus gerichtet, wende ich mich nicht um.

„Malcom zuliebe gebe ich dir noch bis morgen Abend Zeit, deine Fehlentscheidung zu korrigieren." Jetzt drehe ich mich doch zu ihr um und mehr noch, ich gehe mit großen Schritten auf sie zu und drücke ihr, wie sie mir zuvor, grob den Finger gegen die falsche Brust.

„Du hältst gefälligst meinen Vater aus der Sache raus. Hast du verstanden?" Einen Augenblick lang sagt keine von uns was und wir sehen einander einfach nur hasserfüllt an. Dann beugt sie sich mit ihrer Botox-Visage zu mir herüber.

„Bis morgen Abend und keine Minute länger. Solltest du bis dahin noch immer derselben Ansicht sein, dann - und das schwöre ich dir, so wahr ich hier stehe - wirst du mich kennenlernen."

„Bitte, tu dir keinen Zwang an", zische ich, drehe mich um und verschwinde.

Das Handy in der Hand knalle ich die Haustür hinter mir zu. Ich muss hier weg, raus aus diesem Irrenhaus. Also laufe ich die Straße hinunter. Ich bin so unsagbar wütend, dass ich schreien möchte. Wie lange ich durch die Gegend laufe, um mich abzureagieren kann ich nicht sagen. Es ist jedoch bereits dunkel, als ich mich schließlich auf die Schaukel eines öffentlichen Spielplatzes setze und den Blick auf mein Handy senke. Wenn ich nicht verrückt werden will, muss ich mit jemandem darüber reden. Ich überlege, Emma anzurufen, doch die würde sich nur endlos aufregen und im schlimmsten Fall mit mir nachhause fahren, um Olivia den Marsch zu blasen. Außer der Gefahr, dass diese dann komplett austickt, bringt das nichts. Meine anderen Freundinnen will ich nicht mit in die Sache hineinziehen.

„Ach, das ist doch alles Scheiße", jammere ich und will gerade mein Handy wegpacken, als mein Blick auf die Visitenkarte fällt, die hinter der durchsichtigen Schutzhülle steckt. „Cole", murmle ich und hole sie hervor. Vielleicht sollte ich ihn anrufen. Er wollte doch unbedingt mein Freund sein, nicht wahr? Nun, dann kann er sich jetzt beweisen. Einen Herzschlag lang keimt ein ungutes Gefühl in mir auf. Wenn ich bedenke, wie ich auf seine Nähe reagiere, ist es vielleicht eine dumme Idee, ausgerechnet ihm von meinen Problemen zu erzählen. Auf der anderen Seite bin ich so wütend, da kann ich mir nicht vorstellen, dass ich auf andere Gedanken als Olivia oder den Fond kommen könnte. Ein Treffen ist also ganz bestimmt unbedenklich und ich brauche jetzt einfach jemanden, bei dem ich mir den Frust von der Seele reden kann. Ohne länger das Für und Wider abzuwägen, tippe ich die Nummer in mein Handy und rufe den Quarterback an.

Cole

Zufrieden sehe ich zu, wie Bekki vor mir auf die Knie sinkt und nach meinem Steifen greift. „Oh ja, so gefällt mir das", lobe ich, als sich ihre Lippen um meinen Schaft schließen und sie mir einen bläst. Verdammt, tut das gut. Ihr warmer, feuchter Mund ist genau das, was ich jetzt brauche. Ich will gerade meine Hände auf ihren Hinterkopf legen, um sie dirigieren zu können, als mein Handy hinter mir auf dem Bett klingelt. Fuck, nicht jetzt. Genervt lange ich nach dem Gerät und will es auf stumm schalten, als ich die fremde Nummer erkenne. Ein fettes Grinsen erobert meine Lippen. Diese Handynummer haben ausschließlich die Coaches und meine Teamkameraden – und die würden sie niemals weitergeben. Folglich kann das nur eine Person sein.

„McKensey", nehme ich den Anruf an und lege Bekki eine Hand flach auf den Kopf, damit sie Pause macht. Besser, ich konzentriere mich jetzt.

„Cole, hi, ich bin´s, Riley." Mein Grinsen wird noch breiter. Wusste ich´s doch. Die beiläufigen Berührungen vor dem Fitnesscenter haben ihr den Rest gegeben. Ich habe sehr wohl bemerkt, wie meine Finger eine Gänsehaut auf ihren Hals zauberten. Allerdings gebe ich zu, nicht damit gerechnet zu haben, dass sie sich heute noch meldet.

„Na, wen haben wir denn da, die Dame mit dem vollen Terminkalender", ziehe ich sie auf, „Hast du etwa doch noch ein paar Minuten für mich?"

„Wenn es nicht zu spät ist."

„Zu spät, willst du mich verarschen? Es ist kaum elf. Wann soll ich dich abholen?"

„Jetzt gleich, wenn du Zeit hast. Du findest mich …" Ich höre wie ihre Fingernägel über das Display klacken. „… hier", erklärt sie und schickt mir per WhatsApp ihren Google Standort.

„Ist das der Spielplatz hinter der alten Schuhfabrik? Was zum Teufel machst du da?" Es gefällt mir gar nicht, dass sie um diese Zeit an so einem verlassenen Ort herumlungert.

„Das erzähle ich dir, wenn du hier bist, ja?"

„Zehn Minuten", verspreche ich. „Und sprich mit keinen Fremden, verdammt." Damit beende ich das Gespräch und werfe das Handy zurück aufs Bett. Dann widme ich mich wieder Bekki, die mich durch ihre dunklen Wimpern anblinzelt. Die Lippen leckend, beginnt sie erneut an meinem Halbsteifen herumzuspielen. „Beeil dich, ich habe noch was vor", sage ich, schließe die Augen und lege den Kopf in den Nacken. Ich liebe es, wenn die Dinge so laufen, wie ich es will.

Neun Minuten später fahre ich auf den verwaisten Parkplatz der Schuhfabrik, der von zwei Straßenlaternen in schummriges Licht getaucht wird. Wie kann sie nur so leichtsinnig sein, an solch einen Ort zu gehen? Aberdeen mag ein ruhiges Städtchen sein, aber verdammt, an Plätzen wie diesen ist eine Frau nicht einmal in einem Dorf sicher. Es ist, als wolle sie es herausfordern, überfallen zu werden, und das macht mich Scheiße noch mal wütend.

Ich finde Riley hinter dem Klettergerüst auf einer der Schaukeln. Sie trägt noch immer das schwarze hautenge Sportoutfit von heute Morgen und auch ihr Haar ist noch zum Zopf gebunden. Ich frage mich, wo sie sich den ganzen Tag in diesen Klamotten herumgetrieben hat.

„Nicht schlecht Mr., das nenne ich mal pünktlich", lobt sie und beobachtet, wie ich im Halbdunkel auf sie zukomme. Ich bin versucht, ihr zu erklären, wie wichtig mir Pünktlichkeit ist und dass sie eine der Grundvoraussetzungen für

163

Erfolg ist, spare mir meinen Kommentar jedoch. Ich bin nicht hier, um über meine Ansichten zu reden.

„Willst du dich nicht setzen?" Riley weist auf die Schaukel neben ihr. Skeptisch beäuge ich die rostigen Eisenketten.

„Schon in Ordnung, ich stehe lieber."

„Wie du willst", zuckt sie die Schultern und schiebt sich mit den Füßen ein wenig an. Im fahlen Licht des Mondes kann ich ihre großen Augen glitzern sehen. Dummerweise vermag ich den Ausdruck in ihnen nicht zu lesen, was mir gar nicht gefällt. Hier draußen kann ich ihre Reaktionen nicht richtig deuten geschweige denn dementsprechend darauf reagieren.

„Was hältst du davon, woanders hinzugehen?", schlage ich vor. Alles ist besser als dieser gottverlassene Spielplatz.

„Nichts. Ich finde es hier schön. Es ist ein lauer Abend und abgesehen davon, habe ich hier meine Ruhe." Na toll, die Kleine ist ja kaum stur. Was soll's. Ein entnervtes Aufstöhnen unterdrückend, setze ich mich vorsichtig auf die Schaukel neben ihr.

„Was denn?", lacht sie mich aus, „hast du etwa Angst, dass das Teil dein Gewicht nicht hält? So schwer sind die paar Muskeln dann auch wieder nicht."

„Soll das eine Anmache sein oder was? Kleines, wenn du sehen willst, wie groß meine Muskeln sind, brauchst du nur zu fragen. Ich bin nicht schüchtern." Zur Untermauerung meiner Worte greife ich nach dem Saum meines Sharks Shirts. Den Stoff bis über den Bauch hochhebend, deute ich an, das Teil auszuziehen.

„Nein!" entfährt es meinem Gegenüber mit kratziger Stimme. „Schon gut, ich glaube dir." *Was denn, warum so verlegen?,* denke ich und grinse finster.

„Also, was machst du um diese Zeit hier?" *Mit deinen süßen 20 solltest du längst im Bett sein,* füge ich in Gedanken hinzu. Ich höre, wie Riley ein Seufzen unterdrückt. Sie löst ihre Hände von den Ketten, legt sie in ihren Schoß und senkt den Blick darauf. Irgendwie kommt sie mir gerade ziemlich verloren vor.

„Ich brauchte etwas Zeit für mich, um nachzudenken", erklärt sie. Ihre Stimme klingt plötzlich dünn wie Papier. Als sie den Kopf hebt und ich meine, Tränen in ihren Augen schimmern zu sehen, erwacht in meiner Brust ein leises Gefühl, sie beschützen zu wollen. Ich hasse diesen Wesenszug an mir, er macht mich schwach.

„Was ist los?", frage ich ruhig. Dabei bin ich innerlich alles andere als gelassen. „Hat dir jemand etwas angetan?" Spontan erwachen Bilder von Typen, die ihr zu nahe kommen vor meinem inneren Auge. Meine Hände schlingen sich fester um die Rostketten. Wieder dauert es lange, bis sie mir antwortet.

„Ich weiß nicht, wem ich sonst davon erzählen soll. Du meintest, du wärst mein Freund?"

„Ja, das sagte ich." Ursprünglich war dieses Freundschaftsangebot nicht ernst gemeint, oder besser gesagt, nur Teil meines Planes. Heute aber, in diesem Moment da sie so verloren neben mir sitzt, meine ich es ernst. Riley streift sich mit den flachen Händen über die Nase und die Wangen. Wischt sie sich da Tränen weg? Und dann erzählt sie mir von ihrem Vater, der vor zehn Jahren starb, einem Fond, den er für sie angelegt hat und mit dessen Geld sie ein neues Leben beginnen wollte. Sie berichtet von Olivia, ihrer Stiefmutter, die sie erpresst und es auf ihr Vermögen abgesehen hat. Die Kleine wirkt total verzweifelt, was ich in Anbetracht der Situation nachvollziehen kann. Wenn jemand weiß, was es bedeutet, eine grauenvolle Mutter zu haben, dann ich. Riley redet wie ein Wasserfall, spricht sich all den Kummer, der sich über die Jahre hinweg angesammelt hat, von der Seele. Es ist unglaublich, was sie in jungen Jahren schon alles meistern musste. Seit sie zehn war, ist sie auf sich alleine gestellt. Egal, ob Schule, Krankheit, wichtige Entscheidungen oder sonst was, dieser Olivia ging das Mädchen am Arsch vorbei. Auch das erinnert mich an meine eigene Mutter, was mich mit dem Kiefer malen lässt. *Auf dieser Welt laufen einfach zu viele selbstsüchtige Schlampen herum,* denke ich bei mir.

„Jedenfalls habe ich mich dafür entschieden, ihr genau das zu bezahlen, was ich über die Jahre hinweg von ihr ausleihen musste und keinen Cent mehr", erklärt Riley.

„Ehrlich, du solltest ihr gar nichts geben. Verdammt, die Alte hat die gesamte Kohle deines Vaters verprasst und dich wie Scheiße behandelt." Mir ist bewusst, dass ich so aggressiv reagiere, weil die Ähnlichkeiten mit meiner Jugend gravierend sind. Ich zwinge mich zur Ruhe und rufe mir ins Bewusstsein, dass ich diese Zeiten hinter mir gelassen habe. „Habgierige Menschen wie sie werden den Hals niemals voll bekommen", füge ich hinzu. „Glaub mir, es ist besser, wenn du dir selbst treu bleibst und dich nicht erpressen lässt. Denn schafft sie das einmal, wird sie es immer wieder versuchen."

„Du hast recht." Riley klingt entschlossen. „Ich werde mich nicht erpressen lassen. Dann komme ich eben erst mit 31 an mein Geld. Bis dahin werde ich es schon irgendwie schaffen. Danke für deine Hilfe." An den Schatten auf ihren Wangen erkenne ich, dass sie lächelt.

„Immer wieder gern", lüge ich, beuge mich zu ihr hinüber und lege ihr tröstend die Hand auf das Knie. Ich bin niemand, der sich mit den Sorgen anderer beschäftigt. Das hier ist eine absolute Ausnahme. Meine Berührung scheint sie nervös zu machen, denn sie steht auf.

„Okay, also dann noch mal danke. Ich muss jetzt nachhause." *Oh nein, so leicht entkommst du mir nicht, Lady. Schon gar nicht nach diesem Seelenstriptease.* Den Blick auf ihre hellen Augen gerichtet, erhebe ich mich und trete vor sie.

„Ich werde dich nachhause bringen", entscheide ich und nehme ihre zierlichen Hände in meine.

„Was?! Nein, das brauchst du nicht." Ich liebe es, wenn ich so hübsche Dinger wie sie alleine mit einer Berührung beinahe zum Stottern bringe.

„Keine Widerrede. Ich werde dich ganz bestimmt nicht gehen lassen." Die Doppeldeutigkeit meiner Worte lässt mich gedanklich diabolisch grinsen.

„Ehrlich Cole, du musst mich nicht fahren."

„Aber ich bestehe darauf", beharre ich, schließe meine Finger fester um ihre Rechte und führe sie zum Parkplatz. Riley schweigt und weicht meinem Blick aus, als ich ihr die Beifahrertür öffne und sie einsteigen lasse. Während ich ihre Tür schließe und um den Wagen zur Fahrerseite gehe, überlege ich, was ich tun könnte, um den Abend mit ihr noch ein wenig zu verlängern. Da kommt mir ein Gedanke. Geschmeidig wie ein Raubtier, lasse ich mich auf meinen Sitz gleiten und sehe sie an.

„Wie sieht's aus, hast du Lust, noch einen Happen essen zu gehen, bevor ich dich zurückbringe? Ich könnte einen Burger vertragen." Ihr knurrender Bauch lässt sie erröten. „Das war eindeutig", scherze ich und starte den Motor.

„Was? Nein, ich habe keinen Hunger!"

„Das sieht dein Bauch aber anders, und der muss es wissen." Mein Zwinkern lässt sie verlegen blinzeln.

„Cole, komm schon, bring mich nachhause."

„Riley, komm schon, stell dich nicht so an, es ist doch nur ein Burger." Meine Worte lassen sie erst finster gucken und schließlich schmunzeln.

„Du bist doof, weißt du das?" Kopfschüttelnd richtet sie den Blick aus dem Fenster. „Also meinetwegen, dann hol dir eben was zu essen, bevor du verhungerst."

„Na bitte, geht doch", necke ich sie, worauf sie ihre hübschen blauen Augen verdreht.

Während ich losfahre und meinen Carrera auf die Straße lenke, spüre ich, wie sie mich neugierig von der Seite mustert.

„Was?", will ich wissen, drücke auf den Knopf, der die Soundanlage einschaltet und stelle *Taylor Swifts – Look what you made me do* Clubmixversion als leise Hintergrundmusik ein. Weil ich keine Antwort bekomme, drehe ich den Kopf und schaue sie neugierig an.

„Du bist ganz schön eigensinnig, weißt du das?" Einen Mundwinkel hochgezogen, sieht sie mir geradewegs in die Augen.

„Wenn du das so sagst, klingt es, als wäre es etwas Schlechtes. Dabei weiß ich einfach nur, was ich im Leben will."

„Verstehe. Lass mich raten, du hattest eine harte Kindheit?"

„Das liegt im Auge des Betrachters." Worauf will sie hinaus?

„Dann hat dir das Leben also Zitronen geschenkt und du musstest lernen daraus Limonade zu machen?"

„So könnte man das sagen, ja." Ich kenne den Blick, mit dem sie mich misst. Sie hält mich für reich und verwöhnt, kann sich nicht vorstellen, dass ich je ernsthafte Probleme hatte. Einen

Wimpernschlag lang ziehe ich in Erwägung, ihr von meiner Kindheit zu erzählen, zu erklären, warum ich bin, wie ich bin, denn mit der Vermutung, ich wäre einer dieser reichen und verwöhnten Saftsäcke, könnte sie falscher nicht liegen. Doch ich bin nicht hier, um über meine Familie oder verkorkste Kindheit zu reden. Darum lenke ich das Thema auf meine sportliche Vergangenheit.

„Ich wusste schon immer, dass ich Footballspieler werden will. Harbon, der damalige Coach unseres Colleges Teams – ein arroganter Wichser - hatte mich auf dem Kicker, weil ich seine Tochter flachgelegt hatte. Das Arschloch ließ mich eine halbe Saison lang auf der Reservebank versauern. Irgendwann wurde mir das Ganze zu blöd. Also wickelte ich die Direktorin um den Finger. Nachdem ich es ihr ein paar Mal besorgt hatte, drehte sich der Spieß um. Coach Harbon wurde an eine Highschool versetzt und ich der neue College-Quarterbackstar." Meine Worte lassen ihr den Mund vor Überraschung offen stehen. Damit hatte sie nicht gerechnet. Dabei ist meine Vergangenheit kein Geheimnis. Die meisten unserer Fans kennen diese Geschichte. Aber sie ist nun mal anders, kennt mich nicht als den Sportler oder Promi. Ich gebe zu, das hat einen gewissen Reiz. Bevor Riley sich gefangen hat und mir die nächste Frage stellen kann, erreichen wir das Drive-in der nächsten Burgerkette.

„Also, was möchtest du gern?", erkundige ich mich und lasse das Fenster herunter.

„Nichts, danke." Eine Braue hochschiebend, sehe ich sie an. Von wegen nichts, ihrem knurrenden Bauch nach hat sie Hunger.

„Wie du meinst." Achselzuckend wende ich mich an die Stimme aus der Metallbox, die mich eben begrüßt und nach meiner Bestellung gefragt hat. Abgesehen von den Getränken, bei denen ich nur zwei Cola wähle, nehme ich einmal die komplette Karte. Das verdutzt nicht nur die Kleine am Schalter, sondern auch Riley. Ohne auf eine der beiden einzugehen, fahre ich vor und reiche der Kassiererin, einer hübschen Brünetten um die 20, meine American Express.

„Danke Sir, einen kleinen Augenblick, Ihre Bestellung kommt sofort", säuselt sie, beißt sich auf die Unterlippe und sieht mich vielsagend an. Das Mädchen flirtet mich so ungeniert an, dass es auch Riley nicht entgeht.

„Mhhh, wetten die Burger sind mit Liebe gemacht?", versucht sie mich mit einem Raunen aufzuziehen. Ich komme nicht dazu, etwas darauf zu erwidern, weil unsere Bestellung kommt. Eigentlich gilt in meinem Porsche ein striktes Essverbot, aber heute beschließe ich, eine Ausnahme zu machen. Die Tüten auf der Rückbank verstauend und meiner Beifahrerin die Getränke reichend, fahre ich mit einem Nicken an die Brünette weiter. Den Laden werde ich mir merken, für den Fall, dass ich später noch auf etwas anderes als Fast Food Appetit bekomme. Jetzt aber fahre ich erst einmal weiter und stelle den Wagen auf dem hintersten Parkplatz des Schuppens ab.

„Du bist ein ganz schöner Ladymagnet, Mr. McKensey", meint Riley, als ich mir zwei der Tüten schnappe und ihr eine davon auf den Schoß stelle.

„Kann schon sein", erwidere ich gelassen und mache mich über das Essen her. Natürlich bin ich ein Ladymagnet, aber ich habe es nicht nötig, damit zu prahlen. Riley sieht mich mit gekräuselten Mundwinkeln an und ich muss gestehen, ich mag es, wenn sie gut gelaunt ist. Überhaupt genieße ich es, sie bei mir zu haben.

„Wie sieht´s aus, willst du mir nicht doch ein wenig helfen?" Ich deute auf die Tüte auf ihrem Schoß. „Wenigstens ein paar Bissen?"

„Ich mag keine Burger, sorry", sagt sie nach einem Blick ins Innere.
„Moment, das haben wir gleich." Ich stelle die

Tüte zurück auf den Rücksitz und nehme mir eine, in der ich Pommes finde. Riley lässt sich tatsächlich zu einer Portion Pommes und einem Vanilleeis überreden. Wir essen in Ruhe und unterhalten uns noch eine Weile über die Football-Jungs, denen ich die Reste mitbringen werde. Sie will wissen, ob Mason wieder auf den Beinen ist, was ich bejahe. Es hat ihn echt übel erwischt, aber er ist überm Damm. Jemanden wie ihn haut nichts so schnell um, nicht einmal eine Lebensmittelvergiftung.

Nachdem ich mich vollgefressen habe und in meinem Bauch kein Bissen mehr Platz hat, fahre ich sie nachhause. Nach dem heutigen Abend fühle ich mich ihr verbundener, als gut für mich ist. Weshalb ich beschließe, die Sache schnellstens zu einem Ende zu bringen.

Meine Rolex zeigt 1:43 Uhr an, als ich den Porsche vor ihrem Haus zum Stehen bringe. Ich mache den Motor aus und wende mich Riley zu.

„Es war ein schöner Abend", sagt sie, auf dem zierlichen Gesicht einen sanften Ausdruck. „Vielen Dank für alles." *Ja, so ist es gut*, denke ich, *als ich ihren Blick fange und merke, dass sie unfähig ist, wegzusehen. Die Kleine ist eine harte Nuss, ich muss vorsichtig sein, wenn ich sie nicht wie letztes Mal verscheuchen will.*

„Ich habe zu danken", erwidere ich und verleihe meiner Stimme dabei bewusst einen tieferen Klang. Den Kopf leicht zur Seite gelegt, sehe ich sie durch meine Wimpern an, bedenke sie mit jenem Blick, der mir für üblich den Weg in die Betten der Frauen ebnet. Ich sehe, wie Rileys Pupillen sich weiten und ihre Lippen sich einen Spalt breit öffnen.

„Ich … muss jetzt gehen", erklärt sie hölzern und will sich eben umwenden, als ich sie mit einem „Warte!", zurückhalte. Als sie sich zu mir herumdreht, sehe ich, wie sie mit sich selbst hadert. Deshalb mache ich den letzten Schritt, beuge mich vor und küsse sie. Eigentlich sollte es ein harmloser kleiner Kuss werden, doch meine Zunge scheint ihren eigenen Kopf zu haben, denn sie sucht sich wie von selbst ihren Weg in Rileys Mund. Ihre Lippen sind noch kalt vom Eis und schmecken nach Vanille. Die Art, wie sie meinen Kuss erwidert, wie ihre Zunge um meine zu spielen beginnt, lässt mich hart werden. Der Gedanke sie mit nachhause zu nehmen und flach zu legen, von ihren anderen Lippen zu kosten ist allesverdrängend. Fuck, ich kann mich nicht erinnern, wann mein Schwanz das letzte Mal so hart war. Ich wünschte, ich könnte ihn ihr in diesen unschuldigen kleinen Mund schieben. Wünschte, ich dürfte an diesen kleinen festen

Brüsten spielen, an ihren Nippeln saugen. Bevor ich meine Gedanken zu Ende bringen kann, löst sie sich von mir.

„Bis dann, Cole", flüstert sie, steigt endgültig aus und geht, ohne mich noch eines Blickes zu würdigen zum Haus.

Fuck!

Riley

Was um alles in der Welt habe ich mir nur dabei gedacht? Mit weichen Beinen sperre ich meine Zimmertür ab, schlüpfe aus meinen Klamotten und lege mich ins Bett.

„Ich habe Cole McKensey geküsst", sage ich ungläubig zu mir selbst, den Blick zur Zimmerdecke gerichtet. Den ganzen Abend über habe ich mit seiner Nähe oder besser gesagt, dem Verlangen in mir, ihm nahe sein zu wollen, gekämpft. Als ich in seinem Auto nur Zentimeter von ihm entfernt saß, hatte mich das so überfordert, dass mir regelrecht schlecht wurde. Wie ich mich von ihm zu Pommes und Vanilleeis überreden lassen konnte, ist mir ein Rätsel. Genauso, wie ich die Sachen in meinem Magen behalten konnte. Ich gebe zu, so etwas ist mir noch nie passiert. Ich hatte in meinen 20 Jahren schon die ein oder andere Beziehung. Und ja, wenn mir ein Kerl so richtig gefiel, habe ich mich auch auf einen One-Night-Stand eingelassen. Aber keiner von ihnen hat mich jemals so eingenommen wie Cole. Nicht einmal im Ansatz!

In seiner Gegenwart ist es, als würde die Zeit stehen bleiben und die Welt einzig und allein um uns zwei kreisen. Es ist zum Verrücktwerden, welche Anziehung er auf mich ausübt. Insbesondere da ich weiß, dass ich mir an ihm die Finger verbrennen würde. Genauso wie Scarlett. Dennoch gebe ich dem Impuls nach, die Augen zu schließen und seinem Kuss nachzuspüren. Überdeutlich meine ich, ihn schmecken und seine Zunge gierig meinen Mund erforschen zu fühlen. Wie zuvor im Auto steht mein Unterleib vor Verlangen in Flammen. Ohne nachzudenken, schiebe ich meine Hand unter den Saum meines Höschens. Ich bin nass, klitschnass. Meine Finger streifen über die Schamlippen, finden meine Perle und beginnen sie zu umspielen. Sie ist geschwollen vor Lust. Es wird nicht lange dauern, so hungrig wie ich bin. Ich stelle mir vor, wie Coles hübsches Gesicht zwischen meinen Schenkeln verschwindet. Wie seine großen Hände meine Oberschenkel umfassen, während seine Zunge meine intimste Stelle liebkost. Ich lasse meiner Fantasie freien Lauf, stelle mir vor, wie er wiederauftaucht und langsam zu mir hochkommt. Seine Hände erforschen meinen Körper, kneten meine Brüste und dann, während er seinen intensiven Blick mit meinem verwebt, schiebt er seine Härte in mich. Ich keuche lustvoll auf und stöhne seinen Namen, als ich im selben Moment komme und das Gefühl habe, in tausend Stücke zu zerspringen.

Verschwitzt und schwer atmend hebe ich schließlich die Lider. Ob ich will oder nicht, spätestens jetzt muss ich mir eingestehen, dass ich diesen Mann mehr als nur begehre. Wenn allein der Gedanke an ihn mir im Handumdrehen einen solchen Orgasmus beschert, wie unendlich gut muss dann erst richtiger Sex mit ihm sein? *Trotzdem*, denke ich, sobald mein Körper ein wenig abgekühlt ist und ich wieder bei klarem Verstand bin, *auch wenn ich ihn mir noch so wünsche, ändert das nichts an der Tatsache, dass er schlecht für mich ist. Cole McKensey lässt sich nicht auf eine Frau ein. Oder besser gesagt nur, um sie einmal flach zu legen und dann in den Wind zu schießen. Und dafür bin ich mir nach wie vor zu schade.*

Ein paar Minuten später schleiche ich aus meinem Zimmer, um mich frisch zu machen und lege mich dann schlafen.

Obwohl ich spät ins Bett gekommen bin, stehe ich um kurz nach acht schon wieder auf. Nach meinem kleinen persönlichen Wellnessprogramm gestern Abend, fühle ich mich so gut wie lange nicht mehr. Ich verzichte auf einen Kaffee, weil ich so früh am Morgen nicht auf Olivia oder Scarlett stoßen will, und setze mich stattdessen gleich an den Rechner. Mit Taylor Swifts aktuellem Album als Hintergrundmusik, mache ich mich an das vorletzte Kapitel meines Romans. Meine Finger huschen über die Tastatur, tippen Zeile um Zeile. Es gelingt mir, das komplette Kapitel in einem Rutsch zu schreiben. Und wenn ich sonst auch eher selbstkritisch bin, muss ich zugeben, es gefällt mir richtig gut. Als ich schließlich die Datei speichere, um eine Pause zu machen und mir was zu essen zu besorgen, ist es Mittag.

Ich finde Rosa in der Küche. Sie bereitet gerade Lachstatar für heute Abend vor. Typisch Oliva, ihr ist egal, ob sie Geld hat oder nicht, für sie darf es nur das Feinste vom Feinen sein. Tja, da sie an meinen Fond nicht herankommen wird, bin ich gespannt, wie lange es noch dauert, bis ihre kleine Blase platzt und alle Welt erkennt, wie abgebrannt sie ist. Dumm für sie, dass sie zu verschwenderisch ist, um mit ihrem Witwengeld auszukommen und sich zu schade, um wie andere arbeiten zu gehen.

In der Hoffnung, der Hexe zu begegnen, um ihr meine endgültige Entscheidung mitzuteilen zu können, bleibe ich bei Rosa sitzen. Sie brät mir Eier mit Speck – Dads Lieblingsfrühstück – und besteht darauf, dass ich den Teller leere. Leider taucht meine Stiefmutter nicht auf, weshalb ich zurück auf mein Zimmer gehe und einen Blick auf das Handy werfe. Die Enttäuschung ist groß, als ich sehe, dass Cole sich nicht gemeldet hat. Irgendwie hatte ich gehofft, er würde mich anrufen oder wenigstens eine Nachricht schreiben. Das Telefon in der Hand trete ich ans Fenster und schaue auf die Straße hinab. An der Stelle, wo gestern Abend Coles Sportwagen stand, parkt heute Mads Pick-up. Scarlett und er haben nach ihrer Trennungsphase Nachholbedarf. Die beiden waren heute Vormittag schon verdammt laut und läuten jetzt, dem rhythmischen Klopfen aus ihrem Zimmer nach zu urteilen, Runde zwei ein. Beim Gedanken an die beiden schüttelt es mich. Also schnappe ich mir meinen Funkkopfhörer und mache mich an die Überarbeitung des heute Geschriebenen. Der Rest des Tages wird von Stunde zu Stunde beschissener. Meine Laune verdüstert sich, weil ich nichts von Emma höre und mich schrecklich allein fühle. Am späten Nachmittag stoße ich auf dem Flur mit Scarlett zusammen, die mir eine Salve Schimpfwörter an den Kopf knallt und dann zur dritten Runde in ihrem Zimmer verschwindet. Als ich schon denke, meine Laune wäre auf ihrem Tiefstand, klopft es an meiner Zimmertür.

„Ja?", rufe ich und bereue es im nächsten Moment, als Olivia herein und mit undurchdringlicher Miene auf mich zu kommt.

„Du kommst wegen meiner Entscheidung", sage ich und erhebe mich aus meinem Bürostuhl. Sie soll nicht das Gefühl haben, ich wäre geringer als sie.

„So ist es", ist alles, was sie dazu meint. Die Nase erhoben sieht sie mich arrogant an.

„Nun, ich muss dich enttäuschen, aber dein kleiner Aufschub war sinnlos. Ich habe meine Meinung nicht geändert. Mein Geld bleibt mein Geld."

„Ganz wie du willst." Die eisig blauen Augen auf mich gerichtet, verzieht sie die Lippen zu einem bösartigen Lachen. „Aber sag nicht, ich hätte dich nicht gewarnt." Damit macht sie auf dem Absatz kehrt und verschwindet. Das war's mit meinem Schreibtag. Von dem Moment an, als der Drachen mein Zimmer verlässt, geht nichts mehr. Ich bin viel zu abgelenkt, überlege ständig, wie ihre Rache aussehen mag. Emma, die kurz darauf bei mir anruft, kaue ich mit meinem Kummer zwei Stunden lang ein Ohr ab. Sie überredet mich, zu einem Shoppingsamstag. Das habe ich als Kind immer mit meinem Dad gemacht. Damals haben wir den Wocheneinkauf zusammen erledigt. Meine Freundin und ich haben in Gedenken an meinen alten Herrn den Shoppingsamstag einige Jahre später wieder eingeführt. Mit dem Unterschied, dass wir Klamotten und nicht Lebensmittel kaufen. Aber das Prinzip ist dasselbe. Wir gehen in so ziemlich jeden Laden der Mall, gönnen uns zwischendurch einen Snack und genießen den Tag.

In dieser Nacht schlafe ich schlecht, träume von Oliva, die sich mit Cole zusammenschließt und Kopfgeldjäger auf mich ansetzt. Obwohl es mitten im Sommer ist und die Temperaturen angenehmer nicht sein könnten, ist mir kalt, als der Wecker klingelt. Meine steifen Glieder lassen sich erst unter einer heißen Dusche lösen. Solange ich im Haus bin, fühle ich mich beobachtet und habe ständig Sorge, auf Olivia zu treffen.

Erst als ich in Emmas Auto einsteige, um in die Mall zu fahren, wiege ich mich in Sicherheit. Ich beschließe, den Tag mit meiner Freundin zu genießen, und gönne mir sogar eine hautenge, wie ich finde, rattenscharfe Jeans. Nach einer Maniküre, die wir zum halben Preis im Laden einer ehemaligen Schulfreundin bekommen, setzen wir uns in eine der Fast-Food-Filialen. Der

Burger, den ich mir bestellt habe, erinnert mich an Cole, der immer noch nicht angerufen hat. Langsam lässt mich das Gefühl nicht los, dass es doch ein Fehler war, ihn zu küssen. Scheint als habe er jetzt schon die Nase voll von mir, dabei war ich noch gar nicht mit ihm im Bett. Sein Desinteresse kratzt an meinem Selbstwert, weshalb ich bewusst Männer anflirte, um zu sehen, wie ich ankomme. Die meisten wirken interessiert, was mich ein wenig beruhigt.

„Wir müssen nachher unbedingt noch zu *Shoes & More*, ich habe da ein Paar Riemchensandalen gesehen, die ich haben muss", verkündet meine Freundin soeben, als ich im Augenwinkel erkenne, wie zwei Personen den Burgerschuppen betreten. Aus Neugier schaue ich zu ihnen hinüber und erkenne die zwei Muskelberge. Das sind Mason, und wenn mich nicht alles täuscht, Alec. Er ist ebenfalls einer der anderen Footballspieler. Ich freue mich, die beiden zu sehen, hebe die Hand und winke ihnen zu. „Mason, hi!" Sein Blick fällt auf mich und ich sehe, wie sich seine Züge aufhellen, er was zu seinem Begleiter sagt und die beiden zu uns an den Tisch kommen. „Wie schön dich zu sehen", sage ich und meine es auch genauso. Sein freundliches Gesicht mit den warmen Augen zu sehen, versüßt meinen Tag.

„Hi, Jungs", begrüßt auch Emma die beiden und bietet ihnen einen Platz an.

„Ich habe gehört, es hat dich ganz schön erwischt", sage ich mitfühlend zu Mason, der sich neben mich setzt, und lege meine Hand auf seinen kräftigen Unterarm. Er sieht immer noch ein wenig mitgenommen aus, hat dunkle Schatten unter den Augen und seine Wangen wirken ein wenig hohl.

„Geht schon, aber fürs Erste habe ich die Nase voll von Meeresfrüchten."

„Das kann ich verstehen. Ich hatte als Neunjährige mal einen schlechten Burrito erwischt. Diese Magenkrämpfe gönne ich nicht einmal meinem Erzfeind."

„Und ich schätze, du hast seither keinen Burrito mehr gegessen?" Sein Lächeln ist so offen und so herzerwärmend, dass ich es einfach erwidern muss.

„Nicht einen Bissen", schüttle ich den Kopf und verziehe das Gesicht.

„Ich hole mir was zu futtern. Wie sieht's aus, kommst du mit oder bist du hier festgewachsen?" Alec wirkt ungeduldig.

„Schon gut, du Diva." Einen schelmischen Ausdruck auf den Zügen beugt sich Mason leicht zu mir herüber. „Bin gleich zurück." Mit einem Zwinkern an mich hebt er seine Muskelmassen vom Stuhl und begleitet Alec zum Bestelltresen. Ich sehe den beiden schmunzelnd hinterher.

„Langsam verwirrst du mich", bemerkt Emma. Sie sieht mich mit zusammengezogenen Brauen an.

„Weil?"

„Erst meinst du, du hättest keine Lust auf eine Beziehung, dann lässt du dich doch auf Mason ein und küsst ihn. Zwei Tage später kommst du mit Cole daher und verabredest dich mit ihm nur um kurz darauf wieder Mason schöne Augen zu machen." Gott, wie peinlich! So habe ich die Sache noch gar nicht betrachtet. Das muss ja aussehen, als wäre ich das am leichtesten zu habende Mädchen von hier bis Kentucky.

„Emma, da ist weder bei Mason noch bei Cole was gelaufen."

„Das habe ich auch nie behauptet", meint sie verständnisvoll und legt ihre Hand auf meine. „Hör mal, Süße, versteh mich nicht falsch, aber das könnte unschön ausgehen und dich in Teufels Küche bringen. Ich erinnere dich nur an damals, an Ian und Thomas." Ian und Thomas waren zwei Jungs, die sich in der Highschool in mich verliebt hatten. Da ich mich zwischen ihnen nicht entscheiden konnte, ging ich einfach mit beiden zum Abschlussball. Es kam, wie es kommen musste, die beiden schlugen sich die Köpfe ein und zettelten damit eine Massenschlägerei an, die dem gesamten Jahrgang den Abend verdarb. Bis heute kann mich keiner der beiden mehr ansehen und einige Schüler von damals nennen mich noch immer *die Ballchrasherin.* Emma hat recht, wenn ich nicht noch einmal so etwas erleben will, muss ich aufpassen, was ich mache. Ich schaue zurück auf Mason, der meine Blicke zu fühlen scheint und mir über die Schulter hinweg zulächelt. Er ist ein guter Kerl und hat meine Spielchen nicht verdient. Mir eine Haarsträhne hinters Ohr schiebend, wende ich mich wieder meiner Freundin zu. „Wie soll ich ihm nur beibringen, dass ich nichts von ihm will?" Emma zuckt die Schultern.

„Ehrlichkeit währt am längsten, heißt es. Vielleicht sagst du ihm einfach, wie es in dir aussieht. Dass du zurzeit keine Lust auf einen Mann in deinem Leben hast, weil du gerade viel um die Ohren hast."

„Das ist eine gute Idee." Außerdem ist es die Wahrheit.

„Ladies, ich entschuldige mich vorab schon für meinen perversen Freund hier." Masons belustigte Stimme lässt mich aufblicken. Er und

Alec setzen sich gerade wieder mit voll beladenen Tabletts zu uns an den Tisch.

„Wieso pervers?", will Emma wissen.

„Deshalb." Masons deutet mit dem Kopf auf seinen Teamkameraden, der gerade einen Löffel Eis auf seinen Burger packt.

„Was denn? Das schmeckt gut." Zur Bestätigung beißt Alec von seinem Burger ab.

„Urgs", machen meine Freundin und ich gleichzeitig und entlocken Mason damit ein Lachen.

„Ich sag ja, er ist pervers", meint er. „*Hamburger mit Eiscreme* ist noch lange nicht alles. Zum Nachtisch holt er sich eine Fruchttasche, die er mit Sourcream toppt, oder einen Donut, den er in Senf tunkt."

„Quatsch, glaubt nicht alles, was der Idiot sagt. Donuts mit Senf schmecken scheußlich. An die Dinger muss Ketchup ran."

Wir sitzen noch eine ganze Weile zusammen und amüsieren uns über Alecs Essgewohnheiten. Während der ganzen Zeit versucht Mason, mich immer wieder wie zufällig zu berühren und mich anzubaggern. Ich bleibe freundlich, steige aber nicht auf seine Avancen ein. Bevor wir schließlich aufbrechen, lädt uns Alec noch für heute Abend ins Dome ein, Aberdeens Disco der Reichen und Schönen. Die

Mannschaft feiert Ollis Geburtstag, einem ihrer vielen Trainer. Wir versprechen, auf einen Sprung vorbeizukommen, verabschieden uns und brechen dann in Richtung *Shoes & More* auf. Emma und ich treten gerade aus dem Burgerladen nach draußen, als Mason uns einholt.

„Riley, warte bitte!" Er bekommt mich am Arm zu fassen. „Kann ich kurz mit dir reden? Allein." Oh Scheiße! Das wird unangenehm.

„Klar doch", erwidere ich und sehe Emma an.

„Ich warte dann im Laden auf dich", verspricht meine Freundin mit einem durchdringenden Blick. Ihr ist anzusehen, dass sie Mitleid mit dem armen Kerl hat, weil ich ihm gleich das Herz brechen werde. Oh Mann, was ist nur los mit mir, ich bin doch sonst nicht so ein schrecklicher Mensch. Ich muss die Sache klären, und zwar sofort.

„Was gibt's, Mason?" Ich versuche kumpelhaft zu klingen.

„Ist zwischen uns alles in Ordnung?" Der Ausdruck, der auf seine Züge tritt, lässt mir das Herz in der Brust zusammenkrampfen. Dieser Schrank von einem Mann, mit den sanften braunen Augen wirkt unsicher, fast verletzlich. *Okay Riley, du machst das jetzt als würdest du ein Pflaster abreißen – kurz und schmerzlos.*

„Klar ist zwischen uns alles okay. Aber ich glaube, ich sollte da etwas richtigstellen." Mein Lächeln ist dünn und in meinem Bauch blubbert das schlechte Gewissen. „Hör mal, du bist ein supercooler Typ. Ich mag dich, sehr sogar. Aber ich will ehrlich zu dir sein. Im Moment habe ich unglaublich viel um die Ohren und kann mir einfach keinen Mann an meiner Seite vorstellen." So, jetzt ist es raus. Unverblümt und direkt. Die Lippen verziehend, schaue ich ihn an, erkenne die Enttäuschung in seinen Augen. Verdammt, ich wollte ihm nicht weh tun. Aber jetzt ist es raus und es ist besser so. Mir ein Lächeln abringend, sehe ich ihn entschuldigend an. „Freunde?", frage ich und reiche ihm, weil ich nicht weiß, was ich sonst tun soll, wie einem Kind die Hand.

„Klar", sagt er leise und schlägt ein.

„Okay, dann bis heute Abend." Mein schlechtes Gewissen ist inzwischen so erdrückend, dass ich nicht anders kann, als ihn zu umarmen. Als ich mich schließlich von ihm löse, wendet er sich um und trottet davon. *Es war das Richtige*, rede ich mir ein und beeile mich, zu Emma zu kommen.

Nach dieser Abfuhr macht mir unser Shoppingsamstag keinen Spaß mehr. Ich habe das Gefühl, der fieseste Mensch auf diesem Planeten zu sein, und sehe immerzu Masons enttäuschtes Gesicht vor mir. Weil ich ein wenig Zeit für mich brauche, verzichte ich darauf, von Emma nachhause gebracht zu werden, verabschiede mich von meiner Freundin und nehme den Bus. Doch ich steige an meiner Haltestelle nicht aus, sondern beschließe, eine Zusatzrunde zu drehen. Ich will noch nicht zurück in dieses Haus, will mich nicht mit Olivias Rache auseinandersetzen. Mir geht so vieles im Kopf herum, weshalb ich komplett die Zeit vergesse. Irgendwann fällt mir auf, dass es bereits dämmert und ich nicht eine, sondern etliche Zusatzrunden gedreht habe. Seufzend steige ich an der nächsten Haltestelle aus und laufe den restlichen, etwa zehn minütigen Weg, nachhause.

Daheim angekommen stoße ich um ein Haar mit meiner Stiefmutter zusammen, als sie fluchtartig das Haus verlässt. Ich bin mir sicher, einen bösen Kommentar oder wenigstens eine Drohung entgegengedonnert zu bekommen. Die Fingernägel in meine Handinnenflächen grabend, schaue ich sie an, warte auf eine Reaktion. Olivia Banks jedoch geht wortlos und eingehüllt in ihre penetrante Parfumwolke an mir vorbei. Mit unergründlicher Miene steigt sie in ihr Cabriolet und rauscht davon. Was denn, ist das etwa ihre Strafe? Sie ignoriert mich? Nun, damit kann ich leben. Mir fällt ein, dass sie bei unserem letzten Gespräch meine Bedenkzeit verlängert und wie nahezu verzweifelt sie auf mich eingeredet hat. Ich frage mich, ob das nur ein Bluff war. Zuzutrauen wäre es ihr. Andererseits ist es Olivia. Ich kann mir kaum vorstellen, dass diese Frau klein beigibt. Im Moment scheint sie allerdings anderweitig beschäftigt zu sein. Soll mir recht sein.

Auf dem Weg in die Küche ruft eine unbekannte Nummer auf meinem Handy an.

„Banks?", nehme ich den Anruf entgegen.

„Ms. Banks, mein Name ist Theresa Evens, ich zähle zum Betreuerinnenstamm der Washington White Sharks. Ich wollte Sie nur kurz informieren, dass wir Sie und Ms. Tade heute Abend auf die VIP-Gästeliste des Domes setzen ließen."

„VIP, Emma und ich?", wiederhole ich verwirrt, bis mir das Geburtstagsfest dieses Trainers in den Sinn kommt.

„Ganz recht. Der Dresscode des heutigen Abends lautet übrigens *black*. Ich wünsche Ihnen viel Spaß." Schon ist die Leitung tot und ich nehme das Handy vom Ohr und starre auf das Display. Mist, ich habe die Party vollkommen vergessen. Einen Augenblick verharre ich in dieser Position und überlege. Emma meinte, ich solle das Leben lockerer angehen, mich nicht unterkriegen lassen, und genau das habe ich vor. Diese Party schreit förmlich nach mir. Ein Blick auf die Wanduhr verrät, dass es gleich sieben Uhr ist. Höchste Zeit, um mich fertig zu machen. Also schnappe ich mir eine Banane, eile nach Oben, wo ich meine Freundin anrufe und abmache, wann sie mich abholen wird. Danach springe ich unter die Dusche und überfalle im Anschluss, mit Handtuchturban auf dem Kopf, meinen Kleiderschrank. In meiner Aufregung schaffe ich es in kürzester Zeit seinen Inhalt in meinem ganzen Zimmer zu verstreuen. Da werde ich spätestens morgen noch einiges zu tun haben, was mir gerade jedoch herzlich egal ist. Mir ist bewusst, dass der Grund für meine gute Laune einen Namen hat: Cole. Auch wenn ich nach unserem Kuss nichts mehr von ihm gehört habe und mir einrede, er wäre sowieso nichts für mich, hoffe ich im Geheimen, auf ihn zu treffen. Und genau aus diesem Grund möchte ich heute bombig gut aussehen.

Schließlich warte ich in meiner neuen Jeans, einer schulterfreien Chiffonbluse und High Heels, die meine Beine endlos lang aussehen lassen, vor dem Haus auf Emma. Die Augen habe ich dunkel geschminkt und die Haare geglättet. Auch wenn mein Herz vor Aufregung glüht, freue ich mich auf den Abend.

„Was ist denn hier los?", höre ich Scarlett fragen. Sie kommt mit Mad an der Hand den Bürgersteig hoch.

„Ich gehe aus, das ist los", erkläre ich, auch wenn ich nicht weiß, warum. Dieser Kuh bin ich keine Rechenschaft schuldig.

„Und wohin, wenn ich fragen darf?"

„Ins Dome."

„Ha!", lacht sie spitz auf. „Mach dich nicht lächerlich, nur die High Society schafft es ins Dome." Die aufgespritzten Lippen schürzend sieht sie mich abwartend an. Sie glaubt mir nicht. „Bitte, dann sagst du mir eben nicht, wo du hingehst", meint sie die Achseln gleichgültig zuckend und stolziert mit ihrem Freund, der wie ein dressierter Hund wirkt, an mir vorbei. Augen verdrehend, mache ich den beiden Platz. Dabei fällt mein Blick auf den oberen Stock unseres Hauses und ich sehe, wie sich in Olivias Schlafzimmer der Vorhang bewegt. Sieh mal einer an, die Hexe ist zurück und sie beobachtet mich. Das lässt mich frösteln, ob ich will oder nicht. Zu meinem Glück fährt in dem Moment Emma vor. Mit einem letzten Blick zum Fenster hoch, steige ich ein und bitte meine Freundin loszufahren.

Bis wir das Dome erreicht haben, hat sie mich mit ihren Geschichten, wer in diesem Nobelschuppen für gewöhnlich ein uns aus geht so weit abgelenkt, dass ich das Stiefmonster vergessen habe. Dafür habe ich das Höschen gestrichen voll vor Angst vor dem Club. Abgesehen von den paar Möchtegern reichen Freundinnen von Olivia, bin ich keine mondäne Gesellschaft gewohnt. Emma kennt mich gut und macht daher, kaum dass wir angekommen sind, kurzen Prozess. Sie schnappt mich bei der Hand und führt mich an der Schlange Wartender vorbei. Mit einem selbstsicheren Lächeln steuert sie in ihrem kleinen Schwarzen auf eine hübsche Asiatin zu. Die steht hinter einem Empfangstresen, wie man sie aus teuren Restaurants kennt. Neben ihr führt ein roter Teppich in den von goldenen Absperrpfosten und schwarzer Kordel verschlossenen Eingangsbereich. Dort warten zwei gorillahafte Türsteher.

„Riley Banks und Emma Tade", erklärt meine Freundin ohne lange Umschweife. „Wir stehen auf der Sharks Gästeliste."

„Banks und Tade, da haben wir es", bestätigt die Asiatin und kommt mit einem Klemmbrett in der Hand hinter dem Tresen hervor. „Bitte meine Damen, treten Sie ein." Ihre ringbesetzten Finger greifen nach der Kordel. „Um in den VIP-Bereich zu gelangen, nehmen Sie die Treppe auf der rechten Seite. Willkommen im Dome." Mit einem Lächeln an uns öffnet sie und wir treten vor die Security. Die beiden Männer machen einen Schritt zur Seite und geben eine gewaltige goldene Flügeltür frei – sie erinnert an eine übergroße Kühlschranktür.

„Das wird super", zischelt mir Emma vorfreudig ins Ohr, hängt sich bei mir unter und führt mich in den Club.

Das Dome ist einfach nur wow. Niemals zuvor war ich in einer ähnlich luxuriösen Disco. Der Boden ist aus dunklen Fließen, deren weiße Sprenkel darin wie tausende Sterne funkeln. An den mit beiger Mustertapete verkleideten Wänden hängen nostalgische goldverzierte Lampen und Portraits, die an das 16. Jahrhundert erinnern. Überhaupt ist hier drin alles so gehalten, dass man meinen könnte, sich in einem Königshaus zu befinden. Die Kronleuchter an der Decke, die Bar, die in der Mitte des weitläufigen Raumes quadratisch angelegt sind und der DJ, der dahinter auf einem Podest in seinem Rüschenhemd und Gehrock steht. Ich bin fasziniert, als ich sehe, dass selbst die Getränke in altmodischen Gläsern serviert werden. Hier hat sich jemand richtig Mühe gegeben. Ich möchte nicht wissen, was die Einrichtung gekostet hat.

Emma ist genauso beeindruckt wie ich, hat sich jedoch schneller wieder im Griff und zieht mich rechts weg zur besagten Treppe. Der Aufgang wird von schweren, blutroten Vorhängen abgeschirmt und von zwei weiteren Gorillas bewacht.

„Riley Banks und Emma Tade", stellt uns meine Freundin erneut vor. Und wieder winkt man uns durch. Als wir die düstere Marmortreppe emporsteigen, ist mir vor Aufregung flau im Magen. Oben angelangt werden wir von einem Haufen elegant gekleideter Menschen in Empfang genommen. Obwohl ich, wie ich finde, schick gekleidet bin, bin ich fast schon underdressed – was mich zusätzlich nervös macht. Ich weiß nicht, was härter gegen meine Brust hämmert, mein Herz oder der Bass der Musik. Zu Trainer Ollis Geburtstag ist offensichtlich das gesamte Team plus Begleitung erschienen.

„Baby!" Jester taucht in der Menge auf und bahnt sich einen Weg zu uns. Er trägt wie die meisten Männer hier einen Anzug mit schwarzem Hemd. „Endlich seid ihr da, wir haben schon auf euch gewartet", verkündet er und zieht sie für einen gierigen Kuss in seine Arme. Wir? Ein

Grinsen kräuselt meine Mundwinkel. Vielleicht spricht er ja von Cole. Die Hoffnung, der Quarterback könnte auf mich warten, zerplatzt wie eine Seifenblase, als Jester uns zu Mason und ein paar der anderen Jungs aus Coach Klarks Ferienhaus führt. Eine Traube Mädchen, die hautenge schwarze Kleider tragen, tummeln sich um die Jungs wie Bienen um einen Honigstock. Manche von ihnen buhlen geradezu versessen um Aufmerksamkeit, hängen wie Kletten an den Kerlen oder übertönen mit ihrem aufgesetzten Gelächter die Musik. Solche Frauen sind der Grund, warum ich mich von derartigen Etablissements fernhalte. Ich finde es einfach nur peinlich, wie sie sich aufführen nur um an eine gute Partie zu gelangen. Fremdschämen nenne ich das.

„Riley!" Mason hat mich entdeckt und Gott sei Dank, er sieht so aus, als wäre er mir nicht mehr böse. Er schiebt eine Blondine, mit der er sich bis eben noch unterhalten hat, aus dem Weg und kommt zu mir. „Schön, dass du gekommen bist." Sein unbeschwertes Lächeln ist herzerwärmend.

„Klar doch." Sein Lächeln erwidernd spüre ich, wie die Anspannung, unter all diesen Reichen und Schönen zu sein, langsam weicht.

„Wurdet ihr dem Geburtstagskind schon vorgestellt?"

„Nein, noch nicht."

„Na, dann kommt. Olli wird sich freuen, euch zwei kennenzulernen."

In der nächsten Dreiviertelstunde stellt uns Mason sämtlichen Trainern, ihren Frauen und dem kompletten Team vor. Ich habe schon nach den ersten paar Gesichtern die dazugehörigen Namen vergessen, nicke dennoch brav und schüttle allen die Hände. Zu meiner Enttäuschung befindet sich Cole nicht unter den Gästen. Ich frage mich, wo er sich herumtreibt. Während Mason und Jester Champagner für uns Mädchen besorgen, stelle ich mich zu Emma an das verglaste Geländer, von dem aus man den perfekten Blick nach unten, in die eigentliche Diskothek hat.

„Ist das hier nicht der reinste Wahnsinn?", schwärmt meine Freundin und lässt den Blick über den VIP-Bereich streifen.

„Absoluter Wahnsinn!", bestätige ich. Hier oben ist die Einrichtung noch prunkvoller als unten. Der gesamte hintere Bereich ist mit hochlehnigen Sofas und Sesseln aus rotem Samt ausgestattet. Die Beistelltische sind schwarz lackiert und filigran verziert. Davor befindet sich die Tanzfläche und der gegenüber eine Bar hinter der drei Kellnerinnen für unser Wohl sorgen. Die Wände hier oben sind allesamt verspiegelt, was den Raum riesig erscheinen lässt. Mason und Jester kehren mit unseren Drinks zurück. Während wir die Gläser leeren, lassen wir uns von den beiden erklären, wer von den Anwesenden in welcher Position spielt und wie gut oder schlecht für sie die Saison verlief. Als *Shakiras Chantaje* anläuft, juckt es Emma in den Beinen und ich lasse mich von ihr auf die Tanzfläche ziehen. Mason beobachtet lachend, wie ich meinen Hüftschwung zum Besten gebe und nickt im Takt mit. Ich bin mir sicher, dass er zu schüchtern ist, mit uns zu tanzen. Also bedeute ich meiner Freundin, die Jungs zu holen. Emma versteht und so tänzeln wir grinsend auf sie zu, winken sie mit den Zeigefingern zu uns. Während Jester sich nicht zweimal bitten lässt, schüttelt Mason seine Locken und lässt sich erst überreden, als ich ihn an der Hand hinter mir her auf die Tanzfläche ziehe. Anfangs ist er steif wie ein Brett, doch sobald ich um ihn herumtanze, taut er auf. Beim nächsten Song wippt er nicht nur mit dem Oberkörper, sondern bewegt auch die Beine. Zwei weitere Songs später klatscht er zum Takt in die Hände und beim darauffolgenden, singen wir vier lauthals mit. Es ist ein Heidenspaß und die Jungs sind richtig cool. Ich weiß nicht, wann ich das letzte Mal so unbeschwert und glücklich war. Irgendwann, als der DJ auf Hip-Hop wechselt, holen wir uns neue Getränke und ziehen uns auf die Sofas im hinteren Bereich zurück. Wir sind alle aus der Puste, was Emma amüsiert, schließlich sind die Jungs Sportler. Sie ärgert die beiden gerade wegen ihrer schwächlichen Ausdauer, als mein Blick auf die Bar fällt. Dort steht ein großer, gutgebauter Typ. Er unterhält sich mit einer der Kellnerinnen und erinnert von hinten stark an … Cole! In dem Moment, als ich ihn erkenne, wendet er sich um. Mein Herz rutscht mir in die Hose, als ich sein hübsches Gesicht sehe. Er wirkt ernst und wenig erfreut, über das Mädchen, das sich gerade zu ihm gesellt. Ich beobachte, wie sie ihm die Hand auf die Schulter legt und ihm was ins Ohr flüstert. Ich brauche nicht Lippenlesen zu können, um zu begreifen, dass sie sich ihm angeboten hat. Doch Cole ist nach wie vor genervt. Was auch immer er auf ihr Angebot erwidert, muss ihr den Boden unter den Füßen wegziehen, denn ich sehe, wie ihr die Gesichtszüge entgleisen und ihre Hand von seiner Schulter rutscht. Dann fällt sein Blick auf mich. Er sieht mir geradewegs in die Augen. In dem Moment wird mir bewusst, dass er mich vorher schon entdeckt und beobachtet haben muss. Ob er denkt, zwischen mir und Mason würde was laufen, weil wir zusammen getanzt haben? Die Brauen zusammenziehend halte ich seinem Blick stand, versuche schlau aus ihm zu werden. Ohne mich aus den Augen zu lassen, kippt er seinen Drink hinunter, klopft das Glas hinter sich auf den Tresen und geht zu Olli und ein paar anderen, die wie wir zuvor am Glasgeländer stehen und auf die Feiernden unter sich schauen. Seine Reaktion auf mich beschert mir einen Knoten im Bauch. Was ist sein Problem? Ich beschließe, mich abzulenken und konzentriere mich auf Mason und Jester, die abwechselnd Alec imitiert, wenn er mit seiner Mom telefoniert. Obwohl die zwei zum Totlachen sind, schaffe ich es nicht, das ungute Gefühl zu verdrängen, und schaue immer wieder zu Cole hinüber. Der hat mir stur den Rücken zugewandt und unterhält sich mit Olli.

„Süße?" Emma hat ihre Hand auf meinen Schenkel gelegt. Sie sieht mich besorgt an. „Alles in Ordnung?"

„Klar. Ich bin einfach nur unruhig wegen der Sache mit Olivia." Holla, die Lüge kam nur so aus mir herausgeschossen. Eigentlich bin ich meiner Freundin gegenüber immer ehrlich, aber nachdem sie mir heute Mittag zu bedenken gab, mich nicht so leichtsinnig auf die Spieler einzulassen, will ich ihr nichts von Coles und meinem Kuss sagen.

„Das kann ich verstehen. Was hältst du davon, wenn wir uns auspowern und den Stress abtanzen?"

„Das klingt nach einem Plan." Lächelnd stehe ich auf.

„Was ist mit euch, Jungs? Seid ihr dabei?", frage ich und deute vor zur Tanzfläche.

„Geht ihr nur, ich bevorzuge es zuzusehen." Jester beißt sich auf die Unterlippe und lässt den Blick über Emma wandern.

„Alter Voyeur", sage ich scherzhaft und ziehe meine Freundin hinter mir her auf die Tanzfläche. Ich danke dem DJ im Geiste, dass er auf RnB wechselt und fange an, mich zu einem Rihanna Remix zu bewegen. Jetzt, da Cole da ist, bin ich es, die steif vor Anspannung ist. Emma scheint das zu merken, denn sie nimmt mich bei den Händen und tanz immer wieder ein paar Schritte mit mir zusammen. Mit ihrer Unterstützung finde ich in den Rhythmus. Ich schließe die Augen, gebe mich der Musik hin und zeige, was ich kann. Vor einigen Jahren haben wir zwei einen Bauchtanzkurs belegt, weshalb ich mich zu bewegen weiß. Als ich die Augen das nächste Mal aufschlage, steht Cole nicht mehr bei Olli und den anderen. Ich weiß, dieser Mann ist nicht gut für mich. Es wäre besser, ihn mir einfach aus dem Kopf zu schlagen und den Abend mit meiner

Freundin zu genießen. Leider gelingt mir das nicht. Ich erwische mich, wie ich nach dem Footballspieler ausschaue halte. Zunächst denke ich, er wäre gegangen, doch dann entdecke ich ihn in einem der Sessel. Er hat sich mit den Unterarmen auf die Oberschenkel gestützt – in den Händen ein Whiskeyglas. Bunte Lichter zeichnen seine wie gemeißelten und nach wie vor ernsten Gesichtszüge nach. Coles Blick liegt auf mir, brennt sich geradezu in meine Haut. Ich habe Mühe, nicht ins Stolpern zu geraten und merke, wie meine Kehle trocken wird. Das Ganze ist mir schrecklich unangenehm, weshalb ich es auf die freundliche Tour versuche und ihn anlächle. Anstatt mein Lächeln zu erwidern, kippt er seinen Drink in einem Zug, stellt das leere Glas auf den Beistelltisch neben sich und steht auf. Dann setzt mein Herz einen Schlag aus, weil ich meine, er würde auf mich zukommen. Doch er geht an mir vorbei, wechselt ein paar Worte mit Coach Klark und steuert dann die Treppe an. Er will gehen! Diese Erkenntnis durchfährt mich wie ein Blitz. Ohne zu überlegen, rufe ich Emma ein: „Bin gleich wieder da", zu und eile ihm nach.

Er ist bereits auf der Hälfte der Treppe, als ich ihn erreiche.

„Cole!", rufe ich, woraufhin er stehenbleibt, sich aber nicht zu mir umdreht.

„Was willst du, Riley?" Autsch, seine Worte klingen schneidend. Aber er wird mich nicht abwimmeln. Schließlich hat er keinen Grund, sich so zu benehmen.

„Ich will wissen, was los ist. Ich habe dir nichts getan. Also was zum Teufel ist dein verdammtes Problem?" Während ich auf ihn einrede, steige ich langsam ein paar Stufen hinab. Ich kann sehen, wie er leicht den Kopf schüttelt, bekomme aber keine Antwort. Also hake ich nach. „Cole", dränge ich und bringe ihn tatsächlich dazu, sich zu mir umzuwenden. Der Blick, den ich dafür ernte, lässt mich bereuen, ihm nachgegangen zu sein.

„Du willst wissen, was mein verdammtes Problem ist?" Mit steinerner Miene kommt er zu mir hoch und bleibt nur Zentimeter von mir entfernt auf derselben Stufe stehen. Er wirkt so wütend, dass er mir Angst macht. Dennoch hebe ich den Blick und sehe ihm tapfer in die Augen. „Du Riley Banks bist mein Problem. Wie du dich bewegst, mich ansiehst. Du machst mich verrückt."

„Was?" Blinzelnd schaue ich ihn an, versuche zu begreifen, was das soll. Bevor ich einen klaren Gedanken fassen kann hebt Cole die Hände, legt sie um meinen Hinterkopf und zieht mich an sich. Sein Kuss ist gierig, fast schon grob. Erst bin ich überrumpelt, doch als er seine Zunge in meinen Mund schiebt und ich seinen herrlich männlichen Geschmack koste, ist es um mich geschehen. Ich erwidere seinen Kuss und merke direkt, wie alle Anspannung von mir fällt und nichts als rohe Begierde übrig bleibt. Ihm so nah zu sein, ihn spüren und schmecken zu können, weckt ein heißes Ziehen in meinen Unterbauch. Ich hebe meine Arme, schlinge die Hände um seinen breiten Nacken und vergrabe die Finger in seinem Haar. Cole drängt mich rückwärts gegen die Wand, wobei ich spüre, wie erregt er ist. Um genau zu sein, ist er steinhart. Die Gewissheit, ihn anzuturnen, schickt die nächste Woge Lust durch meinen Körper und ich merke, wie ich darauf reagiere und feucht werde. Ich hebe ein Bein, schlinge es um Coles Hintern. Das entlockt ihm ein Raunen. Er packt mit einer Hand meinen Oberschenkel und drückt seine Härte gegen meine Mitte. Wir sind im Begriff, uns hier und jetzt die Kleidung vom Leib zu reißen und es mitten auf der Treppe zu treiben. In diesem Augenblick ist mir egal, dass wir entdeckt und aus dem Club geworfen werden könnten. Hier und jetzt will ich nur eines – ihn in mir.

„Warte", keucht er mir in den Mund, als ich nach seinem Gürtel greife. „Nicht hier", sagt er und ich sehe, dass er um Beherrschung ringt.

Dann nimmt er mich bei der Hand und führt mich eilig die Treppe hinunter. Er schiebt die schweren Vorhänge zur Seite und spricht mit einem der Security, die vor dem VIP Bereich steht. Der Gorilla nickt, woraufhin Cole mich hinter sich her durch den Club und in den Eingangsbereich zieht. Dort bringt er mich durch eine Tür mit der Aufschrift „Privat" in einen für die Gäste verbotenen Bereich. Wir gehen zwischen Mineralwasserkästen und Kartons voller Champagner einen Flur entlang. Unser Ziel ist eine Art VIP-Lounge, ein Raum mit einem Schminkspiegel, zwei dunklen Ledercouchen, einem Glastisch und Dekopalmen. Wir haben das Zimmer kaum betreten, als Cole die Tür verriegelt, mich an sich zieht und ungehalten küsst. Das Ganze ist so aufregend, dass ich spüre, wie Adrenalin durch meine Venen schießt. Alle meine Sinne sind auf diesen undurchschaubaren Mann fixiert und lassen mich seine Hände, die sich auf meine Hüfte legen und mich rückwärts auf die Couch dirigieren, überdeutlich wahrnehmen. Ich spüre die Hitze, die von seinem Körper ausgeht und mich zu versengen droht. Er beugt sich über mich, küsst meinen Hals herab und öffnet gleichzeitig die Knopfleiste meiner Jeans. Dann geht es ganz schnell. Cole holt aus der Bursttasche seines

Hemdes ein Kondom und zieht seine Anzughose ein Stück herunter. Während ich ungeduldig die High Heels von meinen Füßen kicke und aus Jeans und Höschen schlüpfe, zieht er sich, ohne mich aus den Augen zu lassen, den Gummi über. Schon ist er wieder über mir, drückt mich mit seinem Körper auf das kühle Leder. Ich erschauere, als seine Hand nach meinem Schenkel fasst, er mich näher heranzieht und sich vor mir in Position bringt. Den Atem anhaltend, kann ich es nicht erwarten, bis er sich in mich schiebt und stöhne kehlig auf, als er sich mit einem Stoß in mir vergräbt. Ihn in mir zu fühlen, ist besser als ich es mir jemals hätte vorstellen können. Das Gefühl ist alles umfassend. Cole beginnt, mich mit kurzen aber harten Stößen zu bearbeiten. Er ist so gut bestückt, dass er mich bis in den letzten Winkel erfüllt und doch drücke ich ihm in meiner Gier das Becken entgegen, heiße jeden seiner Stöße willkommen. Ich würde ihn gern ausziehen, meine Finger über seine nackte Haut wandern lassen, doch ich bin zu hungrig, will mich nicht eine Sekunde von ihm lösen. Es dauert nicht lange, bis ich merke, wie sich der Druck des Orgasmus in mir aufbaut. Die Hände hebend, halte ich mich an Coles Oberarmen fest, spüre die harten Muskeln unter dem Hemd arbeiten.

Das und der von Lust verschleierte Blick, mit dem er mich ansieht, geben mir den Rest. „Verdammt … ja, Cole!", kommt es heißer über meine Lippen, bevor ich in eine Million Teile zerberste. Ich bäume mich ihm entgegen, kralle meine Nägel in den dünnen Stoff. Das wiederum scheint ihm den Rest zu geben, denn seine Atmung wird rau. Drei weitere Stöße und er kommt mit einem unterdrückten kehligen Knurren. Schwer atmend, brauche ich einen Moment, um wieder klar denken zu können. Dann wird mir bewusst, was wir gemacht haben und welches Glück wir haben, nicht erwischt worden zu sein.

„Was?" Cole sieht mit zusammengezogenen Brauen auf mich herab, als ich zu schmunzeln beginne.

„Nichts … es ist nur, so hatte ich mir den Clubabend nicht vorgestellt."

„Ich auch nicht", räumt er ein, löst sich von mir und steht auf, um sich anzuziehen. „Eigentlich hatte ich gar nicht vor herzukommen."

„Ach nein? Wieso nicht?" Das macht mich hellhörig. Nach meinen Sachen angelnd, sehe ich ihn an, bemerke, wie der ernste Ausdruck wieder auf seine Züge tritt. Was ist denn nur los mit ihm? Man könnte meinen, er leide unter einer

Persönlichkeitsstörung, so oft wie seine Launen wechseln.

„Weil ich dir aus dem Weg gehen wollte. Zum Teufel, das Ganze war so nie geplant."

„Wovon redest du? Was war nicht geplant? Cole, du verwirrst mich." Mit nach wie vor weichen Beinen steige ich in meine Jeans und High Heels.

„Wir reden später darüber, draußen. Und nun komm." Jetzt verstehe ich tatsächlich gar nichts mehr, weswegen ich ihn verständnislos ansehe. Offensichtlich deutet er meinen Blick richtig, denn er erklärt: „Ich habe genug vom Dome, lass uns von hier verschwinden."

„Was? Nein, ich bin mit Emma hier. Ich kann nicht einfach verschwinden."

„Dann sag ihr Bescheid, dass du nachhause gebracht wirst."

Cole

Ob Riley will oder nicht, ich werde sie mitnehmen. Es kommt nicht infrage, dass diese notgeilen Wölfe sie weiter wie ein Stück saftiges Fleisch anstarren. Ich habe die Blicke meiner Teamkameraden gesehen, weiß, was ihnen durch den Kopf geht. Viele von ihnen wünschen sich, Riley würde ihre Hüften wie vorhin auf der Tanzfläche über ihnen kreisen lassen oder ihnen mit ihrem süßen kleinen Mund einen blasen. Doch das werde ich nicht zulassen. Sie gehört mir, niemand wird sie anfassen. Nicht einmal Mason.

„Ich weiß nicht, ob das eine gute Idee ist", meint sie leise.

„Es ist die einzig richtige." Sie zögert, also strecke ich meine Hand nach ihr aus. „Ich werde dich nicht hierlassen." Meine Worte klingen wie ein Versprechen und genau das sind sie auch – ich werde hier nicht ohne sie verschwinden. Sie überlegt einen Moment und nickt dann.

„Also gut, aber ich muss Emma noch Bescheid sagen."

Ich begleite sie zurück nach oben in den VIP Bereich, wo ich an der Treppe auf sie warte. Mir ist bewusst, dass einige der Spieler mich ansehen und nicht verstehen, was mit ihrem Quarterback, der bisher nie eine Party ausgelassen hat, los ist. Das müssen sie auch nicht. Allein schon, weil ich selbst nicht weiß, was in mich gefahren ist. Nie zuvor hat mich eine Frau derart aus dem Konzept gebracht wie sie. Die letzten beiden Tage waren die reinste Hölle. Nach dem Kuss in meinem Wagen hat sich alles verändert. So etwas habe ich noch nie zuvor erlebt. Riley ist mir nicht mehr aus dem Sinn gegangen. Und bei Gott, ich habe alles versucht, um mir die Kleine aus dem Kopf zu schlagen. Ich habe mir von Bekki einen

lutschen und mich zu einem Dreier mit zwei Blondinen überreden lassen. Der Sex war geil, keine Frage, und trotzdem hatte ich immerzu sie im Kopf. Ich versuchte es mit Alkohol, habe so viel Wodka in mich reingekippt, bis ich einen Filmriss hatte. Doch auch das half nichts, im Gegenteil. Je mehr ich versuchte, die Gedanken an sie zu verdrängen, desto intensiver wurden sie. In der Nacht auf heute habe ich von ihr geträumt. Ein unschuldiger, harmloser Traum, in dem sie in meinen Armen schlief. Doch das Gefühl, das mich dabei überkam, war unbeschreiblich. Ich weiß wirklich nicht, was mit mir los ist. Warum plötzlich nichts mehr auf der Welt ohne sie einen Sinn zu ergeben scheint. Vielleicht liegt es an ihrem Seelenstriptease, der ihre Hilflosigkeit zeigte und in mir diesen leisen Wunsch, sie zu beschützen, weckte. Vielleicht war es aber auch einfach nur ihr Kuss der mich süchtig nach mehr von ihr machte. Eines steht auf jeden Fall fest: Eine Frau wie sie, ist mir noch nie begegnet. Sie hat das Potential, mein Innerstes zu berühren und somit auch mich zu verletzten. Trotz dieses Wissens zieht es mich wie magisch zu ihr hin und ich kann nichts dagegen tun. Nicht einmal meinem langjährigen Freund zuliebe. Mir ist bewusst, auch wenn Riley Mason klargemacht hat, dass sie beide nur Freunde sind, wird er mir übelnehmen, wenn er von uns hört. Doch das ist ein Opfer, das ich bereit bin für sie einzugehen. Nichts auf dieser verdammten Welt könnte mich noch von dieser Frau fernhalten. Ich bin jemand, der sich nimmt, was er will, und Riley will ich nicht nur, sondern begehre sie bis in die letzte Zelle.

„Okay, wir können", sagt sie, als sie zu mir zurück an die Treppe kommt. Hinter ihr sehe ich Jester und Emma sich unterhalten und zu uns rüber schauen. Mason, der vorhin bei ihnen saß, entdecke ich nicht. Es ist besser, wenn er Riley und mich nicht zusammen verschwinden sieht.

„Dann los, lass uns gehen." Mit einem letzten Blick über die feiernde Menge, sehe ich zu, dass ich mich mit ihr aus dem Staub mache.

Der Carrera knurrt, als ich auf die Straße hinausfahre und das Gaspedal quäle. Je schneller wir hier wegkommen, desto besser.

„Und wo fahren wir jetzt hin?" Gute Frage. Bis jetzt wollte ich einfach nur aus dem Dome raus und habe mir keine Gedanken gemacht, wo ich mit Riley hinfahren könnte. Coach Klarks Ferienhaus fällt definitiv aus. Ich muss Mason nicht unnötig reizen. Zu ihr nachhause zu fahren, ist auch keine Option. Denn Gott behüte, sollte ich auf ihre Stiefmutter treffen. Ich könnte nicht garantieren, der Frau, die meiner Kleinen das Leben zur Hölle macht, nichts anzutun. Da kommt mir eine Idee.

„Gib mir einen Moment", bitte ich und wähle über die Fernsprecheinrichtung die Nummer von Gilbert Haid.

„Cole McKensey", meldet sich Gilberts tiefe Stimme nach dem dritten Klingeln, „was verschafft mir die Ehre?"

„Hallo Gilbert, entschuldige, dass ich dich zu dieser späten Stunde störe, aber ich bräuchte für heute Nacht dringend ein Zimmer."

„Du hast Glück, mein Junge. Soweit ich weiß, ist die Silver-Suite heute Nachmittag frei geworden. Wenn sie dir nicht zu klein ist dann ..."

„Sie ist perfekt!"

„Wundervoll, dann lasse ich alles vorbereiten. Bis wann wirst du eintreffen?"

„In etwa zehn Minuten."

„Gut, dann weiß ich Bescheid." Ich sehe, wie Riley neben mir nervös an ihren Fingern zupft.

„Alles klar, vielen Dank, Gilbert. Du hast was gut bei mir."

„Ich helfe gerne, wo ich kann", erwidert er und ich meine ein Lächeln aus den Worten des Hotelbesitzers heraushören zu können. Ich beende das Gespräch und werfe einen Blick auf meine Beifahrerin. Sie hier neben mir zu haben, fühlt sich verdammt noch mal gut an.

„Das war Gilbert Haid, einer der wichtigsten Sponsoren und Fans der White Sharks", erkläre ich, weil ich ihr die Nervosität nehmen will. „Ihm gehört das Le Moreau."

„Du meinst dieses gigantische Luxushotel im Stadtzentrum?" Der überraschte Ausdruck, der in ihre großen, im schwachen Licht schimmernden Augen tritt, lässt mich schmunzeln.

„Genau das meine ich. Wir werden heute in der Silver-Suite nächtigen. Das heißt, wenn du willst." Sie beißt sich auf die Lippe und senkt den Blick für einen unangenehm langen Moment.

„In Ordnung", sagt sie schließlich, was mich erleichtert. Ich hätte sie unmöglich nachhause bringen und schon wieder hergeben können.

„Das Le Moreau wird dir gefallen", verspreche ich. *Oder besser gesagt das, was ich mit dir vorhabe,* füge ich im Geiste hinzu und grinse still.

Wenige Minuten später erreichen wir das Fünf-Sterne-Hotel. Ich übergebe die Schlüssel einem verschlafenen und reichlich verknittert aussehenden Typen vom Parkservice, der uns empfängt, und führe Riley in die Lobby. Während ich am Empfang alles abkläre und die Schlüsselkarte für unsere Suite hole, sieht sie sich in der in weißem Marmor gehaltenen Halle um. Dann nehmen wir den Lift in den sechsten Stock.

„Bist du hier öfter zu Gast?", will Riley wissen, als ich die Schlüsselkarte vor den Türknauf halte und diese mit einem Surren entriegelt.

„Nein, erst das zweite Mal. Das erste Mal war zur letztjährigen Saisonfeier. Guilbert hatte das ganze Team in sein Haus eingeladen." Meine Antwort wirft einen erleichterten Ausdruck auf ihre Züge. Was denn, dachte sie etwa ich wäre hier Stammgast?

„Keine Sorge, ich bringe die Frauen, die ich abschleppe nicht hierher, um sie flachzulegen. Falls du das denkst." Ihr Schweigen spricht für sich. „Du bist die Erste", erkläre ich, öffne und lasse sie vor mir eintreten.

„Wow … das ist … umwerfend", wispert sie, vermutlich mehr zu sich selbst als zu mir. Schmunzelnd schließe ich die Tür hinter mir und beobachte, wie Riley sich mit offenem Mund umsieht. Das komplett in Silber und Weiß gehaltene Zimmer fasziniert sie – im Gegensatz zu mir, der ich solche Suiten von meinen Footballreisen gewohnt bin. Die Begeisterung, die in ihren dunkelblauen Augen glitzert, ist ansteckend. Es ist offensichtlich, dass sie derartigen Luxus nicht gewohnt ist – etwas, das ich vorhabe zu ändern. Ich möchte sie verwöhnen, ihr die Welt zu Füßen legen. Wieder ein Gefühl, das sie in mir weckt und ich vorher nicht kannte. Lächelnd beobachte ich, wie sie Raum für Raum in Augenschein nimmt, sich an den kleinsten Sachen wie der stuckverzierten

Decke begeistern kann. Als sie vor dem Kingsize-Bett mit silbrigem Seidenhimmel stehen bleibt, trete ich von hinten an sie heran und schlinge meine Arme um sie. Ich sage nichts, drücke nur meine Nase auf ihren Scheitel und atme ihren berauschenden Duft ein. Allein ihr Geruch und die Tatsache, sie hier bei mir zu wissen, reichen aus, um mich hart werden zu lassen.

„Ich möchte mich noch frisch machen", höre ich sie heiser bitten. Sie muss meinen Steifen in ihrem Rücken gespürt haben.

„Das ist in Ordnung, solange ich dich begleiten darf", flüstere ich ihr ins Ohr und lasse meine Zunge über die weiche Haut ihres Halses bis hinab zum Schlüsselbein gleiten. Riley erschaudert unter der Berührung. *Oh ja, Kleines*, denke ich, *ich werde dir heute Nacht noch so manche Gänsehaut bescheren. Wenn ich mit dir fertig bin und wir dieses Hotelzimmer verlassen, wirst du Probleme haben, gerade zu laufen.*

Als ich von ihr ablasse, höre ich sie zittrig ausatmen. Dann dreht sie sich zu mir um, die Wangen leicht gerötet.

„Du willst mitkommen?", fragt sie, beißt sich auf die Lippe und zieht das schulterfreie Shirt aus. Jetzt steht sie nur noch in den High Heels, den verdammt heißen Jeans und einem schwarzen Trägerlosen BH vor mir. Fuck, ich möchte sie hier und jetzt flachlegen. Den Blick lüstern auf sie gesenkt, schiebe ich meine Hände auf ihren Hintern und packe zu. Er hat die verdammt noch mal perfekte Größe, liegt wie angegossen in meinen Händen. Ich beuge mich zu ihr hinab, will sie küssen, doch sie drückt ihre Finger auf meine Lippen.

„Wir wollten uns frisch machen, weißt du noch?" Ich sehe sie aus zusammengezogenen Augen an, als sie an mir vorbeigeht und mich und meinen pulsierenden Schwanz stehen lässt. „Kommst du, Cole?", schnurrt sie und wirft mir einen verführerischen Blick über die Schulter zu.

„Eine Sekunde, bin gleich da." Zur Hölle, die Frau macht mich fertig. Wenn sie mich so ansieht, habe ich Probleme, klar zu denken. Ich beeile mich, meine Geldbörse nach einem Notfallkondompäckchen zu durchforsten. Nie hätte ich gedacht, heute hier mit Riley zu landen. Den Gummi, den ich in der Hemdtasche hatte, habe ich Alec zu verdanken. Er hat ihn mir zugesteckt, bevor ich das Haus verließ und meinte, ein anständiger Fick würde meine Laune verbessern. Keiner von den Jungs weiß, weshalb ich so mies drauf war und wie sehr es mir die Kleine angetan hat. Und das ist auch gut so. Geldbörse und Handy auf den Sessel in der Ecke werfend, gehe ich ins Bad, wo Riley gerade die Dusche anstellt. Sie steht mit dem Rücken zu mir, das Gesicht dem Wasserstrahl entgegenhaltend. Ihre Haut schimmert wie cremefarbenes Porzellan. Als sie mich bemerkt, dreht sie sich um und präsentiert mir die andere Hälfte ihres unfassbar heißen Körpers. Sie ist schlank, beinahe zierlich, hat kleine feste Brüste mit blassrosa Nippeln und ein sonnenförmiges Bauchnabelpiercing. Außerdem ist sie komplett rasiert, was mir einen Blick auf ihre hübsche Pussy erlaubt. Ohne sie aus den Augen zu lassen, entledige ich mich meiner Klamotten. Das Kondompäckchen in der Hand öffne ich die Glasschiebetür, steige zu ihr in die geräumige Kabine und lege den Gummi auf die Ablage. Währenddessen streicht Rileys Blick ungeniert über meine Brust, den tätowierten Arm und hinab zu meinem Steifen. *Ja, Kleines, der ist nur für dich.* Als sie ihre Wimpern hebt und zu mir heraufschaut, will ich mich nicht länger zurückhalten. Mit einem Schritt schließe ich die Lücke zwischen uns, ziehe sie an meine Brust und küsse sie. Das Gefühl ihrer nackten Haut und ihrer Nippel, die sich hart mir entgegendrängen, lässt meinen Schwanz an ihrem Bauch zucken. Während das Wasser warm über unsere Körper perlt, schicke ich

220

meine Hände auf Wanderschafft, lasse sie an ihren Seiten entlang zu den Hüften gleiten und zurück an ihren Hintern. Ohne Jeans liegen ihre Pobacken noch perfekter in meinen Händen - als wären sie für mich gemacht. Ich knete sie kurz, lasse eine Hand dann nach vorne und zwischen ihre Schenkel wandern. Verdammt, sie ist mehr als bereit für mich. Während Riley ihre Hände an meinen Hinterkopf legt und die Finger in meinem Haar vergräbt, verteile ich ihre Geilheit auf den Schamlippen. Ich spiele mit ihrer Pussy, umkreise die Perle und schiebe dann unvermittelt zwei Finger in sie. Das lässt sie vor Lust in meinen Mund keuchen.

„Ja, Kleines, lass dich gehen", verlange ich zwischen zwei Küssen, winkle die Finger an und massiere ihren G-Punkt. Augenblicklich merke ich, wie ihre Beine weich und ihr Körper schwer werden und sie gegen mich sinkt.

„Oh Gott, Cole, ja", bringt sie über die Lippen, während ich sie stütze und meine Finger unnachgiebig weiterkreisen. Diese Stelle ist und bleibt ein Garant, um die Frauen auf Touren zu bringen. Rileys Gesicht an meiner Brust spüre ich, wie sich ihre Atmung beschleunigt. Ich weiß, dass ich sie auf diese Weise binnen Minuten zum Orgasmus bringen könnte, doch das will ich nicht. Darum ziehe ich meine Hand zurück und gebe ihr die Chance, zu verschnaufen. In der Zwischenzeit kümmere ich mich um ihre Brüste, nehme sie in meine, im Verhältnis zu ihrem zierlichen Körper, prankenhaften Hände und zwirble ihre Nippel. Wie ihr Hintern zuvor liegen sie perfekt in meinen Händen, geben mir das Gefühl, diese Frau wäre für mich gemacht. Der Gedanke, irgendwer anders könnte sie anfassen ist unvorstellbar. Die Berührung ihrer kleinen Hand, deren Finger sich um den Schaft meines Schwanzes schließen, lässt mich scharf die Luft einsaugen. Riley hat sich erholt. Während sie den Blick auf diese verführerische Art zu mir hebt, spielt sie an meiner Härte - lässt den Daumen über meine Eichel kreisen. Sie weiß, wie man einen Mann anfassen muss, um ihm Freude zu bereiten, so viel steht fest.

„Ich will dich spüren, will in dir sein", knurre ich und drücke sie gegen die kühle Fliesenwand. Mein Blick fällt auf das Plastikkuvert auf der Leiste. Ich habe noch nie ungeschützt mit einer Frau geschlafen. Nicht einmal in betrunkenem Zustand. In einer Welt, in der niemandem zu trauen ist, war das stets einer meiner Vorsätze. Aber bei Riley ist es anders. Ich will, nein muss, sie ohne den verdammten Gummi spüren.

„Alles okay?" Riley sieht mich an, scheint meine Gedanken zu lesen. „Du würdest lieber ohne …"

„Ich hatte noch nie ungeschützten Sex. Ehrlich", erkläre ich frei heraus. Einige Wassertropfen wegblinzelnd sieht sie mich schweigend an. „Schon gut", winke ich ab, „ich weiß, das ist dumm …" Ich will gerade nach dem Pariser langen, als sie mir zuvorkommt. Das Päckchen in der Hand sieht sie zu mir hoch. „Ich vertraue dir", sagt sie und schmeißt es weg. Das war's, damit ist meine Zurückhaltung dahin. Ich hebe sie hoch, drücke sie an die Wand und schlinge meine Hände um ihre Schenkel. Riley gibt einen ebenso erschrockenen wie vorfreudigen Schrei von sich. Die Beine um meinen unteren Rücken und die Arme um meinen Hals schlingend, beugt sie sich vor und flüstert mir ins Ohr: „Nur zu, ich nehme die Pille, du kannst mich also so oft, so lange und so hart ficken, wie du willst." Verdammte Scheiße, alleine der Gedanke, lässt mich fast kommen.

„Das werde ich", verspreche ich, greife mit einer Hand nach meinem Schwanz und streiche mit der Spitze über ihren Eingang. Das lässt sie vor Verlangen zittern. *Oh ja, so gefällt mir das.* Ich kann es kaum erwarten, sie zu spüren. Doch ich will sehen, wie gut ich ihr tue. Also suche ich ihren Blick, bevor ich mich quälend langsam in sie schiebe. Riley wimmert, schließt die Augen und lässt den Kopf nach hinten, gegen die Wand sinken. Auf ihren Zügen spiegelt sich pure Lust. Ich genieße jeden verdammten Zentimeter, spüre, wie sich ihre Hitze eng um mich schließt und ihre Muskeln arbeiten. Sex ohne Gummi ist nicht zu vergleichen und fühlt sich unendlich intensiver an. Rileys Pussy ist himmlisch – ich möchte ewig in ihr sein. Dann beginnt sie, sich leicht auf mir zu bewegen, und ich spüre, wie sich ihre inneren Wände noch fester um meinen Steifen schließen. Fuck! Das ist definitiv besser als all der Sex, den ich bisher hatte, zusammen. Und Scheiße, ich hatte schon eine ganze Menge davon! Es ist das erste Mal, dass es mir schwerfällt, mich zurückzuhalten und nicht direkt zu kommen. Während Riley mein Gesicht mit ihren schlanken Fingern umfasst und mich küsst, beginne ich mit zügigen Stößen in sie zu pumpen. Es dauert nicht lange, bis sich ihre Atmung wieder beschleunigt. Erst will sie nicht von mir ablassen, umspielt mit ihrer Zunge ungeduldig die meine. Als sie es nicht mehr aushält, beißt sie mir in die Lippe und lässt sich mit einem Stöhnen erneut gegen die Fliesen sinken. Ich kann sehen, wie das Wasser über ihren Körper und über ihre Brüste perlt, die unter meinen Stößen hüpfen. Auf ihrem Dekolleté breitet sich Röte aus, bevor ihre Hände, die auf meinen Oberarmen liegen, zupacken und ihre Nägel über meine Haut kratzen.

„Oh ja, Cole!" Sie erschaudert und ich fühle, wie ihre Muskeln sich eng um meinen Schwanz schließen, sehe die unverblümte Lust auf ihrem Gesicht. Das war's, nun lasse auch ich los. Ich versenke mich wieder und wieder in ihr, spüre, wie der Orgasmus heran und wie eine gewaltige Welle über mich hinweg rollt. Meine Hoden ziehen sich zusammen, als ich mich mit einem rauen Keuchen ein letztes Mal tief in sie schiebe und mich in ihr ergieße. Für einen kurzen Moment schließe ich die Augen, begreife, dass dieser Sex etwas verändert oder besser gesagt besiegelt hat. Ich werde diese Frau nie wieder gehen lassen, komme, was wolle.

Eine halbe Stunde später sitzen wir in Bademäntel gehüllt mit zwei Flaschen Corona und Schinkenkäsesandwiches, die uns dank meines Promistatus gemacht wurden, auf dem Doppelbett.

„Darf ich dich was fragen?" Riley schaut mich neugierig an. Sie sieht erschöpft, aber total süß aus.

„Klar", antworte ich und beiße von meinem Sandwich ab.

„Warum warst du anfangs so ekelhaft zu mir?" Oh, damit hatte ich nicht gerechnet. Ich seufze, denn ich habe nicht vor, ihr eine Lüge aufzutischen. Aber die Wahrheit wird ihr nicht schmecken.

„Weil ich Sorge hatte, du könntest mich wegen dem Unfall verpfeifen." Das lässt sie die Stirn runzeln. „Bei mir läuft es zurzeit karrieretechnisch richtig gut", erkläre ich weiter. „Wenn du Mason oder einem der anderen Jungs erzählt hättest, dass ich dich angefahren und anstatt ins Krankenhaus einfach zu dir nachhause gebracht habe, wüsste bald das gesamte Team davon. Von da an wäre es eine Frage der Zeit, bis die Presse Wind von der Sache bekommen hätte und ich mich mit Negativ-PR rumschlagen müsste."

„Aber, ich wollte doch, dass du mich nachhause bringst." Ich lache humorlos.

„Tja, ich denke, das wäre Mason egal gewesen. Was meinst du wohl, wie er auf diese Info reagiert und wie wütend er gewesen wäre, wenn er mitbekommen hätte, wie ich seine Auserwählte mit einer Kopfverletzung habe sitzen lassen?" Die Stirn runzelnd, sieht sie mich an.

„Wie kommst du darauf, dass ich ihm davon erzählt hätte?"

„Ich wusste damals nicht, wie du bist. Aber ich habe in meiner Zeit als Profisportler einiges erlebt. Weißt du, da draußen gibt es jede Menge pressegeiler Menschen, die sich die Hand dafür abhacken würden, um von einem von uns angefahren zu werden und in die Medien zu gelangen. Die Welt ist schlecht, glaub mir."

„Also wolltest du mich verjagen, indem du ekelhaft zu mir warst?" Ich nicke und sehe, wie Enttäuschung in ihren Blick tritt. Das jagt mir einen schmerzhaften Stich durch die Brust. „Aber du warst nicht kleinzukriegen", erinnere ich sie und hebe mein Bier. „Auf die sturste Frau der Welt." Das entlockt ihr ein Schmunzeln und wir stoßen an.

„Was hat dich schließlich einlenken lassen?"

„Na ja …" Ich kratze mich am Kinn, überlege, ob ich ihr gestehen soll, dass ich vor hatte sie um den Finger zu wickeln, damit sie sich in mich verliebt und keiner der Jungs ihr mehr Glauben schenkt. Nein, das würde sie an meinen Gefühlen für sie zweifeln lassen, und das möchte ich nicht. Also erfinde ich eine kleine Notlüge. „Da ich dich nicht rausekeln konnte, versuchte ich deine Freundschaft zu erlangen, damit du mir zuliebe die Klappe hältst. Wer hätte gedacht, dass das hier daraus entstehen würde", sage ich sanft, hebe die Hand und wickle eine ihrer noch leicht feuchten Haarsträhnen um meinen Finger. Rileys Lippen zeigen ein Lächeln, was mich erleichtert. „Sonst noch Fragen?" Ich will nicht, dass irgendetwas unausgesprochen bleibt und zwischen uns steht.

„Nein, zumindest nicht im Moment."

„Gut, dann bin ich jetzt an der Reihe. Was gibt es Neues von der Stiefmutterfront? Hast du dieser Olivia klargemacht, dass es bei dir nichts zu holen gibt."

„Das habe ich." Und schon weicht ihr Lächeln einer ernsten Miene.

„Und?"

„Sie meinte, ich würde meine Entscheidung bereuen." Dieses elende Luder, wagt es wirklich meiner Kleinen zu drohen. Dagegen werde ich etwas unternehmen müssen. „Ich dachte, sie würde mich direkt bestrafen. Aber bislang blieb ihre Rache aus. Langsam glaube ich, sie hat nur geblufft." *Das wäre ihr anzuraten*, denke ich und spüre wie Wut in meinem Bauch kocht. Weil ich gehört habe, was ich erfahren wollte, beschließe ich, den Rest unserer Zeit hier nicht mit diesem negativen Scheiß zu belasten.

„Also", sage ich, stelle mein Bier auf das Nachttischkästchen und lege mich seitlich hin – den Kopf auf meinen angewinkelten Arm gestützt, „erzähl mir mehr von dir. Du bist 20, lebst bei deiner Stiefmutter und ...“ Der Trockenmöse, hätte ich beinahe gesagt, beherrsche mich aber in letzter Sekunde. „... und Scarlett. Was machst du sonst, studierst du?“

„Ja, Literatur. Nächstes Jahr mache ich den Abschluss.“

„Literatur, interessant.“ Oh, sie ist ein Bücherwurm. Das hätte ich nicht gedacht. „Und weißt du schon, was du danach machen willst?“

„Ich schätze, ich werde mich als Redakteurin bei einigen großen Zeitungen bewerben. Es sei denn, mir gelingt bis dahin der Durchbruch als Autorin“, scherzt sie und belächelt ihre eigenen Worte.

„Als Autorin? Du schreibst?“

„Ich bin gerade bei der Fertigstellung meines ersten Romans. Anfangs war das Ganze nur ein Jux aus Langeweile, aber inzwischen bedeutet mir das Schreiben eine ganze Menge. Sollte ich Glück haben und einen Verleger für mein Buch finden, könnte ich meinen Traum verwirklichen.“ Wow, die Frau hat mehr auf dem Kasten, als ich gedacht hatte. Respekt.

„Nicht schlecht“, bemerke ich, was ihre Wangen erröten lässt.

„Was ist mit dir?“, lenkt sie ab. Offensichtlich spricht sie nicht so gern über ihre Träume. Das kann ich verstehen, weil ich da genauso ticke.

Über Dinge, die mir wirklich wichtig sind, spreche ich mit niemandem. Ich mache mein Zeug in der Regel mit mir selbst aus. So kann mir weder jemand reinreden noch mich verunsichern. „Ich weiß, dass Football schon immer deine große Leidenschaft war, du 25 bist und als Quarterback dein Geld verdienst. Hast du Familie?"

„Ja." Ihre Frage lässt mir die Kehle eng werden. Ich hasse es über meine Familie zu sprechen. „Meine Mutter lebt in Olympia, wo ich aufgewachsen bin", erkläre ich und setze mich auf.

„Du hast keinen besonders guten Draht zu ihr, nicht wahr?"

„Kann man so sagen." Das war's, mehr habe ich zu diesem Thema nicht zu berichten. Rileys Blick tastet über mein Gesicht, als suche sie nach einer Erklärung für meine verhaltenen Antworten. Schließlich gleitet ihr Blick tiefer und bleibt auf meinem rechten Schlüsselbein kleben, wo die Spitze einer meiner Tätowierungen zu sehen ist.

„Was hat es mit deinen Tätowierungen auf sich? Stehen sie für etwas?"

„Jede einzelne steht für einen Abschnitt in meinem Leben." Begeisterung weitet ihre blauen Augen.

„Darf ich?" Sie stellt ihr Bier und die Sandwiches beiseite, kniet sich vor mich und legt die Hände an den Kragen meines Bademantels.

„Nur zu", schmunzle ich, löse den Baumwollgürtel und ziehe mir das Teil kurzerhand aus. Nun sitze ich nackt vor ihr, was Riley sich auf die Unterlippe beißen lässt. Ihr Blick streift anerkennend über meinen Körper, meine Männlichkeit, den trainierten Bauch und konzentriert sich schließlich auf den fast zur Gänze von dunklen Tattoos verzierten Arm.

„Das hier war mein erstes. Ich habe es mit 16 vom Bruder eines Kumpels stechen lassen", erkläre ich und deute auf die Triskele, die meinen inneren Unterarm bedeckt und von einem feinen Muster umgeben ist das den Rest des Armes bis zum Ellenbogen überzieht."

„Hast du deswegen zuhause nicht Ärger bekommen?" Ich stoße ein verächtliches Schnauben aus.

„Natürlich habe ich das."

„Und wofür steht das Tattoo?"

„Für vieles. Den Weg des Lebens zum Beispiel. Für mich ist es in erster Linie jedoch ein Zeichen für Stärke." Rileys Finger legen sich auf meinen Unterarm und zeichnen die drei in sich verschlungene Kreissymbole nach.

„Was ist mit der hier?" Ihre Hände gleiten höher, ziehen eine prickelnde Spur bis zur Sanduhr, die die innere Fläche meines Oberarms ziert.

„Sie ist ein Zeichen für Vergänglichkeit. Nichts währt ewig." Die Fingerkuppen über die filigraneren Linien auf meiner Haut nach vorne an meinen Bizeps wandern lassend, betrachtet sie staunend, den von aufwirbelnden Federn umgebenen Adler. Er hat die Flügel gespreizt, ist im Begriff abzuheben. Es ist meine Größte Tätowierung.

„Er hier steht für Freiheit, nicht wahr?" Riley hebt ihre dichten Wimpern und sieht zu mir auf. Dem Ausdruck auf ihrem bildhübschen Gesicht nach könnte man meinen, sie hätte mich durchschaut.

„Ja, er steht für Freiheit", bestätige ich.

„Freiheit von deiner Familie?" Wie kann sie das wissen? Mein Blick pendelt ungläubig zwischen ihren Augen hin und her. „Erzähl mir davon", bittet sie leise. Ich zögere. Niemand, nicht einmal Coach Klark, kennt meine Vergangenheit. Sie macht mich verletzbar. Etwas, das ich beschlossenen habe, nie wieder zu sein.

„Meine Mutter war spielsüchtig", kommt es mir einfach so über die Lippen. Keine Ahnung warum, aber ich habe das Gefühl, Riley davon erzählen zu müssen. Ich will, dass sie versteht, warum ich bin, wie ich bin. „Sie hat unsere Familie um alles gebracht. Das Erbe meiner Großeltern, das Haus, meinen Vater, einfach alles." Ich greife nach meinem Bier und nehme einen großen Schluck.

„Sie hat dich um deinen Vater gebracht?" Riley betrachtet mich neugierig, spornt mich allein mit ihrer Nähe an, weiter zu erzählen.

„Wenn sich meine Mutter auf eines versteht, dann die Menschen mit ihren Lügen um den Finger zu wickeln. Es ist ihr viele Jahre lang gelungen, mich wegen ihrer Sucht im Dunkeln tappen zu lassen. Sie hat mir vorgespielt, die Bank würde an den Krediten für unser Haus schrauben und immer mehr einfordern. Wir hatten ständig zu wenig zum Leben. Ich ging in Wohlfahrtsklamotten zur Schule. Dabei war mein Vater Notar und verdiente gutes Geld. Im Glauben, sie würde uns Essen kaufen, habe ich ihr regelmäßig die paar Dollar, die ich mir mit Gartenarbeiten bei den Nachbarn zusammengespart hatte, überlassen. Nur damit sie es noch am selben Abend an einem ihrer Spieltische verzockte. Irgendwann war ich alt genug, um zu begreifen, was vor sich ging. Ich stellte sie zur Rede und lies sie mir versprechen, dass sie mit dem Scheiß aufhörte."

„Aber das hat sie nicht gemacht?", schlussfolgert Riley.

„Nein, natürlich nicht. Ich sage ja, sie ist eine vortreffliche Lügnerin. Sie machte uns glauben, sie würde in einer Bankfiliale als Putzfrau arbeiten. Dad und ich fuhren sie abends sogar hin und holten sie wieder ab. Es sah tatsächlich so aus, als würde sie sich bessern. In Wirklichkeit hatte sie unsere letzten eisernen Reserven verspielt, sogar das Geld, das Dad über Jahre hinweg für mein College angespart hatte. Als er herausfand, was sie getan hatte, dass sie ihr eigenes Kind bestohlen hatte, brach für ihn eine Welt zusammen."

„Hat er sie verlassen?"

„Nein, das hätte er nie gekonnt. Er liebte meine Mutter über alles. Liebte sie mehr als mich … und auch mehr als sich selbst. Er nahm sich drei Tage vor meinem 16. Geburtstag das Leben und erhängte sich in unserem Treppenhaus. Der Scheißkerl ließ mich im Stich und mit ihr allein."

„Oh Gott", Rileys Stimme klingt erstickt. Ihre kleine Hand langt nach meiner und drückt sie tröstend. „Das tut mir schrecklich leid."

„Schon gut. Meine Mutter hat mich gelehrt, niemandem zu trauen, und er, dass sich auf dieser Welt jeder selbst der Nächste ist. Das klingt vielleicht hart, aber nur mit diesen Vorsätzen landete ich da, wo ich heute bin", sage ich und verdränge die Bilder, die meine Erinnerung aufruft. „Es ist lange her." Ich senke den Blick auf unsere Hände, sehe, wie sie ihre Finger mit meinen verwebt. Es ist ein seltsames Gefühl, jemandem meine Vergangenheit offenbart zu haben. Wir schweigen ein paar Minuten, was mir die Möglichkeit gibt, mich wieder zu sammeln.

„Die Triskele habe ich mir eine Woche nach Dads Tod stechen lassen. Sie soll mich daran erinnern, wie stark ich bin, ich das Leben, auch wenn es noch so hart ist, meistern werde und nie aufgeben darf. Die Sanduhr kam dazu, als ich im letzten Highschool-Jahr war. Ich lebte zu der Zeit noch bei meiner Mutter, die ich verabscheute. Aber ich hatte mir ein Sportstipendium gesichert und wusste, ich würde dort wegkommen. Wenn die Tage auch unendlich lang erschienen, wusste ich, dass meine Zeit bei ihr ein Ende finden würde."

„Dann hast du den Adler auf dem College stechen lassen?" Ich nicke.

„Er ist das Symbol für meine Freiheit und dafür, dass ich alles schaffen kann, wenn ich nur will."

„Das finde ich schön", lächelt sie, beugt sich vor und küsst die Fänge des Greifvogels. Dabei merke ich, wie kühl ihre Lippen sind.

„Ist dir kalt?"

„Ein wenig, aber ich glaube, ich bin nur müde." Sie zuckt die Schultern.

„So geht das nicht", erkläre ich, stehe auf und hebe sie vom Bett. Während sie sich erschrocken an meinen Hals klammert, schlage ich mit einer Hand das Laken zurück und lege sie auf die Matratze. Sie ist ein richtiges Fliegengewicht. Den Bademantel zur Seite werfend, steige ich zu ihr, ziehe sie in meine Arme und kuschle uns beide ein.

„Das ist besser", murmelt sie an meiner Brust und schmiegt sich noch enger an mich. Nie in meinem Leben hätte ich gedacht, die Nähe einer Frau einmal so genießen zu können. Bisher wollte ich von den Ladys genau eines, und zwar unkomplizierten, möglichst versauten Sex. Mir ist klar, dass das gestörte Verhältnis zu meiner Mutter schuld an meinen Macken ist. Ihre ewigen Lügen waren es, die mich am Guten in den Menschen zweifeln ließen. Aber das hat jetzt ein Ende, zumindest was Riley anbelangt. Denn ich werde mir meine Zukunft nicht von der Vergangenheit ruinieren lassen. Zärtlich tupfe ich einen Kuss auf Rileys Scheitel. Sie ist eingeschlafen. Die Arme muss ganz schön erschöpft gewesen sein. Während ich meinen Gedanken nachhänge, fällt rötliches Licht durch die deckenhohen Fenster. Es dämmert. Und wie die ersten Strahlen des Tageslichts in unser Zimmer dringen, wird mir zum zweiten Mal an diesem Tag bewusst, dass sich ab heute einiges ändern wird.

Riley

Es ist Sonntagabend, als Cole mit mir vor Olivias Haus vorfährt. Wir haben einen unvergesslichen Tag im Hotel verbracht. Haben Hummer gegessen, Champagner getrunken und uns buchstäblich wundgevögelt. Zumindest dem Klopfen zwischen meinen Beinen nach. Niemals hätte ich gedacht, Cole so viel zu bedeuten. Ihm so nah zu kommen. Jedenfalls schwebe ich auf Wolke sieben, als er die Hand, die er die Fahrt über auf meinem Knie hatte, hebt und mir zärtlich eine Haarsträhne hinters Ohr steckt.

„Sehen wir uns morgen?", will er wissen. In der Dunkelheit wirkt sein Profil noch kantiger, noch männlicher. Einmal mehr bin ich im Begriff zu schmelzen und ihn mit diesem dümmlichen Grinsen anzuschmachten, beherrsche mich aber.

„Am Vormittag muss ich mit Emma zum Tae Bo", erkläre ich.

„Zu diesem Möchtegern von chinesischen Trainer?" Coles Augen verdüstern sich.

„Genau, zu André." Was denn, ist da etwa jemand eifersüchtig? Als ob André ihm das

238

Wasser reichen könnte. Niemand tut das. Er ist der Quarterback der Washington White Sharks, der Held Tausender Footballliebhaber und er ist mein. Jetzt stiehlt sich doch ein verliebtes Grinsen auf meine Lippen.

„Wann bist du fertig?"

„Gegen 10." Er überlegt einen Moment.

„Da beginnt unser Vorbereitungstraining."

„Oh, ihr habt ein Spiel?"

„Ja, nächsten Freitag. Ist so 'ne Charity-Sache für Coach Klarks alte Highschool. Wir spielen gegen ihr Team. Der Erlös ist für eine neue Tribüne."

„Ist ja cool!"

„Wie man's nimmt. Jedenfalls werde ich vor morgen Abend keine Zeit haben."

„Verstehe." Ich verberge meine Enttäuschung, weil ich keines von diesen Klammermädchen sein will. „Dann sehen wir uns eben am Dienstag."

„Wir werden sehen", meint er, beugt sich zu mir herüber und küsst mich. Obwohl wir heute jede Menge Sex hatten und ich deswegen eigentlich abgestumpft sein sollte, beschert mir seine Hand, die sich in meinen Nacken schiebt, eine Gänsehaut. Sein Handy, das heute zum gefühlt millionsten Mal klingelt, zerstört den Moment und lässt ihn genervt Aufseufzen. Er drückt den Anruf weg und sieht an mir vorbei zum Haus, wo gerade das Esszimmerlicht eingeschalten wird.

„Oh, der Drachen ist da. Vielleicht sollte ich mich lieber über den Blauregen in mein Zimmer schleichen", scherze ich und zeige auf die Kletterpflanze, die unter meinem Fenster an einem Eisengestell hoch bis zum Dach wächst.

„Willst du mich verarschen, über das dürre Ding?"

„Hey, das ist kein dürres Ding, das ist Blauregen, die Lieblingspflanze meiner Mom. Du würdest dich wundern, wie stark sie ist. Ich glaube, die würde einen Elefanten tragen." Darauf erwidert er nichts, sondern sieht mich nur besorgt an.

„Riley, sollte irgendwas sein, ganz gleich wann und was, will ich, dass du mich anrufst, hörst du?" Coles Stimme hat einen beschwörenden Klang angenommen. Er ist süß, wenn er sich sorgt.

„Das mache ich", verspreche ich, küsse ihn noch einmal zum Abschied, steige aus und schaue ihm hinterher, wie er die Straße hinabfährt.

Wie erwartet lässt sich keine Olivia blicken, als ich das Haus betrete und auf mein Zimmer gehe. Auch später, als ich mir eine ausgiebige

Dusche gönne und mein Haar provokant bei offener Badezimmertür föhne, taucht sie nicht auf. Weil ich total erschöpft vom vielen Sex bin, gehe ich gleich danach ins Bett und schlafe auf der Stelle ein.

Am Montagmorgen stehe ich mit erstklassiger Laune auf. Mit meiner Sporttasche warte ich vor der Haustür auf Emma und schwelge in Erinnerungen an Coles Körper und seine Berührungen. Mein Grinsen reicht von einem Ohr zum anderen und durch meinen Bauch flattern Schmetterlinge. Auf dem Weg zum Fitnesscenter will Emma von mir wissen, wo ich das restliche Wochenende über war und warum mein Handy ausgeschaltet war. Sie ist ziemlich verschnupft, weil sie sich Sorgen gemacht hat. Ich erzähle ihr von Cole und unserem unvergesslichen Sonntag im Le Moreau. Sie hört mit offenem Mund zu, denn sie kann kaum glauben, was ich berichte. Typen wie er vögeln Frauen in der Regel nur einmal und verbringen schon gar nicht ein ganzes Wochenende mit ihnen im Hotel, meint sie. Sie ist der Überzeugung, ich hätte es ihm mehr als nur angetan. Das wäre nur fair, denn Mr. Traumkörper hat mir komplett den Kopf verdreht. Nach dem Cole Thema will ich wissen, was es zwischen ihr und Jester neues gibt. Emma berichtet, dass sie den Kicker auf ihre eigene Art schön langsam weichkocht. Zu meiner Überraschung hatte sie noch keinen Sex mit ihm – zumindest keinen, bei dem sie ihn an ihr Golddöschen hätte ranlassen müssen. Bis jetzt hat sie ihm lediglich einen runtergeholt und einen Blowjob verpasst, das ist alles.

Am Fitnesscenter angekommen, ruft Jester an. Nun bestätigt sich, wie sehr sich meine Freundin darauf versteht, Männer verrückt nach ihr zu machen. Sie bedeutet mir leise zu sein, stellt ihn auf laut und lässt mich mithören. Er ist ihr wortwörtlich mit Haut und Haar verfallen, macht alles, was sie verlangt, und bettelt förmlich um Zeit mit ihr. Ich kann immer wieder nur über diese Frau staunen. Sie versteht es wie keine andere, Männer um den Verstand bringen. Ihr Liebster erinnert sie an das Highschool-Spiel am Freitag und will sich versichern, dass sie kommt. Emma sieht mich mit einem was-meinst-du-sollen-wir-hingehen-Blick an. Als ich nicke, verspricht sie Jester, zu kommen. Der freut sich wie ein Teenager, der ein Date für den Abschlussball klargemacht hat. *Die Frau ist eine Nummer für sich,* kichere ich in Gedanken.

Andrés Training dauert heute nur eine halbe Stunde, weil wir ihn die restliche Zeit hochleben lassen und seinen Geburtstag feiern. Das ist mir recht, so kann ich meine noch etwas empfindliche Mitte schonen. André sucht auch heute wieder meine Nähe, setzt sich neben mich und hält meinen Blick immer wieder länger als notwendig fest. Wenn Cole wüsste, wie der mich anflirtet, würde er vermutlich ausrasten. Gut für unseren Trainer, dass mein 1,90m großer Freund nicht hier ist.

Nach dem Training spazieren Emma und ich noch ein wenig durch die Stadt, reden über alles Mögliche und lunchen in einem asiatischen Restaurant. Gegen halb drei komme ich zuhause an, wo ich mich direkt an mein Skript setze. Ich bin nach wie vor bester Laune und strahle bald schon über das ganze Gesicht, als ich Seite für Seite raushaue. Das Finale meiner Story wird der Knüller. Ich liebe sie und kann nicht aufhören, meiner Fantasie freien Lauf zu lassen. Als ich den letzten Satz tippe, schwimmen Tränen in meinen Augen, so ergriffen bin ich, tatsächlich fertig zu sein. Die Hände überglücklich auf mein Herz gedrückt, lese ich gerade noch einmal den letzten Abschnitt durch, als ich im Augenwinkel sehe, wie mein Fenster geöffnet wird und jemand hereinsteigt. Erschrocken fahre ich herum, bin im Begriff, nach Hilfe zu schreien. Dann erkenne ich den dunklen Schopf und diese wundervoll grünen

Augen und springe vor Freude aus meinem Bürostuhl.

„Cole!", entfährt es mir, bevor ich mich ihm in die Arme werfe. Ihn zu sehen, ist das Highlight, die Krönung dieses fantastischen Tags.

„Hey, da ist aber jemand gut drauf", bemerkt er und lässt sich von mir einen überschwänglichen Kuss aufdrücken. „Und ich habe mir schon Sorgen gemacht."

„Sorgen?" Jetzt erst erkenne ich den vorwurfsvollen Ausdruck auf seinen Zügen.

„Ich habe dich ein paar Mal angerufen, dachte schon, es wäre was passiert."

„Ich ... das tut mir leid ... ich hatte mein Handy auf stumm geschaltet. Ist so eine Angewohnheit von mir, damit ich beim Schreiben nicht gestört werde." Eilig hole ich mein Smartphone von der Kommode. Tatsächlich, Cole hat dreimal angerufen. Oh je, das ist mir jetzt gar nicht recht. „Entschuldige." Zerknirscht sehe ich ihn an, erkenne die Sorge, die aus seinen Augen weicht.

Wie er da vor meinem Fenster steht in seiner tiefsitzenden Jeans und dem schwarzen V-Shirt, das den Ansatz seiner Brustmuskeln erkennen lässt, kann ich kaum glauben, dass er wirklich hier ist. Dieser riesige Mann, der mit seinem Selbstbewusstsein ganze Hallen füllen könnte, passt irgendwie nicht in dieses Zimmer. Ihn hier zu haben ist surreal, fast wie in einem Traum. *Nur, dass dieser Traum real ist,* raunt eine kleine Stimme in meinem Kopf und lässt mein Herz vor Glück flattern.

„Du hast also an deiner Story weitergearbeitet?", erkundigt er sich und tritt neugierig an meinen Schreibtisch.

„Ja, den ganzen Nachmittag und Abend. Ich kann es selbst noch nicht fassen, aber ich bin fertig", juble ich und muss mich beherrschen, vor Freude nicht durchs Zimmer zu hüpfen.

„Das ist großartig", freut sich Cole mit mir, kommt mit einem Lächeln auf mich zu und zieht mich in seine Arme. Den Blick auf mich gesenkt, sieht er mich auf eine Art an, die mir die Knie weich werden lässt. „Ich gratuliere dir", raunt er, senkt die Lippen auf meine und lässt die Welt damit stillstehen. Jetzt erst wird mir bewusst, wie sehr ich ihn vermisst habe. Coles Zunge fordert zärtlich Einlass und bringt meine Hormone unweigerlich zum Kochen. Mein Höschen ist bereits tropfnass, als er fordernder wird und mich rückwärts auf mein Bett drängt. Ich vergrabe die Hände in seinen Haaren, keuche ihm voller Verlangen in den Mund und greife bereits nach der Knopfleiste seiner Jeans, als ein Lärm von unten uns aufschreckt. Es klang, als hätte jemand etwas Großes umgeschmissen. Vielleicht einen Tisch oder einen Stuhl. Unser Vorspiel unterbrechend, lauschen wir und hören zwei schrille Frauenstimmen. Jemand streitet. *Olivia und Scarlett?,* überlege ich. Nein, die zwei zanken sich nie. Noch ein Rumpeln wie das eines umgeworfenen Möbels. Ich drücke Cole von mir herunter und lausche. Das Gezanke wird lauter. Es sind tatsächlich Olivia und Scarlett. Ihre Stimmen erinnern an Sirenen, überkreischen sich gegenseitig.

„Du musst gehen", sage ich. Der Himmel weiß, was passiert, wenn das Stiefmonster ihn hier entdeckt. Nein, für unnötiges Drama habe ich echt keinen Nerv.

„Was? Nein! Ich werde dich in diesem Irrenhaus bestimmt nicht alleine lassen", legt er sein Veto ein.

„Cole, bitte. Olivia soll dich nicht sehen." Die Hände auf seinem breiten Oberarm ziehe ich ihn hoch und schiebe ihn zum Fenster.

„Und was, wenn die Spinnerin dir etwas antut und dir auch nur ein Haar krümmt …"

„Sie wird mir nichts tun. Versprochen." Während ich das Fenster anhebe, schaue ich gehetzt wischen der Tür und seinem Fluchtweg hin und her. „Cole, bitte", dränge ich.

„Verdammt! Na gut, aber ich warte draußen in meinem Wagen. Sollte was sein …"

„Dann rufe ich dich, versprochen. Aber jetzt geh!" Ich kann Schritte auf der Treppe hören und verliere jedem Moment die Nerven. Unbeeindruckt vom Gekreische im Hausflur drückt er mir einen Kuss auf die Lippen und klettert dann endlich am Blauregen nach unten. Ich lasse das Fenster offen stehen und eile aus meinem Zimmer. Auf dem obersten Treppenabsatz finde ich eine wutentbrannte Scarlett, deren Blick an den einer geistig Umnachteten erinnert. Ihr Haar ist zerzaust und auf ihren Wangen und dem Hals eine Zornesröte, wie ich sie bei ihr noch nie zuvor gesehen habe. Eine Stufe unter ihr steht Olivia, die zwar auch verärgert wirkt, sich jedoch besser im Griff hat.

„Was ist denn hier los?", will ich wissen.

„Nichts, du hältst dich da raus!", zischt meine Stiefmutter, nimmt die letzte Stufe und baut sich vor ihrer Tochter auf.

„Warte nur, ich lasse mir von dir nicht alles versauen. Ich werde dafür sorgen, dass du …" Bevor Scarlett ihren Satz zu Ende bringen kann, hebt ihre Mutter die rechte Hand und schlägt ihr mit voller Wucht ins Gesicht. Meine Stiefschwester stolpert zurück und fällt gegen die Wand.

„*Du* drohst mir nicht, Fräulein. Haben wir uns verstanden?" Oliva tritt wie ein Racheengel vor die am Boden sitzende, entsetzte Scarlett. „Solange du unter meinem Dach lebst, wirst du tun, was ich von dir verlange!" Ich bin fassungslos und beobachte das Schauspiel mit offenem Mund. Nach ihrer Ansage, drückt die Hexe ihr aufgestecktes Haar zurecht, wendet sich um und geht die Treppe hinab. Während sie in Richtung Küche verschwindet, knie ich mich vor Scarlett, die wimmernd ihre Wange hält.

„Hey", sage ich leise und lege meine Hand auf ihre Schulter. Wie sie so da sitzt, wie ein Häufchen Elend, tut sie mir zum ersten Mal, seit sie in meiner Familie ist, aufrichtig leid. Offensichtlich quält Olivia nicht nur mich, sondern auch ihr eigen Fleisch und Blut. „Alles okay?"

„Zum Teufel, lass mich in Ruhe!", blafft sie mich an, rafft sich auf und verschwindet in ihrem Zimmer. Ich bleibe einen Moment sitzen und versuche zu verstehen, was hier gerade passiert ist. Wie kann eine Mutter nur ihr eigenes und noch dazu einziges Kind schlagen? Auch wenn Scarlett eine richtige Tussi und das Leben mit ihr manchmal die reinste Hölle sein kann, empfinde ich dennoch Mitleid für sie. Darum stehe ich auf, trete an ihre Zimmertür und klopfe leise an.

„Scarlett, ich wollte dir nur sagen, dass ich für dich da bin, wenn du mich brauchst", sage ich und lausche auf eine Antwort. Doch meine Stiefschwester schweigt. *Mehr als meine Hilfe anbieten kann ich nicht*, denke ich und gehe zurück in mein Zimmer. Ich habe die Tür kaum hinter mir geschlossen und verriegelt, da fällt mein Blick auf Cole, der auf dem Fenstersims sitzt.

„Wolltest du nicht im Auto warten?"

„Ich habe gesagt, ich lasse dich mit dieser Irren nicht allein", erinnert er ernst. Ich lächle, denn ich kann ihm unmöglich böse sein.

„Und was, wenn Olivia deinen Porsche vor dem Haus parken sieht?", frage ich und sehe zu, wie er sich erhebt und langsam auf mich zu kommt.

„Das wird sie nicht, weil ich ihn ein ganzes Stück die Straße weiter unten abgestellt habe." Mit einem schiefen Grinsen bleibt Cole vor mir stehen, hebt einen Arm und schiebt seine Hand in meinen Nacken. „Also", raunt er und lässt die Finger seiner freien Hand über mein Becken und meine Seite hochwandern. „Wo waren wir stehen geblieben?"

Cole verbringt die Nacht bei mir und schenkt mir in den zwei Malen die wir miteinander schlafen gleich mehrere unvergessliche

Orgasmen. Als er sich in der Morgendämmerung aus dem Haus stiehlt, bin ich fix und fertig. In mein Laken, das nach seinem Aftershave duftet, gekuschelt, schlafe ich bis zum frühen Nachmittag. Ich weiß nicht, wann ich das letzte Mal so einen gesunden Schlaf hatte. *Keine Frage, dieser Mann tut mir gut.*

Nach einer Dusche und einem kurzen Frühstück will ich mich gerade an den Rechner setzen, als jemand vor dem Haus mehrmals hintereinander hupt. Da unsere Straße die vermutlich ruhigste in ganz Aberdeen ist, siegt meine Neugier und ich werfe einen Blick aus dem Fenster. Was ich da zu sehen bekomme, wirft ein Strahlen auf mein Gesicht. Cole steht mit seinem nachtschwarzen Porsche vor dem Haus. Mit Sonnenbrille, dunkler Jeans und weißem Shirt, das seine Bräune unterstreicht, lehnt er lässig am Wagen und sieht zu mir herauf.

„Komm!" ruft er, „Ich habe eine Überraschung für dich." Ich grinse. Was für ein Verrückter! Trotzdem schnappe ich mir Handy und Schlüssel und eile zu ihm hinunter.

„Was tust du denn hier?", frage ich und gehe auf ihn zu. Mit einem schiefen Grinsen stößt sich Cole vom Wagen ab und kommt auf mich zu.

„Dich abholen", lautet seine Erklärung, bevor er die Sonnenbrille abnimmt, mich an sich zieht und küsst, dass mir der Atem weg bleibt. „Und bevor du mich gleich löcherst, wohin wir wollen - es ist eine Überraschung", meint er. „Wenn ich bitten darf?" Gerade, als er die Tür für mich öffnet und ich um ihn herumgehe, um einzusteigen, fährt Olivia vor. Augenblicklich ändert sich Coles Stimmung. Ich kann sehen, wie sich seine Züge verhärten und ein Muskel an seinem Kiefer arbeitet. Meine Stiefmutter parkt ihr Cabrio vor der Garage, steigt aus und sieht zu uns herüber. Ihr Blick verrät nichts, ist so neutral wie die Schweiz.

„Steig ein", knurrt Cole und schiebt mich, ohne den Drachen aus den Augen zu lassen, auf den Sitz. Dann umrundet er den Wagen und bleibt auf der Fahrerseite stehen. Einen Wimpernschlag lang befürchte ich, er würde etwas zu Olivia sagen, ihr vielleicht drohen, doch dann öffnet sich seine Tür und er steigt ein. Gott sei Dank! Das hätte noch gefehlt.

Cole bringt mich in die Mall, wo er darauf besteht, mir einen neuen Laptop zu kaufen. Meiner meint er, wäre museumsreif und für eine angehende Autorin unzumutbar. Ich möchte nicht, dass er Geld für mich ausgibt, doch Cole ist das egal. Er schmettert sämtliche meiner Einwände ab und kauft mir neben dem Laptop eine passende Laptoptasche ein neues Headset und eine externe Festplatte, damit ich meine Arbeiten sichern kann. Er verbringt den ganzen restlichen Dienstag mit mir. Genauso wie den Mittwoch, wo er mich in ein Wellnesshotel entführt. Ich habe keine Ahnung warum, aber es scheint ihm ein Anliegen zu sein, mich zu verwöhnen. Am Donnerstag gehe ich mit Emma zum Training und überarbeite am Nachmittag, in der Zeit, in der sich Cole auf das bevorstehende Spiel vorbereitet, das Skript. Am Abend lädt er mich ins Kino und im Anschluss zum Italiener ein, bevor er eine weitere Nacht bei mir verbringt. Der Sex ist und bleibt unglaublich. Und ja, inzwischen gestehe ich mir selbst ein, dass ich nach diesem Mann, seinem Geschmack und seinem Körper süchtig bin.

Als ich am Freitagnachmittag mit Emma zum Footballspiel aufbreche, erwähnt sie immer wieder mein Strahlen. Das wundert mich nicht, schließlich habe ich eine hammermäßige Woche hinter mir. Ich möchte sagen, die beste meines Lebens. Mit Corn Dogs und Bier bewaffnet, setzen wir uns auf die Tribüne. Es ist unglaublich, wie viele Menschen die White Sharks ins Highschool-Stadion locken. Glücklicherweise haben wir Karten, sonst müssten wir wie ein Großteil der Leute vom Parkplatz aus zusehen. Die Stimmung ist ausgelassen, der Himmel wolkenlos - ideale Voraussetzungen für einen weiteren unvergesslichen Tag. Die Schulkapelle spielt auf und beide Teams laufen ein. Die Zuschauer applaudieren und jubeln ihren Stars zu. Cole, mit der Spielernummer 3, sticht mir sofort ins Auge. Ich würde ihm gerne winken oder eine Kusshand zuwerfen, halte mich aber zurück, weil außer Emma noch niemand von uns weiß. Nur das verliebte Grinsen kann ich mir nicht verkneifen. Das Spiel geht los und ich beobachte wie Mason mit der Nummer 89, Jester mit der 7 und Alec mit der 55 zu Höchstform auflaufen. Der Rest des Teams nimmt sich zurück und lässt den Schülern eine Chance. In der Pause hat Aberdeens neuer Star am YouTube-Himmel seinen Auftritt. Ein süßer Junge, der an Justin Bieber erinnert. Er präsentiert seine CD, die er bei einem großen Label herausgebracht hat. Obwohl Emma und ich die Songs, die er singt, nicht kennen, trällern wir den Refrain ungeniert mit. In der zweiten Halbzeit spielen hauptsächlich jene, die sonst die Ersatzbank hüten. Mason ist der Einzige, der aus der Grundaufstellung geblieben ist. Die Highschool-Jungs sind spitze, kämpfen mit Herzblut gegen die Profis und schaffen sogar einen Touchdown. Die Menge grölt, feuert die Schüler an und freut sich über jedes Field Goal.

Kurz vor Schluss wird Mason ausgewechselt, was eine Applauswelle anschwellen lässt. Zwei brünette Mädchen, die vor uns sitzen, springen auf und halten ein Plakat, auf dem „89 Mason Fisher, du bist der Beste" steht. Sie zittern vor Aufregung, als er das Feld verlässt, und schreien so laut, sodass es mir in den Ohren klingelt: „Wir lieben dich, Fisher!" *Oh Mann, die sind ja kaum fanatisch*, denke ich kopfschüttelnd. Nach dem Spiel herrscht ein einziges Durcheinander. Die Zuschauer drängen von der Tribüne und entweder in das Partyzelt, das extra für heute auf der Wiese nebenan aufgebaut wurde, oder vor das Schulgebäude. Vermutlich hoffen sie darauf, ein Autogramm von den Stars zu ergattern. Ich will mich der Menge schon anschließen, als Emma mich am Arm packt und mit sich zieht. Mit einer Selbstverständlichkeit schleust sie mich an den Security vorbei in den unteren abgesperrten Bereich. Jester hat ihr eine Whats-App geschrieben, er möchte, dass wir vor den Umkleidekabinen auf ihn und Cole warten. Auf dem Weg dorthin kommen wir an den Toilettenanlagen, die sich zwischen der Tribüne und dem Schulgebäude befinden vorbei. Dem Himmel sei Dank, endlich ein WC. Diese zwei blöden Bier quälen meine Blase bereits eine Ewigkeit. Ich bitte meine Freundin schon mal voraus zu den Umkleidekabinen zu gehen, während ich die Toiletten aufsuche. Endlich erleichtert, trete ich gerade aus der WC-Anlage, als ich mit Bekki zusammenknalle.

„Oh, entschuldige", sage ich und will schon weiter, als sie mich anspricht.

„Na sieh mal einer an, wen haben wir denn da?" Der Tonfall in ihrer Stimme gefällt mir gar nicht. Warum klingt sie so herablassend? Die Brauen kraus gezogen sehe ich sie an. Arroganz verzieht ihre schmalen Lippen und verleiht ihren Augen einen kalten Glanz. „Was willst du hier, Blondchen? Hast du nicht schon genug angerichtet?"

„Wie bitte?"

„Stell dich nicht dümmer, als du bist." Sie kommt näher auf mich zu, misst mich mit einer Miene aus purer Verabscheuung. „Du und deine kleine Freundin bringen nichts als Ärger. Aber das hat jetzt ein Ende, denn …"

„Bekki!", poltert eine Stimme und erschreckt uns beide. Ich muss mich nicht umdrehen, um zu wissen, dass das Mason ist.

„Sieh zu, dass du Land gewinnst", verlangt er schneidend.

„Aber Mason …", hebt sie plötzlich gar nicht mehr so mutig an.

„Zieh verdammt noch mal Leine!" Seine derbe Antwort lässt die Rothaarige den Kopf einziehen und davoneilen. Ich atme erleichtert auf und wende mich zu ihm um.

„Danke, Mason. Keine Ahnung, was diese Verrückte ha..." Ich unterbreche mich selbst, als ich den finsteren Ausdruck auf seinem Gesicht sehe. So kenne ich ihn gar nicht. Normalerweise ist er der reinste Sonnenschein. Es macht mir Angst, wie unnahbar er auf einmal wirkt.

„So viel zum Thema: du kannst gerade keinen Mann in deinem Leben brauchen, was?" Verdammte Scheiße, er weiß von Cole und mir! Ich spüre, wie mir die Kehle eng wird.

„Woher weißt du ...?"

„Von Cole und dir?" Bringt er meinen Satz zu Ende, als mir die Worte im Hals stecken bleiben. „Er und ich hatten heute Vormittag ein langes Gespräch."

„Verstehe." Wieso macht er das? Wir waren uns doch einig, den Jungs noch nichts von uns zu erzählen.

„Verstehe?! Das ist alles, was du dazu zu sagen hast?" Ich weiß nicht, was mich mehr verletzt, seine Worte oder der schmerzliche Ausdruck auf seinen Zügen. „Du bist wirklich das Letzte", knurrt er und wendet sich zum Gehen um.

„Mason, bitte warte!" Mit wenigen Schritten habe ich ihn eingeholt und halte ihn am Unterarm zurück. Er senkt den Blick auf meine Hand und sieht dabei so verletzt aus, dass ich weinen möchte. „Bitte, sei nicht böse. Was hätte ich denn machen sollen? Dir sagen, dass mein Herz für einen anderen schlägt? Das wusste ich damals doch selbst noch gar nicht! Das zwischen Cole und mir ist … verrückt. Es hat sich einfach so ergeben." Ich sehe, wie sein Adamsapfel hüpft und er seine Verbitterung herunterschluckt. „Bitte Mason, ich will dich nicht verlieren. Du bist doch mein Freund." Das lässt ihn ungläubig die Luft ausstoßen.

„Mach´s gut Riley." Mit diesen Worten schiebt er meine Hand von seinem Arm und trottet davon. Mein Herz fühlt sich an, als hätte man es mir aus der Brust gerissen und wäre darauf herumgetrampelt. *Das hat er nicht verdient*, sage ich mir im Stillen. Und mit einem Mal hat meine perfekte Woche einen verdammt fahlen Beigeschmack bekommen.

Cole

Nachdem ich eine Weile vor den Umkleiden auf Riley gewartet habe, mache ich mich auf die Suche nach ihr und finde sie an den Außentoiletten. Ihre Augen sehen glasig und gerötet aus. Verdammte Scheiße, sie hat geweint!

„Was ist hier los?", will ich wissen, hebe ihr Kinn und begutachte ihr Gesicht. Aus irgendeinem Grund habe ich Sorge, Olivia könnte hier sein und ihr was angetan haben.

„Nichts, es ist nur Mason", schnieft sie, worauf mich eine Woge eisigen Zorns überkommt.

„Was ist mit ihm? Hat er dich angefasst?"

„Nein, Cole." Sie löst sich aus meinem Griff und atmet erschöpft durch. „Du hast ihm das von uns erzählt."

„Ja, und?" Ich verstehe nicht, wo das Problem liegt. Es war höchste Zeit, den Jungs von uns zu erzählen. Wir haben die Sache lange genug verschwiegen.

„Und?", fragt sie aufgebracht. „Cole, wir wollten noch ein wenig Wasser den Bach runter laufen lassen, bevor wir es ihnen sagen. Weißt du noch?"

„Na und, dann wissen sie es eben früher. Riley, die Jungs sind wie meine Familie, das ist schon in Ordnung. Sie freuen sich für uns."

„Nichts ist in Ordnung!" Neue Tränen treten in ihre Augen. Jetzt bekomme ich doch ein schlechtes Gewissen. Fuck. „Dank dir ist Mason sauer auf mich, und zwar so richtig. Du weißt doch, dass er was von mir wollte." Ich runzle die Stirn und zucke mit den Achseln.

„Fast das ganze Team wollte was von dir", erkläre ich und es ist die Wahrheit. Bis auf Jester und Alec fanden sie alle anderen rattenscharf. „Tut mir leid, Kleines, du bist nun mal eine Bombe." Mit einem Schritt schließe ich die Lücke zwischen uns und ziehe sie an mich.

„Das ist nicht witzig, Cole. Ich habe ihm kurz bevor ich mit dir zusammen kam erklärt, dass ich keinen Mann an meiner Seite will", sagt sie, ihr hübsches Gesichtchen auf meine Brust gesenkt.

„Komm schon, ich bin mir sicher, er braucht nur ein bisschen Zeit, um sich damit abzufinden." Meine Worte lassen sie erneut schwer seufzen. „Mason beruhigt sich wieder, du wirst sehen." Wenn ich gewusst hätte, wie sehr mein Freund an ihr hängt, hätte ich wirklich noch eine Weile die Klappe gehalten. Ich dachte, Riley wäre für ihn nicht mehr als eine kleine Schwärmerei. Nichts Besonderes. In den letzten Tagen hat er nie ein Wort über sie verloren, also dachte ich, es wäre okay, wenn ich ihm und den anderen von uns erzähle. Das erklärt allerdings, warum er heute Vormittag so still war und meine Worte immer nur abnickte. Egal, das lässt sich nun nicht mehr ändern. Abgesehen davon, hätten wir ihm ohnehin früher oder später von uns erzählen müssen.

„Komm schon." Meine Finger umfassen noch einmal Rileys Kinn und heben es an, bis sie mir in die Augen sehen muss. „Lass uns die Sache vergessen. Das Wochenende steht vor der Tür und das habe ich vor in vollen Zügen mit dir zu genießen." Mein vielsagendes Augenbrauenwackeln entlockt ihr ein Schmunzeln. „Na siehst du, so gefällst du mir gleich viel besser, lobe ich und wische mit dem Daumen über ihre Wange, um die Spuren ihrer Tränen zu verwischen. „Und jetzt lass uns hier verschwinden." Mit einem Kuss auf ihren süßen Mund, ziehe ich sie in meinen Arm und führe sie aus dem Stadion.

Als wir zwei Stunden später in Coach Klarks Ferienhaus ankommen, hat sich Riley erholt.

Obwohl sie und Emma ewig warten mussten, weil Jester und ich unendlich viele Autogramme geben und mit den Fans Selfies machen mussten, ist sie gut gelaunt. Mit meinem Mädchen an der Hand steige ich die Stufen zur Veranda empor, erinnere mich, wie wir vor knapp zwei Wochen hier standen und stritten. Damals hätte ich einiges gegeben, damit sie sich verzieht. Heute bin ich froh, dass sie sich von mir nicht hat abwimmeln lassen. In Erinnerung an unseren Streit und die fiesen Dinge, die ich ihr an den Kopf geschmissen habe, schlinge ich den Arm um sie, ziehe sie an mich und tupfe ihr einen Kuss auf den Scheitel. Das milde Lächeln, das daraufhin Rileys Lippen umspielt, lässt mich vermuten, dass auch sie sich daran erinnert. Im Haus ist die Party bereits in vollem Gange. Ein Großteil des Teams hat sich hier eingefunden, um den Tag ausklingen zu lassen. Selbst Coach Klark und seine Frau Barbara feiern mit. Während Jester und Emma auf sein Zimmer verschwinden, lassen Riley und ich uns zu einem Bier überreden. Barbara und meine Kleine verstehen sich bestens. Ich beobachte, wie die Frau des Trainers sie herumführt und ihr das Haus zeigt.

„Gibt es schon Neuigkeiten bezüglich des Duschgelspots?", erkundige ich mich beim

Coach. Inzwischen warten wir seit zehn Tagen auf eine Antwort aus unserer Rechtsabteilung. Das White Sharks Management hat den Preis für mich in die Höhe getrieben, weil laut Umfrage meine Beliebtheit bei den Fans stetig wächst. Sollte die Sache klappen, bin ich ein gemachter Mann. Nicht, dass ich mit dem Footballspielen nicht ordentlich abkassieren würde, aber der Fernsehspot würde so viel Geld in meine Kasse spülen, dass ich mich die nächsten Jahrzehnte nicht sorgen müsste.

„Unsere Anwälte prüfen noch die Verträge. Eigentlich hätte ich heute Bescheid bekommen sollen." Samuel Klark zuckt mit den Schultern. „Wenn du willst, gehe ich der Sache noch mal nach. Es ist erst kurz nach sechs. Tanja dürfte noch im Büro sein."

„Nein, schon gut. Die Sache läuft ja nicht davon", sage ich und lege ihm die Hand auf die Schulter. Ich habe jetzt andere Pläne. Seit ich in diesem Haus bin, stelle ich mir vor, wie Riley nackt in meinem Bett aussehen muss. Der Ständer, der mir dieses Bild in meinem Kopf beschert, wird langsam lästig. Als Olli, der Defense-Trainer auftaucht und Klark in ein Gespräch verwickelt, nutze ich die Gelegenheit und verabschiede mich, um meine Kleine zu suchen. Ich finde Riley im Wohnzimmer.

„Ach, Barbara, ich glaube, dein Mann sucht nach dir", lüge ich und deute mit dem Daumen über die Schulter, in Richtung Küche.

„Oh, aber natürlich. Entschuldigst du mich einen Moment, Liebes?"

„Klar", nickt meine Schöne verständnisvoll. Barbara ist kaum außer Sicht, da schnappe ich Riley an der Hand und ziehe sie hinter mir her in den oberen Stock.

„Cole", schimpft sie. „Was machst du denn?"

„Nach was sieht es denn aus? Ich habe genug davon, dich mit anderen zu teilen."

„Du bist verrückt?", höre ich sie hinter mir lachen.

„Jap, verrückt nach dir." In meinem Zimmer angekommen, schließe ich die Tür hinter uns und sperre ab. Schon besser.

„Ich hatte mich immer gefragt, wie dein Zimmer hier wohl aussieht", sagt sie und läuft interessiert die Wände ab, begutachtet die Spielerposter. Bei einem Bild von mir aus der letzten Saison bleibt sie stehen und lässt ihre schlanken Finger über das Papier gleiten. Ich beobachte, wie sie den Rest des Zimmers in Augenschein nimmt und sich schließlich auf mein Bett setzt und mich mit einem verführerischen Blick ansieht. *Scheiße noch eins, genau so hatte ich mir das vorgestellt.* Als sie dann auch noch beginnt, die blauweiße verspielte Bluse, die sie trägt, aufzuknöpfen, drückt mein Schwanz schmerzhaft in meiner Jeans. Langsam gehe ich auf sie zu, bleibe aber am Fußende stehen.

„Zieh dich aus", raune ich und lecke mir über die Lippen. Riley sagt nichts, kommt meiner Aufforderung aber mit einem Glitzern in den Augen nach. Langsam und zum Schwanzzerreißen heiß, beginnt sie sich auszuziehen. Dabei passt sie ihre Bewegungen der Musik an, die von unten zu uns heraufdringt. Ihre Finger wandern über die blasse Haut und streifen die Träger ihres BHs von den Schultern. Der spitzenbesetzte Stoff gleitet herab und gibt ihre perfekten Brüste preis. Rileys steife Nippel wecken in mir den Wunsch, an ihnen zu saugen, meine Zähne in der zarten Haut zu vergraben. Es fällt mir schwer, stehenzubleiben und zuzusehen, wie ihre Hände erst über ihre Brüste streichen und dann abwärts an den Bund ihres Tangas wandern. Als sie sich das Teil provokant und mit durchgedrücktem Kreuz über den Arsch zieht, entlockt sie mir ein: „Fuck". Splitterfasernackt und mit einem verführerischen Blick räkelt sie sich schließlich auf meinem Laken. Das war's, ich werde keine Sekunde länger warten. Mit dem Wissen, dass sich das Bild von ihr auf meinem Bett unwiderruflich in meine Erinnerung gebrannt hat, öffne ich die Knopfleiste meiner Jeans. Nun ist Riley an der Reihe, mir zuzusehen, wie ich aus meinen Klamotten steige. Allerdings lasse ich mir entschieden weniger Zeit als sie. Dafür befindet sich zu viel Blut in meinem Unterleib. Nackt und mit pochendem Schwanz krieche ich vom Fußende zu ihr hoch, drücke sie unter meinem Gewicht in die Matratze und küsse sie gierig. Riley lächelt an meinen Lippen. Das kleine Luder weiß inzwischen nur zu gut, wie sehr mich ihr zierlicher Körper anturnt. Aber ich wäre nicht Cole McKensey, wenn ich den Spieß nicht umzudrehen wüsste. Also lasse ich meine Rechte an ihrem Innenschenkel hochwandern, was ihr eine Gänsehaut verpasst. Dann umkreise ich mit den Fingerkuppen ganz sacht ihre Scham. Heilige Scheiße, sie ist tropfnass. Das lässt meinen Schwanz zucken. Dennoch halte ich mich zurück und lasse mich nicht davon abbringen, sie um den Verstand zu bringen. Auch nicht, als sich ihre Finger um meine Latte schließen. Stattdessen schiebe ich zwei Finger in sie, finde ihren magischen Punkt und massiere ihn.

„Gott, Cole", keucht sie an meinen Lippen und drückt vor Verlangen den Rücken durch. *So ist es gut.* Rileys Saft rinnt mir über die Hand, als ich meine Finger in ihr kreisen lasse und mich ihre Halsbeuge hinab küsse. Binnen kurzer Zeit steigere ich ihre Lust auf ein Level, das sie alles um sich herum vergessen lässt. Ich sehe, wie ein dünner Schweißfilm auf ihre Brust tritt und sie die Augen schließt. Ihr Keuchen wird rauer und sie beginnt meine Hand zu reiten. Schon ziehen sich die Muskeln in ihrem Unterleib zusammen.

„Ganz genau so, Kleines. Zeig mir, wie gut ich dir tue", verlange ich und im nächsten Moment, treibe ich sie über die Schwelle des Erträglichen und lasse sie kommen. Riley stöhnt laut und ungehalten auf, beruhigt sich erst, als ich den Druck meiner Finger verringere und mich aus ihr zurückziehe. Die Lider hebend, sieht sie mich außer Atem an.

„So war das aber nicht geplant", beschwert sie sich, auf den Lippen ein Grinsen.

„Ach nein?" Ich liebe es, wie sie kurz nach dem Orgasmus aussieht. Die Röte auf ihren Wangen und dieser gelöste Ausdruck, der ihre Augen umspielt.

„Nein", wiederholt sie, stemmt mich von ihr und rutscht auf den Boden. Auf den Knien sitzend lockt sie mich mit dem Zeigefinger zu sich. Geil, sie hat vor, mir mit ihrem unschuldigen kleinen Mund einen zu lutschen. Ich rücke nach, setze mich an die Bettkannte und sehe ihr zu, wie sie an mir zu spielen beginnt. Wie ihre warme Zunge Kreise um meine Eichel zieht, ihre Finger meinen Schaft massieren, den sie sich quälend langsam in den Mund schiebt. Als sie mit der anderen Hand meine Eier zu kraulen beginnt, wünschte ich, ich könnte den Moment einfrieren und mich auf ewig von ihr verwöhnen lassen. Ich sehe zu, wie sie ihre Lippen über meine Haut zieht und unter ihren dichten Wimpern zu mir heraufschaut. Ihr Blick ist so was von verdammt geil. Bevor sie mich zu weit treiben kann, lasse ich sie innehalten, ziehe sie zu mir hoch und an den Kopfteil des Bettes. Dort setze ich mich hin und ziehe sie auf meinen Schoß. Riley versteht, greift nach meinem Schwanz, positioniert ihn vor ihrer warmen Pussy und setzt sich auf ihn. Ich ziehe die Luft scharf durch die Zähne, als ich ihre warme Nässe spüre. Diese Frau bringt mich mit ihrem Körper noch mal um den Verstand. Während sie sich zu bewegen beginnt, streichle ich ihren Hintern und kümmere mich um ihre Brüste. Ich knete und sauge ihre Spitzen, bis sie wimmert. Währenddessen können sich Rileys Hände nicht entscheiden, ob sie nun mein Sixpack, meine Brust oder Arme anfassen sollen und streifen ruhelos über meinen Körper. Bald merke ich, wie ihre Bewegungen sich beschleunigen und sie mich ungeduldiger reitet. Inzwischen kenne ich sie gut genug, um zu wissen, was ich tun muss, um ihr im Handumdrehen einen zweiten Orgasmus zu bescheren. Meine Finger umkreisen ihre Nippel, bis sie so steif sind, dass sie an Rosinen erinnern. Dann kneife ich zu und lasse sie mit einem ungenierten Aufstöhnen kommen. Zufrieden betrachte ich, wie sie über mir den Kopf in den Nacken wirft und sich gehen lässt. Meine Hände wandern von ihren Brüsten herab, streichen über ihr sonnenförmiges Bauchnabelpiercing und legen sich auf ihren Arsch. Währenddessen werden Rileys Bewegungen langsamer, hören aber nicht auf. Sie will es zu Ende bringen und mir meinen Höhepunkt schenken. Aber ich habe etwas anderes vor. Darum drücke ich ihr einen Kuss auf die Lippen, hebe sie von mir und dirigiere sie in den Vierfüßler. Die Hände auf ihre Hüften gelegt schiebe ich mich in sie. Ich kann mich nur zu gut an den ersten Abend erinnern, als Riley hier war und ich versuchte, sie zu verscheuchen. Damals habe ich genau an dieser Stelle und genau in der Position, die Tussi mit dem S-Fehler flachgelegt. Ich weiß noch, dass ich mir vorstellte, es wäre Riley. Heute, jetzt, ist sie tatsächlich unter mir und es ist so viel besser, als alles, was ich mir je hätte erträumen können. Ihr Haar, das wie reifer Hopfen über den Rücken fällt. Die milchige Haut und dann ihr Profil, als sie sich vorn über beugt, den Kopf auf die Matratze legt und mit geschlossenen Augen jeden meiner Stöße willkommen heißt. Meine großen Hände umfassen ihre Taille, drücken sich sacht in ihr wunderbares Fleisch. Mein Orgasmus ist alles verschlingend. Ich schiebe mich tief in sie, keuche kehlig auf und schieße meinen Saft in ihre Nässe. Rau atmend sinke ich auf die Matratze und ziehe mein Mädchen an mich. Eng aneinander geschmiegt kommen wir beide langsam wieder zur Ruhe. Nur unsere Körper glühen noch vom Sex. Mein Blick liegt auf den Wandpostern. Dieses Zimmer ist mir so vertraut. Wenn ich bedenke, wie viele Frauen ich schon hier drinnen hatte. Aber keine konnte Riley das Wasser reichen. Ich hatte Dreier, Vierer, ja einmal sogar einen Fünfer – nur mit Frauen versteht sich. Es gibt kein Sexspielzeug und keine Sexpraktik, die ich nicht schon an oder mit einer der Frauen ausprobiert habe. Und dennoch ist alles, was ich vor ihr erlebt habe, unbedeutend. Diese kleine, zierliche Frau hat mich mit Leib und Seele für sich eingenommen.

„Ich liebe dich", sage ich in dem Moment, als mir klar wird, dass es genau das ist, was ich für Riley empfinde. Das lässt sie den Kopf heben. Ihr Haar kitzelt an meinem Hals und dann sehe ich in ihre ozeanblauen Augen. *Ja, ich liebe sie, mehr als ich es jemals in Worte fassen könnte,* denke ich bei mir. Ihr Blick verrät nichts. Sie sieht mich einfach nur einen langen Moment an. Dann erscheinen winzige Fältchen, die ihre Augen umspielen und ein Lächeln das ihre Mundwinkel kräuselt.

„Ich liebe dich auch, Cole McKensey. Sehr sogar." Nie hätte ich gedacht, dass mir diese Worte einmal die Welt bedeuten könnten. Doch genau das tun sie.

Riley

Cole und ich liegen noch eine Weile beieinander, bevor ich mich aufraffe und duschen gehe. Gut, dass ich frische Sachen mitgenommen habe. Ich beeile mich, fertig zu werden. Auch wenn die Badezimmertür abgeschlossen ist, fühle ich mich mit all den Menschen im Haus, die jeden Moment anklopfen könnten, nicht wohl. Als ich in Unterwäsche vor dem Spiegel stehe und mich betrachte - das nasse Haar im Handtuchturban - muss ich unwillkürlich Lächeln. Der entspannte Ausdruck auf meinem Gesicht und die Zufriedenheit in meinen Augen, zeugen davon, wie gut mir Cole tut. Ich bin mir sicher, Emma würde mir an der Nasenspitze ansehen, dass ich gerade umwerfenden Sex hatte. Apropos Emma, ich höre ihre Stimme vom Garten heraufdringen. Sie diskutiert mit jemandem. Bevor ich jedoch ans Fenster treten und nach unten sehen kann, klopft es energisch an der Badezimmertür.

„Hey, ich muss mal!" Ich glaube das ist Alec, der Pommes-mit-Vanilleeis-Liebhaber.

„Kleinen Moment!", rufe ich und schlüpfe hektisch in meine Jeans und ein schwarzes Tanktop.

„Ich kann echt nicht länger warten!"

„Wieso geht's du nicht unten auf die Gästetoilette?"

„Keine Chance, das ist viel zu weit!" Oh Mann, Alec ist echt eine Nummer für sich. „Außerdem könnte es bis dahin schon zu spät sein", droht er und lässt mich zur Tür eilen, die ich mit fliegenden Händen aufsperre und öffne.

„Schon gut, ich bin ja fertig", sage ich und lasse den Muskelberg an mir vorbei in den Raum torkeln. Alecs Silberblick nach hat er ordentlich getankt.

Zurück in Coles Zimmer, nehme ich das Handtuch vom Kopf und frottiere mir das Haar.

„Das ging schnell", bemerkt er, kommt auf mich zu und drückt mir einen Kuss auf die Stirn. „Dann darf ich jetzt gehen?" Er sieht mich mit herausfordernd hochgeschobener Braue an, versucht mich aufzuziehen, weil ich nicht mit ihm zusammen unter die Dusche wollte. Ich weiß auch nicht, aber irgendwie wäre mir das peinlich gewesen. Es ist eine Sache, wenn seine Kollegen wissen, dass wir allein in seinem Zimmer sind aber eine andere, wenn sie sich vorstellen, wie wir uns nackt unter der Dusche gegenseitig einseifen. Das ist kindisch, schon klar, aber so war es mir einfach lieber.

„Ich weiß nicht so genau", erwidere ich gespielt ernst und tippe mir mit dem Zeigefinger gegen die Unterlippe. „Hast du dir die Dusche denn verdient?"

„Lass mich überlegen", steigt er in mein Spiel ein und runzelt die Stirn. „Ja, habe ich, und zwar mit dir!" Mit diesen Worten packt er mich und wirft mich über die Schulter.

„Hey, lass mich runter!", protestiere ich zappelnd. Handle mir allerdings nur einen Klaps auf den Hintern ein.

„Nichts da, du wirst mich begleiten."

„Aber Cole, ich war doch gerade duschen."

„Schon, aber nicht mit mir. Außerdem bin ich mir nicht sicher, ob du dich auch wirklich überall gründlich gewaschen hast. Das muss ich überprüfen."

„Cole, ich will nicht! Lass mich runter!" Mein Gejammer ignorierend, schnappt er sich ein paar frische Klamotten und tritt mit mir hinaus auf den Flur. Gerade als ich im Begriff bin aufzugeben und mich mit dem Gedanken, mich von ihm einseifen zu lassen, anzufreunden, fängt uns Coach Klark ab.

„Cole, hast du ein paar Minuten?"

„Natürlich, was gibt's?", erkundigt sich mein Muskelberg, setzt mich ab, hält mich aber an der Hand fest. Mist!

„Ich habe eben noch mal mit Tanja telefoniert. Sie meinte, der Vorstand hätte eine Entscheidung gefällt." Coach Klarks Blick fällt auf mich. „Riley, meine Liebe, gibst du uns ein paar Minuten?"

„Aber natürlich", nicke ich und löse mich aus Coles Griff. Ich verkneife mir ein Grinsen, als ich ihn ansehe und ihm einen Kuss auf die Wange drücke. Seine Miene spricht Bände, diese Runde ging an mich und das gefällt ihm gar nicht. *Tja, mein Süßer, tut mir leid, aber du wirst doch alleine duschen müssen.*

„Bis später", sage ich zuckersüß und gehe nach unten, um nach Emma zu sehen. Ich schnappe mir ein Bier, nehme einen großen Schluck und gehe raus in den Garten. Erst glaube ich, meine Freundin wäre nicht mehr hier, doch dann entdecke ich sie ganz allein unten am steinigen Ufer des Chehalis Rivers sitzen. Die Dämmerung verleiht dem Wasser einen unheilvoll roten Schimmer und mich überkommt ein fieses Bauchrumoren. Irgendwas gefällt mir hier gar nicht.

„Süße", sage ich leise und trete von hinten an meine Freundin heran. Sie wendet sich nicht zu mir um, sondern sieht weiterhin auf das Wasser hinaus. „Alles okay?" Besorgt setze ich mich neben sie, stelle das Bier weg und sehe sie an. Du liebe Zeit, sie weint. „Emma?" Meine Hand auf ihrem Knie lässt sie mich sich endlich ansehen. „Was ist passiert?"

„Jester", sagt sie und wischt sich mit dem Handrücken über die Nase. „Er hat mich betrogen."

„Wie bitte?" Ich kann nicht glauben, was ich da höre. Jester ist ihr mit Haut und Haar verfallen. „Woher weißt du das?"

„Ich habe ihn vorhin mit Alec reden hören. Er hat geschwärmt, ich würde ihn dauergeil machen und dass er wegen mir ständig mit blauen Eiern rumlaufen würde. Alec meinte dann, er solle sich eben wieder mit Linda Abhilfe verschaffen."

„Linda?"

„Bekkis Freundin. Sie sieht mir ziemlich ähnlich." Ich erinnere mich an ein Mädchen, das öfter mit der rothaarigen Kuh herumhängt. Sie hat schwarzes schulterlanges Haar, denselben dunklen Teint und sogar eine ähnliche Figur wie meine Freundin. Nur ihr Gesicht sieht nicht annähernd so hübsch aus.

„Und du denkst, an Alecs Worten ist was dran?"

„Ich weiß es, Riley", schluchzt meine Freundin auf. „Ich habe diese Linda vorhin hier draußen abgefangen und sie gefragt, ob da was zwischen ihr und Jester laufen würde. Sie hat gelacht und gemeint, ich müsse mir keine Sorgen machen, sie wären nur Fickfreunde." Ach du Schande. Wie kann Jester ihr nur so was antun?

„Baby, da bist du ja. Ich habe das ganze Haus nach dir angesucht", erklingt eine Stimme hinter uns. Na toll, wenn man vom Teufel spricht. Jesters Worte erwecken einen harten Ausdruck auf Emmas Zügen. Sie wirft mir einen na-warte-Blick zu, wischt sich eilig die Tränen weg und steht auf. Ich tue es ihr gleich. Sie strafft ihren Rücken und dreht sich zu dem Footballspieler um. „Was ist denn hier los?" Oh je, er weiß offensichtlich nicht, was gleich auf ihn zukommen wird.

„Keine Ahnung, was hier los ist, Jester. Vielleicht verrätst du es mir ja? Oder warte, wir könnten natürlich auch deine kleine Fickfreundin Linda fragen." Emmas Stimme klingt frostig, aber gefasst. Ihre Antwort lässt Jester alle Farbe aus dem Gesicht weichen.

„Emma, ich hatte in der ganzen Zeit nur zwei Mal was mit Linda. Es war bedeutungslos und ganz am Anfang, kurz nachdem ich dich kennenlernte. Woher sollte ich denn wissen, dass das zwischen uns so ernst werden könnte? Verdammt, Baby, ich will doch nur dich." Mir fällt ein, was für ein Weiberheld er war, als ich ihn kennenlernte. Er flirtete so ziemlich jede an, auch mich. In letzter Zeit aber - das muss man ihm zugute heißen - hatte er nur noch Augen für meine Freundin. Ich glaube ihm, wenn er sagt, dass der Sex mit Linda bedeutungslos war und er keine andere als Emma will. Leider macht das seinen Seitensprung nicht ungeschehen. Ich kenne meine Freundin und weiß, was jetzt kommt. *Tja, tut mir leid für dich Jester,* denke ich und verspüre tatsächlich ein kleines Bisschen Mitleid mit ihm.

„Das war's Jester, ich bin fertig mit dir." Wenn ich je wahre Verzweiflung auf einem Gesicht gelesen habe, dann heute und hier bei ihm.

„Emma, bitte glaub mir, es war unbedeutend. Außerdem wird so etwas nie wieder vorkommen. Ich schwöre es!"

„Die Sachen, die du noch bei mir hast, schicke ich dir mit der Post." Nach einem flüchtigen Blick zu mir, geht sie an ihm vorbei in Richtung Haus.

„Nein, Baby, komm schon, wir schaffen das. Bitte, gib uns nicht auf. Ich werde alles wieder gut machen. Hörst du, ALLES!" In seiner

Ratlosigkeit greif Jester nach dem Arm meiner Freundin und hält sie zurück. Ihr Blick, den sie erst auf seine Finger und dann auf seine Augen richtet, lässt selbst mich frösteln.

„Lass. Mich. Los."

„Bitte, tu mir das nicht an", wispert er, plötzlich gar nicht mehr der harte Kerl.

„Mach´s gut Jester und ruf mich nicht an." Während Emma sich aus seinem Griff löst und davon marschiert, sieht mich der Footballspieler hilfesuchend an.

„Tut mir leid", sage ich ehrlich, auch wenn er mein Mitleid nicht verdient hat. Er wirkt wie ein kleiner Junge, der das Wichtigste in seinem Leben verloren hat. Mit einem widerlichen Druck ums Herz, eile ich meiner Freundin hinterher, hole sie aber erst kurz vor der Haustür ein.

„Emma warte! Wo willst du denn jetzt hin?"

„Nachhause." Ihre Antwort ist nur eine Aneinanderreihung kratziger Silben, ihre Augen glasig vor frischen Tränen.

„Okay, aber ich komme mit. Ich lass dich jetzt nicht allein. Ich muss nur noch schnell meine Tasche holen und Cole Bescheid sagen, ja?"

„Tu dir keinen Zwang an. Ich komme schon klar", erklärt sie und geht zur Tür hinaus. *Von wegen*, denke ich und schaue ihr hinterher, wie sie mit hängenden Schultern auf ihren Wagen zusteuert. In Windeseile laufe ich nach Oben, hole aus Coles Zimmer meine Handtasche und seinen Autoschlüssel, der auf dem Nachttischkästchen liegt. Dann laufe ich zum Bad und klopfe an. Ich lausche und höre, wie das Wasser abgestellt wird.

„Besetzt!" Cole klingt entspannt, was mich nicht wundert, schließlich duscht er schon eine ganze Weile.

„Cole, darf ich mir deinen Wagen ausleihen? Emma und Jester haben sich getrennt. Sie ist gerade total aufgebracht nachhause gefahren."

„Oh! Natürlich, der Schlüssel liegt …"

„Hab ihn schon gefunden! Ich ruf dich nachher an!", unterbreche ich ihn und eile wieder nach unten. Ich meine ihn noch etwas Rufen zu hören, habe aber keine Zeit für weitere Erklärungen. An Bekki und dieser Beziehungszerstörerin Linda, die mit einem Bier in der Hand auf der letzten Stufe der Veranda sitzen und quatschen, vorbeieilend, laufe ich auf Coles Carerra zu und klemme mich hinters Steuer. Oh Mann, so einen PS starken Wagen habe ich noch nie gefahren. „Für Hosenschiss ist jetzt keine Zeit, Riley Banks!", schimpfe ich mich, stecke den Schlüssel ins Zündschloss und lasse den Porsche an. Ich suche den Rückwärtsgang und lege ihn mit zittrigen Händen ein. Bevor ich den Wagen jedoch wenden kann, sehe ich im Rückspiegel, wie einige Polizeiwagen die Straße hochkommen. Was ist denn jetzt wieder los? Ich frage mich, was die hier wollen. Vielleicht hat sich ein Nachbar über den Partylärm beschwert. Schwer vorstellbar, weil die nächsten Häuser eine ganze Ecke entfernt stehen. Was soll's, ich habe jetzt andere Probleme. Also wende ich und fahre langsam ein paar Meter die Straße hinunter. Kaum bin ich in Sichtweite der Cops, stellen diese das Blaulicht an und versperren mir den Weg. Mit Herzrasen überlege ich, was hier los ist. Warum benehmen die sich, als hätte ich weiß Gott was ausgefressen? Plötzlich überkommt mich das ungute Gefühl, dass die Beamten nur meinetwegen hier sind. Aber das ist albern, ich habe nichts getan. Dann wird es mir klar: Olivia muss sie geschickt haben. Himmel, und ich dachte, die Frau würde bluffen. Mit einem Kloß in der Kehle von der Größe eines Apfels zwinge ich mich aus dem Auto. Sehe zu, wie ein halbes Dutzend Männer aus den Polizeiwagen steigen und mit finsteren Mienen und auf mich zukommen.

„Riley Banks?", will ein kahlköpfiger Kerl mit Schnauzbart wissen.

„Ja?"

„Sie sind verhaftet."

„Wie bitte?!" Darauf erhalte ich keine Antwort, dafür packt mich der Schnauzbart an den Armen, verschränkt sie hinter meinem Rücken und legt mir Handschellen an. „Sie haben das Recht, zu schweigen. Alles was Sie sagen, kann und wird vor Gericht gegen Sie verwendet werden. Sie haben das Recht, zu jeder Vernehmung einen Rechtsanwalt hinzuzuziehen. Wenn Sie sich keinen Rechtsanwalt leisten können, wird Ihnen einer gestellt." Ich glaube, ich spinne, kann nur blinzelnd dastehen und zusehen, wie ein anderer, ein langer Kerl mit Sonnenbrille, zu Coles Auto geht.

„Was zum Teufel ist hier los?" Ich kenne diese tiefe Stimme, die hinter uns erklingt, hätte jedoch im Leben nicht gedacht, ausgerechnet sie zu hören.

„Mason", jammere ich und wende mich zu ihm um.

„Warum haben Sie ihr Handschellen angelegt?", drängt er. Offensichtlich schüchtern ihn die Männer nicht annähernd so ein wie mich.

„Uns liegt der dringende Verdacht vor, dass Ms. Banks gegen das Betäubungsmittelgesetz verstoßen hat", brummt der Schnauzbart hinter mir.

„Wie bitte!?" Ich kann nicht glauben, was mir hier vorgeworfen wird. „Das ist doch absurd!"

„Haben Sie eine Tasche bei sich, Ms. Banks?" Die Frage kommt von dem Typen an Coles Wagen.

„Ja, sie liegt auf dem Beifahrersitz." *Was um alles in der Welt hast du getan, Olivia?* Der Cop beugt sich durch die offenstehende Fahrertür ins Innere des Porsche und taucht mit meiner Handtasche wieder auf. Während er meine Sachen durchwühlt, sieht mich Mason ungläubig an.

„Wer sagt´s denn? Wenn das hier ist, was ich vermute, führen Sie mindestens zehn Gramm Kokain mit sich", erklärt der Beamte, holt eine Dose Minzdrops aus meiner Tasche und zeigt uns deren Inhalt: kleine Plastiktütchen mit weißem Pulver. „Das war´s, abführen", befiehlt er.

„Was? Aber das gehört nicht mir! Ich habe keine Ahnung, wie das Zeug in meine Tasche gekommen sein kann. Ehrlich!" Ich sträube mich, als der Schnauzbart mich auf einen der Streifenwagen zuschiebt.

„Bitte, Sie müssen mir glauben. Ich habe nichts mit diesen Drogen zu tun." Ich möchte weinen vor Verzweiflung. Doch meine Augen bleiben trocken, als ich auf die Rückbank gedrückt werde. In meinem Herzen weiß ich, dass ich jetzt stark bleiben und einen kühlen Kopf bewahren muss, wenn ich die Sache überstehen will. „Würdest du bitte Cole Bescheid sagen?", bitte ich Mason, der nur dasteht und mich ungläubig ansieht. Meine Stimme ist gezwungen ruhig.

„Ich … natürlich", sagt er und will sich umwenden.

„Und Mason!", lasse ich ihn innehalten und mich noch einmal ansehen. „Es tut mir leid." Er seufzt, nickt dann aber. Schon wird meine Tür zugeworfen und ich muss hilflos zusehen, wie ein ganzer Trupp Cops auf das Ferienhaus zusteuert. Mein Blick fällt auf die Haustür, durch die in diesem Moment Cole tritt. Er trägt lediglich eine kurze Sporthose und sieht sich entsetzt um. Als er mich entdeckt, entgleisen ihm die Gesichtszüge. Ich sehe ihn etwas sagen, sehe, wie er die Hände hebt und sich verzweifelt das Haar rauft, bevor der Polizeiwagen losfährt und mich   wegbringt.

Cole

„Nein, das darf nicht wahr sein", murmle ich und sehe zu, wie die Bullen mit meinem Mädchen davonfahren. Das kann nur das Werk eines einzigen Menschen sein, Olivia. Diese elende Schlampe muss ihre Drohungen ernst gemacht haben. Aber was hat dieses Miststück getan? Einen Herzschlag lang überkommt mich blanke Verzweiflung. Dann reiße ich mich zusammen und laufe nach oben, um mir ein Shirt anzuziehen und mein Handy zu holen. Als ich wieder herunterkomme, sprengen die Bullen gerade die Party. Die Musik verstummt und ein Wichtigtuer mit Schnauzbart stellt sich ins Wohnzimmer, um zu verkünden, dass das Haus auf Drogen durchsucht wird. Barbara, die eben aus dem Flur zu uns hereinkommt, ist entsetzt. Nach dem heutigen Tag werden sie und alle anderen Riley in einem anderen Licht sehen. Das lässt mich vor Wut schäumen und im Stillen Olivia Rache schwören. Um kein Aufsehen zu erregen, gebe ich mich gelassen und spiele mit, als ich und mein Zimmer auf Drogen gefilzt werden.

„Was läuft hier? Dealt deine Kleine wirklich mit Kokain?", erkundigt sich Mason flüsternd. Er tritt neben mich und wartet mit mir gemeinsam, bis die Durchsuchung beendet ist.

„Nein, sie wird von ihrer Stiefmutter erpresst", zische ich durch die Zähne.

„Hätte ich ihr auch nicht zugetraut. Wenn ich euch irgendwie helfen kann, lass es mich wissen." Ich nicke dankbar, froh darüber, dass er nicht länger sauer ist.

Die Durchsuchung dauert schier ewig. Irgendwann sind die Männer schließlich fertig. Ihre gesamte Ausbeute bezieht sich auf einen Joint, den Alec zwischen seinen Unterhosen versteckt hatte. Als sie endlich Leine ziehen, warte ich sicherheitshalber noch ein paar Minuten, bevor ich mein Auto hole und in Richtung Arlington Rd. rase. Mein Blut ist geschwängert von Adrenalin und mein Kopf voller schrecklicher Fantasien. Ich darf mir gar nicht vorstellen, was Riley blühen könnte, oder wie die Schlampen in der Arrestzelle sich ihrer annehmen. Mein Fuß quält das Gaspedal, ich jage über Aberdeens Straßen. Wie durch ein Wunder komme ich unbeschadet und ohne Strafzettel an Olivias Haus an. Mit quietschenden

Reifen bringe ich den Porsche zum Stehen. Die Tür hinter mir zuknallend, gehe ich auf das Gebäude aus Backstein zu und drücke die Klingel. Weil sich niemand regt, hämmere ich meine Faust gegen die Tür.

„Mach verdammt noch mal auf, du Schlampe!", rufe ich, kurz davor durchzudrehen. Dieses elende Drecksweib hat mein Mädchen in Teufelsküche gebracht. Mir ist scheiß egal, dass die Lichter der Nachbarhäuser angehen und mich jemand sehen könnte. In diesem Augenblick geht mir alles, sogar meine Karriere am Arsch vorbei. Ich will nur eines, meine Kleine zurück!

„Aufmachen!", wiederhole ich und schlage auf das Holz ein. Endlich sehe ich durch die Fensterfront neben mir, dass im Haus ein Licht angeht. Meine Finger legen sich wieder auf die Klingel, drücken so lange immer wieder auf den kleinen weißen Knopf, bis die Tür endlich aufschwingt. Scarlett steht im Morgenmantel und mit zerknautschtem Gesicht im Türrahmen.

„Du?", fragt sie, doch ich ignoriere sie und dränge mich an ihr vorbei ins Innere.

„Wo ist deine Mutter?", will ich wissen und sehe mich um. „Olivia!" Meine Stimme schallt durch das Haus.

„Hast du den Verstand verloren?" Scarlett wirft die Tür hinter sich ins Schloss und stellt sich mit in die Hüften gestemmten Händen vor mich.

„Gut möglich", zische ich sie an. Mein Blick muss irr wirken, denn die Trockenmöse weicht einen Schritt zurück.

„Wo ist deine Mutter?" Mein Finger sticht nach ihrer Brust.

„Scarlett, belästigt dich der Kerl?", tönt von über uns eine Männerstimme. Ich hebe den Kopf und erkenne einen dürren Typen am oberen Ende der Treppe stehen.

„Halt dich da raus, Zahnstocher", knurre ich.

„Alles okay, Liebling. Das ist nur Rileys neuer Freund." Ich sehe Scarlett mit gerunzelter Stirn an. Ich wüsste nicht, dass Riley ihr von uns erzählt hat. „Was denn?", fragt sie mit herablassender Belustigung. „Dachtest du, ich bin blind? Oder vielleicht bescheuert? Dein Porsche ist schwer zu überhören." Sie verdreht die Augen und wendet sich an den Spargel: „Mad, ich kläre das hier, geh zurück ins Bett." Er scheint wenig begeistert, zieht aber Leine.

„Also Cole, du suchst nach meiner Mutter, warum?"

„Sag mir einfach, wo sie ist."

„Warum sollte ich?" Es kostet mich alle Mühe, dieses Biest nicht am Hals zu packen und zu schütteln.

„Weil sie dafür gesorgt hat, dass Riley hinter Gitter wandern wird. Also, wo ist sie?" Meine Worte werfen einen überraschten Ausdruck auf ihr Gesicht.

„Olivia ist nicht hier. Aber ich kann nicht glauben, was du da sagt. Sie soll Riley die Cops an den Hals gehetzt haben? Nein, das würde sie nicht tun … so verrückt ist nicht einmal sie." Meine Augen werden schmal.

„Ach nein? Vor etwa zwei Stunden waren die Bullen bei Coach Klarks Ferienhaus und haben sie mitgenommen."

„Du lügst!" Jetzt schlägt's dreizehn!

„Sehe ich aus, als hätte ich es nötig, mir irgendwelche Lügengeschichten auszudenken?", donnere ich fragend, was sie nur die Arme vor der Brust verschränken lässt. Ich bin so verdammt wütend, am liebsten würde ich die ganze Bude hier kurz und klein schlagen. Trotzdem gelingt es mir, mich zu zügeln, denn mir ist klar, dass mein Zorn meiner Kleinen nicht weiterhelfen wird. Deshalb schließe ich die Augen und reibe mir über die Stirn, hinter welcher meine Gedanken Karussell fahren. „Scarlett… ", beginne ich, bemüht meine Stimme ruhig klingen zu lassen, „... die haben eine ganze Menge Kokain in Rileys Tasche gefunden. Weißt du, wie lange sie dafür verknackt werden kann?" Meine Worte löschen den Trotz aus ihren Augen.

„Kokain?" Ich nicke. „Heftig. Das hätte ich ihr wirklich nicht zugetraut. Ich meine, ja, ich wusste, was zwischen den beiden vorgefallen war und auch, dass meine Mutter Riley erpresste. Aber mit so etwas hätte ich nicht gerechnet ..." Scarlett beginnt ihre Finger zu kneten. Sie wirkt nervös. Das macht mich stutzig.

„Was ist hier los?"

„Bis auf das, dass meine Stiefschwester verhaftet wurde? Gar nichts."

„Lüg mich nicht an." Meine Hand umfasst ihr Kinn und zwingt sie, mich anzusehen. Verdammte Scheiße, ihr steht die Panik buchstäblich ins Gesicht geschrieben. „Ich frage dich jetzt ein letztes Mal: Was ist hier los?"

„Lass mich", mault sie und stößt mich weg. „Es geht dich einen feuchten Dreck an, was in diesem Haus vor sich geht."

„Irrtum, wenn es um Riley geht, geht es mich sehr wohl etwas an. Und jetzt raus mit der Sprache!" Einen langen Moment funkelt sie mich auf ihre herablassende Art trotzig an, dann, plötzlich, bricht der Damm. Ich sehe, wie Scarletts Augen verräterisch zu glänzen beginnen und einen Wimpernschlag später Tränen über ihre Wangen kullern.

„Meine Mutter hat einen Weg gefunden, uns fertig zu machen, okay? Das ist hier los." Obwohl ihre Fassade ungebrochen stolz wirkt, zittert ihre Stimme.

„Warte, sie will euch beide fertig machen?" Das verstehe ich nicht. Riley hat nicht erwähnt, dass diese Psychopatin auch ihre Tochter bedroht.

„Als Malcom starb, hinterließ er sowohl meiner Stiefschwester als auch mir einen Fond über 100.000 USD. Mum ist komplett abgebrannt und wie ein in die Enge getriebenes Tier. Sie verlangt von mir dasselbe wie von deiner Freundin." Das überrascht mich jetzt. Hätte nicht gedacht, dass diese Blutsaugerin noch nicht einmal vor ihrem eigenen Kind haltmacht. Die Frau könnte meiner Mutter die Hand reichen - die zwei sind vom selben Schlag.

„Die Voraussetzungen, damit wir das Geld bekommen, sind dieselben. Ich vermute, sie wird dir davon erzählt haben?" Ich nicke.

„Riley meinte, falls sie sich bis zum 21. Lebensjahr, wenn der Fond ausbezahlt werden soll, eine Vorstrafe einhandelt, dann wird er für weitere zehn Jahre gesperrt."

„So ist es", bestätigt sie, „Keine Kohle ohne weiße Weste. Die Vertragsklauseln sind klar ... möchte man meinen." In ihre Stimme schleicht sich ein bitterer Unterton. Bevor sie fortfährt, wischt sie sich ärgerlich mit dem Ärmel ihres Morgenmantels die Tränen aus dem Gesicht. Ihr hilfloser Zorn ist dem ihrer Stiefschwester verdammt ähnlich. „Vor etwa drei Monaten hat sich meine Mutter auf einen Anwalt eingelassen. Einen hornbrillentragenden Zwerg, der, wie sollte es anders sein, ihrem Charme verfallen ist. Jedenfalls hat er auf ihren Wunsch hin unsere Fonds oder besser gesagt deren Verträge unter die Lupe genommen. Er hat eine Passage gefunden, die sich so drehen lässt, dass Olivia ohne unser Einverständnis an das gesamte Geld kommt."

„Und wie?"

„Sollten wir vor unserem 21. Geburtstag zu einer Haftstrafe verdonnert werden, bleibt ihr die Möglichkeit als unser Vormund den Fond eigenständig zu verwalten." Ach du Scheiße.

„Bei Drogenhandel dürfte Riley locker für ein paar Jahre verknackt werden. Fuck!" Diese elende Hexe hat alles genau geplant. „Okay, weißt du was, das klären wir sofort. Komm mit mir zu den Bullen und erzähl ihnen, was du weißt. Vielleicht können wir die Sache noch heute regeln." Meine Worte lassen Scarlett den Kopf schütteln und vor mir zurückweichen.

„Nein", meint sie energisch.

„Was? Aber warum nicht? Du sitzt doch im selben Boot wie deine Schwester. Verdammt, sie braucht dich!"

„Das ist mir egal. Ich werde wegen Riley ganz bestimmt nicht zu den Cops laufen, ich bin ihr nichts schuldig."

„Du hast Angst", begreife ich, rücke zu ihr auf und beuge mich leicht über sie. „Du denkst, wenn du Olivia verpfeifst, könnte dich das in noch größere Schwierigkeiten bringen, nicht wahr?" Scarlett schweigt und sieht mit undurchdringlicher Miene zu mir auf.

„Bist du wirklich so naiv, zu glauben, deine Mutter würde dich in Ruhe lassen, wenn sie erst an Rileys Geld gelangt ist? Wie lange wird es wohl dauern, bis sie die 100.000 USD verprasst hat? Was meinst du wohl?" Ich richte mich auf und sehe sie mit abfällig verzogenem Mund an. „Für Frauen wie Olivia, für solche selbstsüchtigen Schlampen, gibt es auf der Welt nur eine Person, die ihnen wirklich wichtig ist, und das sind sie selbst. Aber das muss ich dir ja bestimmt nicht sagen. Schließlich lebst du lange genug mit dieser Egoistin unter einem Dach." Ich hatte gehofft, mit dieser Ansage zu ihr durchzudringen, doch vergebens. Die Staubmöse reckt lediglich das Kinn und sieht mich herausfordernd an. Das reicht, ich verschwinde, jede weitere Minute hier wäre Zeitverschwendung! Von hier an werde ich die Sache selbst in die Hand nehmen. Mit wenigen Schritten bin ich an der Haustür. Bevor ich gehe, wende ich mich noch ein letztes Mal um und werfe einen Blick auf Scarletts unscheinbares Gesicht.

„Menschen wie du widern mich an", ich spucke ihr die Worte förmlich vor die Füße. „Da hast du einmal im Leben die Chance, das Richtige zu tun und Olivia die Abreibung zu verpassen, die sie schon lange verdient, und du verkriechst dich lieber in deinem Schneckenhaus und hoffst, dass du nicht die Nächste bist, die ihrem Egoismus zu Opfer fällt. Du bist wirklich erbärmlich." Damit trete ich durch die Haustür in die kühle Nacht und knalle sie hinter mir zu.

Riley

„Ms. Banks, wir drehen uns hier langsam im Kreis. Hören Sie auf, uns Lügengeschichten aufzutischen, und erzählen Sie, über wen Sie den Stoff beziehen." Die Hände auf die Tischplatte gestemmt, sieht mich der langbeinige Cop, der meine Tasche aus Coles Auto und mich im Anschluss hierhergebracht hat, ungehalten an. Inzwischen weiß ich, dass sein Name Officer Johnson ist und der seines Kollegen, ein untersetzter Herr mit Stirnglatze, der mir gegenübersitzt, Detective Green. Die beiden spielen guter Cop, böser Cop. Ich kenne diese Verhörmethode aus Filmen und habe mich bisher immer darüber belustigt. Jetzt, da ich selbst in so einem Verhör stecke, finde ich es alles andere als amüsant.

„Kommen Sie schon, Riley", bittet Green ruhig, „Sie brauchen uns nur den Namen Ihres Dealers zu geben. Das würde das Ganze wesentlich einfacher für uns alle machen."

„Ist es Zapata oder Gonzalez? Reden Sie, verdammt!" Johnson knallt seinen leeren

Kaffeebecher auf den Tisch, was mich zusammenzucken lässt. Keine Ahnung, woher Olivia dieses Teufelszeug hat, aber offensichtlich stammt es von ein paar ganz üblen Jungs, denen die Cops hier auf den Fersen sind.

„Wie oft muss ich es Ihnen noch sagen? Ich kenne weder einen dieser Männer noch habe ich was mit dem Kokain zu tun. Die ganze Sache hat meine Stiefmutter eingefädelt", erkläre ich resigniert. Ich bin es leid, den beiden Hohlköpfen meine Unschuld zu beteuern. Seit vier Stunden bin ich jetzt auf dem Präsidium, musste gleich als ich hier eintraf einen Alkohol und Drogentest über mich ergehen lassen und stehe den beiden hier seit einer Ewigkeit Rede und Antwort.

„Aber natürlich, die böse Stiefmutter hat an allem Schuld", belustigt sich Johnson. „Wissen Sie, wie oft wir hier so eine Scheiße zu hören bekommen?" Bevor er weiterreden kann, klopft es an der Tür und eine junge Frau in Uniform und ebenso strengem Dutt wie Gesichtsausdruck kommt herein und überreicht Green einen Zettel.

„Danke, Donna." Während der Detective die wenigen Zeilen, die auf dem Papier stehen, liest, verschwindet die Frau und lässt uns wieder allein. „In welchem Verhältnis stehen Sie zu Mr. Cole McKensey?" Den Blick hebend, misst mich mein Gegenüber aus trüben, wasserblauen Augen.

„Wir sind zusammen, er ist mein Freund." *Um Himmels Willen, Olivia wird doch nicht auch noch ihn in die Sache mit reingezogen haben. Sollte sie so weit gegangen sein, dann Gnade ihr Gott! Irgendwann bin ich hier raus und dann ...*

„Nun, Mr. McKenesy bestätigt Ihre Aussage", unterbricht Green meine Gedanken.

„Cole? Er ist hier?" Darauf erhalte ich keine Antwort.

„Thomas, kümmere dich bitte um Ms. Banks. Wir reden später noch einmal mit ihr", meint der Detective. Den Blick auf das Blatt vor ihm gesenkt, kratzt er sich müde an der Stirn, während Johnson mich am Arm packt.

„Aufstehen", befiehlt er und ich gehorche. Ich verzichte darauf, wegen Cole nachzubohren. Im schlimmsten Fall würde es auffällig erscheinen und er zusätzlich in ihr Visier geraten. Mit steifen Gliedern lasse ich mich am Einwegspiegel und der surrenden Kamera in der Ecke über uns vorbei aus dem Zimmer führen. Johnson bringt mich den Flur hinunter zum Großraumbüro. Noch bevor wir dort ankommen, höre ich eine Stimme, die mir nur allzu vertraut ist.

„... egal wie hoch die Summe ist, ich bezahle die Kaution."

„Mr. McKensey, ihre Freundin wird noch verhört. Eine Kaution wurde folglich noch gar nicht ausgestellt."

„Und wie lange wird das noch dauern?"

„Das kann ich Ihnen nicht sagen. Hören Sie, warum setzen Sie sich nicht einfach in den Wartebereich. Ich werde Ihnen Bescheid sagen sobald ..."

„Riley!" Cole hat mich mit Officer Chauvinist den Raum betreten sehen. Seine Miene spiegelt die Sorge um mich wieder, als er um den Empfang, wo er steht, herum und auf mich zuläuft.

„Sir, halten Sie bitte Abstand!", verlangt Johnson, doch Cole ignoriert ihn und zieht mich in seine Arme. Ich möchte weinen, so gut fühlt sich seine Nähe an. Die Wärme, die von seinem Körper ausgeht und sein Duft schenken mir Trost und das absurde Gefühl von Sicherheit.

„Mr. McKensey?" Das ist Detective Green, der von hinten an uns herantritt und seinen Kollegen, der gerade ungemütlich zu werden droht, mit einem Blick mäßigt.

„Ja, das bin ich." Cole wendet sich dem untersetzten Herrn zu, gibt mich aber nicht frei.

„Wenn Sie mich bitte begleiten würden. Ich habe da ein paar Fragen an Sie."

„Selbstverständlich." Die grünen Augen auf mich gesenkt, bedenkt mich Cole mit einem keine-Sorge-alles-wird-gut-Blick, tupft mir einen Kuss auf die Stirn und verschwindet mit Green in Richtung Verhörzimmer.

„Los jetzt", kläfft Johnson und schiebt mich unsanft weiter. Er bringt mich in eine weiß gekachelte Sammelzelle, in der es nach Urin stinkt. Neben mir befinden sich drei weitere Frauen hier. Eine Afroamerikanerin, die schweigend in der Ecke sitzt und ins Leere starrt. Eine Brünette, die neben der Stahl-WC Schüssel auf dem Boden liegt und vermutlich ihren Rausch ausschläft. Und eine Blondine, die kaum älter sein kann als ich. Das Mädchen trägt High-Heels, einen karierten Rock, der die Hälfte ihres Hinterns erkennen lässt, und ein bauchfreies Top. Das Ding ist so tief ausgeschnitten, dass ihre hochgestemmten Brüste beinahe rauspurzeln. *Eine Nutte*, begreife ich.

„Hey, Kleiner, was ist jetzt mit meinem Anwalt? Ich will hier raus, hab heute noch was vor", drängt sie, als Johnson die Zelle öffnet, mich reinschiebt und hinter mir absperrt.

„Tja, dumm für dich. Hättest deinen Terminkalender wohl vorher checken sollen, bevor du deinen Freier beklaust", lautet die Antwort des Cops.

„Verdammter Wichser, ich habe ihm die Kohle nicht abgezockt!", kreischt sie und hämmert gegen die Gitterstäbe. Ihre Aggression ist beinah mit Händen zu fassen und lässt es mir kalt den Rücken runter laufen. Frauen wie sie verspeisen Bücherwürmer wie mich zum Frühstück. Ich beeile mich, ihr aus dem Weg zu gehen und verziehe mich in die hinterste Ecke. Dort setze ich mich auf die Stahlbank und meide ihre Blicke.

„Mach nur weiter so, Cassandra, dann kommst du hier gar nicht mehr raus", droht Johnson böse grinsend und zieht Leine. Cassandra hebt den Mittelfinger und jagt ihm eine Salve Schimpfwörter hinterher. Sie bleibt noch eine ganze Weile an den Gitterstäben stehen. Irgendwann dreht sie sich um und sieht mich an. Zweifellos ist sie hier drin der Boss und es gefällt ihr, dass ich den Kopf senke. Soll sie denken, ich wäre demütig, ist mir egal, ich will einfach nur meine Ruhe. Zu meiner Erleichterung kommt sie weder zu mir her noch spricht sie mich an. Und so warte ich ab, hoffe, rasch wieder herausgelassen zu werden. Doch ich habe Pech. Die restliche Nacht vergeht ohne einen weiteren Besuch vom Officer. Cassandra, die eine Weile wie ein eingesperrtes Tier vor den Gitterstäben auf und ab läuft, legt sich irgendwann neben die

Schwarze, die nach wie vor ins Leere glotzt, und schläft ein. Die Brünette vor der WC-Schüssel übergibt sich zweimal und schläft dann in ihrem Erbrochenen weiter. Mir ist schlecht vom Stress und dem Kotzegestank. Vielleicht auch, weil ich übermüdet bin. Aber hier drinnen einzuschlafen, ist keine Option, weshalb ich mich mit aller Gewalt wachhalte. Ich denke an Cole, an unsere gemeinsame Zeit, glaube, seine wundervollen Augen vor mir zu sehen. Dabei wird mir das Herz ganz schwer in der Brust. Ob er noch immer verhört wird?

Irgendwann – ich habe das Zeitgefühl verloren – wird uns so was wie ein Frühstück gebracht. Eine Flasche Wasser und eine Scheibe Schwarzbrot mit zwei Scheiben Stangenwurst. Ich zwinge mich, einen Teil des Brotes zu essen und ein paar Schlucke Wasser zu trinken. Die nächsten paar Stunden vergehen wie im Zeitraffer. Es ist zum Verzweifeln. Jedes Mal, wenn ein Cop an unserer Zelle vorbeigeht, hoffe ich, es würde Neuigkeiten geben und ich rauskommen. Doch es gibt nichts Neues, zumindest nicht für mich. Die Brünette hat mehr Glück, sie wird von zwei Sanitätern geholt, die Cassandra unverblümt anbaggert. Die Frau ist echt zum Kopfschütteln, macht nicht einmal vor ihrem Anwalt halt. Dem verspricht sie einen

Blow, wie er ihn noch nie erlebt hat, wenn er sie nur heute noch rausholt. Irgendwie erinnert sie mich an Olivia, was sie gleich noch unsympathischer erscheinen lässt. Eine neue Frau, mit kurz geschorenen schwarzen Haaren und Tränen-Tattoo unter dem rechten Auge wird gebracht. Als sie sich neben mich setzt, überkommt mich Gänsehaut. Man muss keine Leuchte sein, um zu begreifen, dass mit ihr nicht zu spaßen ist. Cassandra jedoch ist dümmer noch als ihr Haar blond. Sie legt sich mit der Neuen an, will wissen, warum sie sie so dämlich anglotzt. In meine Ecke gekauert, sehe ich zu, wie die Nutte windelweich geprügelt wird und sich schließlich mit aufgeplatzter Lippe neben die Starräugige setzt. Dann kehrt Ruhe ein, wofür ich dankbar bin. Irgendwann muss ich eingenickt sein.

„Banks! Riley Banks!", reißt mich die Stimme dieser Donna aus dem Schlaf.

„Ja … ich." Benebelt hebe ich wie in der Schule eine Hand.

„Mitkommen!" Ich glaub's nicht, die lassen mich endlich raus! An meinen Zellenschwestern vorbeieilend, laufe ich Donna hinterher.

„Wo gehen wir hin?", erkundige ich mich, während mein Herz vor Aufregung klopft. Ich hoffe inständig, dass die Kautionshöhe beschlossen wurde und Cole mich holt.

„Ihre Sachen holen, Sie sind entlassen."

„Entlassen? So wie … frei?" Ich bleibe überrascht stehen und auch die Beamtin, die gerade mit mir durch eine Tür will, hält an.

„So wie: Sie dürfen nach Hause gehen", erklärt sie, ein dünnes Lächeln auf den Lippen.

„Aber die Anklage …"

„Wurde fallengelassen."

„Einfach so?" Das verstehe ich nicht.

„Ihre Aussage wurde mit einem Video bewiesen." Einem Video?

„Von wem?" Donnas Lächeln wird eine Winzigkeit breiter, als sie die Tür öffnet und mir bedeutet einzutreten. Verwirrt komme ich ihrer Aufforderung nach und traue meinen Augen nicht, als ich sehe, wer da vor einem schlichten Holztresen auf mich wartet.

„Hallo Schwester", begrüßt mich Scarlett.

„Du?" Ich bin versucht mich umzusehen, wer mich hier veralbern will.

„Hattest nicht mit mir gerechnet, was?"

„Nein, damit hätte ich wirklich nicht gerechnet", gestehe ich, während Donna hinter dem Tresen verschwindet, aus einem der Schränke die dort stehen ein Formular holt und es auszufüllen beginnt.

„Cole war bei mir und hat erzählt, was passiert ist." Scarlett kneift die Lippen zusammen, als würde sie sich an etwas Unangenehmes erinnern. „Um ehrlich zu sein, habe ich ihm nicht geglaubt. Doch das Ganze hat mich nicht in Ruhe gelassen. Also habe ich begonnen, meine Sachen zu durchwühlen und bin fündig geworden."

„Olivia hat dich auch erpresst?" Das würde den Streit erklären, den die beiden letztens hatten. Meine Stiefschwester nickt.

„Sie hat mir genauso wie dir Kokain untergeschoben. Keine Ahnung, wann sie vorhatte, mir die Cops an den Hals zu hetzen. Jedenfalls habe ich sie direkt darauf angesprochen und damit konfrontiert, dass ich von ihrem Plan weiß."

„Ihrem Plan?" Ich ziehe die Brauen kraus, woraufhin mir Scarlett ein Video auf ihrem Handy zeigt. Es wurde wohl heimlich von Mad aufgenommen und zeigt meine Stiefmutter, die von ihrer Tochter zur Rede gestellt wird. Auch wenn ich immer schon wusste, dass Olivia ein schlechter Mensch ist, hätte ich doch nie gedacht, wie bösartig diese Frau tatsächlich ist. Sie wollte Scarlett und mich hinter Gitter bringen, um ungehindert an unser Geld zu gelangen. Eine Hand auf den Mund gedrückt, sehe ich mir die

303

siebenminütige Aufnahme an. Diese Frau ist die Durchtriebenheit in Person. Als das Video zu Ende ist, falle ich meiner Stiefschwester um den Hals und umarme sie dankbar. Auch wenn sie ein Miststück sein kann, heute hat sie mir den Allerwertesten gerettet, und das werde ich ihr nie vergessen.

„Ich danke dir", sage ich heiser. Als ich mich wieder von ihr löse, zuckt sie einseitig die Schulter.

„Schon gut, hab´s nicht für dich getan. Wollte einfach nicht hier drin enden."

„Trotzdem, danke."

„Ms. Banks, wenn Sie dann hier noch unterschreiben würden?" Donna legt ein Entlassungsformular vor mir auf den Tresen. Während ich die Formalitäten überfliege und unterschreibe, holt sie meine Handtasche. Ich kann noch immer nicht glauben, dass ich freigelassen werde, als ich mich von ihr verabschiede und zusammen mit Scarlett raus und durch das Großraumbüro gehe. Johnson, der von seinem Tisch auf und zu mir herüberschaut, wirkt verändert, irgendwie freundlicher. Jetzt, da er mich nicht mehr als die verschwiegene Drogendealerin sieht, hat er sogar ein Lächeln für mich übrig. Ich spare mir ein Augenverdrehen und gehe nach vorn. Im

Wartebereich, der kurz vor dem Ausgang liegt, treffe ich auf Cole und Emma, die große Augen machen, als sie mich sehen.

„Riles!", entfährt es meiner Freundin. Sie fällt mir um den Hals und zerdrückt mich fast.

„Schon gut", sage ich, lächle erleichtert und löse mich von ihr. „Es ist alles geklärt, ich darf gehen."

„Sie lassen dich frei?", erkundigt sich Cole mit verwunderter Miene. Ich kann sehen, wie er meiner Stiefschwester einen argwöhnischen Blick zuwirft.

„Ja, dank Scarlett. Sie hat Olivia ausgetrickst und ein Video von ihr gemacht, in dem sie ihren Plan offenbart und erklärt, wie sie an die Drogen gekommen ist." Das lässt ihn überrascht die Brauen heben.

„Tja, sieht so aus, als hätte ich mich in dir getäuscht", sagt er zu ihr, greift nach meiner Hand und zieht mich an sich. „Danke." Sie will gerade zu einer Antwort anheben, als neben ihr die Flügeltür aufgestoßen wird und zwei Cops mit einer wutschnaubenden Olivia hereinkommen. Die Frisur ruiniert, das Designerkleid zerknautscht und das Make-Up verschmiert, sieht sie keinesfalls mehr wie die vornehme Lady aus, die sie vorgibt zu sein.

„Du", zischt meine Freundin neben mir, „elendes Miststückt!" Sie will gerade auf meine Stiefmutter zustürmen, da kann Cole sie im letzten Moment zurückhalten. „Du herzlose Schlampe, wie konntest du Riley das nur antun? Du bist es nicht wert, dieselbe Luft wie wir zu atmen, du Dreckstück!" Die Cops, die Olivia im Schlepptau haben, bleiben stehen und sehen Emma verwundert an.

„Ach, halt die Schnauze, bescheuerte Kuh", lautet die Antwort des Drachen. Das lässt Emmas letzte Sicherung durchbrennen. Sie wirft sich wutschnaubend gegen Coles Arm. Glücklicherweise ist der nicht nur verflixt stark, sondern auch besonnen.

„Emma", redet er leise auf meine Freundin ein, während er dem Cop, der bereits mit ernstem Gesicht auf sie zukommt, bedeutet, die Situation im Griff zu haben. „Ganz ruhig. Sie wird dafür bezahlen, das verspreche ich. Meine Anwälte werden dafür sorgen, dass sie die Höchststrafe erhält. Und wenn es das Letzte ist, was sie tun. Aber diese Frau wird nicht ungeschoren davonkommen. Das verspreche ich." Coles Tonfall klingt eindringlich und besänftigt Emma. Er wirkt ruhig, doch ich sehe, dass er unter der scheinbar gelassenen Fassade brodelt. Sein Blick, der ununterbrochen auf Olivia gerichtet ist, spricht mehr als tausend Worte. Wenn er könnte, würde er sie umbringen, und zwar hier und jetzt. Meine Stiefmutter lässt sich von dem Quarterback jedoch nicht einschüchtern, sondern wendet sich an ihre Tochter, die neben ihr steht und sie voller Abneigung misst.

„Scarlett, mein Kind, ich wäre dir dankbar, wenn du die Sache richtigstellen würdest. Das war doch alles nur Spaß. Du weißt doch, ihr zwei seid mein ein und alles. Ich würde dir nie etwas zuleide tun." Eindeutiger könnte sie nicht sagen: Widerrufe deine Aussage und Mami ist nicht mehr böse auf dich. Die beiden waren immer ein unzertrennliches Duo. Stets einer Meinung, wenn es darum ging, mich zu quälen. Doch das scheint nun Vergangenheit zu sein.

„Nenn mich nie wieder deine Tochter. Du wolltest mich erpressen und hinter Gitter bringen. MICH, dein einziges Kind!" Scarlett ringt um Fassung. Sie zwingt sich, durchzuatmen, bevor sie weiterspricht. „Weißt du was, deine Geldgier und dein grenzenloser Egoismus haben dich genau dahin geführt, wo Menschen wie du hingehören. Mach´s gut, Mutter." Mit diesen Worten tritt Scarlett beiseite, um die Cops mit Olivia durchzulassen.

„Nein, Scarlett! Das darfst du nicht zulassen!" Olivias verzweifelte Stimme hallt durch das Präsidium und verstummt erst, als die Männer sie durch eine Tür in den hinteren Bereich bringen. Die drei sind kaum verschwunden, da schwingt die Eingangstür ein weiteres Mal auf. Ein kleiner Mann mit Hornbrille und Aktenkoffer kommt herein und eilt auf den Empfang zu. „Olivia Banks!", ruft er dem Cop dort zu. „Ich bin ihr Anwalt. Ich muss zu ihr!"

„Um den werden sich meine Leute auch noch kümmern", verspricht Cole an Scarlett gewandt, woraufhin sie lächelt und nickt. „Und jetzt lasst uns hier verschwinden."

Vor dem Präsidium verabschiede ich mich von meiner Stiefschwester, die mit Mad verabredet ist, und von Emma, die nur noch in ihr Bett will. Die letzten beiden Tage waren ganz schöner Horror für sie.

Schließlich bringt mich Cole nachhause. Er hält während der ganzen Fahrt über meine Hand, so als könnte er nicht fassen, dass ich tatsächlich bei ihm bin, und wolle mich nie mehr loslassen. Ich schaue aus dem Seitenfenster, sehe die Straßen und Gassen Aberdeens an uns vorbeiziehen. Niemals zuvor verspürte ich ein größeres Gefühl von Freiheit. Daheim angekommen steige ich aus und betrachte vom

Bürgersteig aus mein Zuhause. So viele Jahre nannte ich es *Olivias Haus,* hatte so gut wie jeden Bezug zu meiner Vergangenheit darin verdrängt. Aber nun ist sie weg und mir wird klar, was das bedeutet. Ich werde nicht von hier wegziehen, sondern weiter in meinem Elternhaus leben. *In meinem Haus,* berichtige ich mich in Gedanken.

„Alles in Ordnung?" Cole tritt neben mich und sieht mich neugierig aus seinen wundervoll grünen Augen an.

„Ja", sage ich und wende mich ihm zu. *Solange du an meiner Seite bist, ist die Welt für mich mehr als nur in Ordnung,* denke ich verliebt, stelle mich auf die Zehenspitzen und küsse ihn. Augenblicklich spüre ich, wie seine Nähe mich einnimmt und ich die Welt um uns auszublenden beginne. Die Hände um seinen Hinterkopf legend, die Finger in seinem Haar vergrabend, lasse ich meine Zunge begierig um seine tanzen. Ich habe ihn geradezu schmerzlich vermisst und kann ihm nicht nah genug sein. Umso enttäuschter bin ich, als er sich von mir löst und mich mit undurchschaubarem Blick ansieht.

„Hm, da fällt mir gerade was ein", meint er ernst, doch ich kann sehen, wie seine Mundwinkel sich kräuseln. „Wir zwei, meine Hübsche, haben noch eine Rechnung offen."

„Ach ja?"

„Ja!", ruft er schnappt mich und wirft mich über die Schulter.

„Hey!", schimpfe ich strampelnd.

„Nichts da, Ms. Banks, Sie schulden mir eine Dusche." Damit verpasst er mir einen leichten Klaps auf den Hintern und trägt mich ins Haus, wo er mich für die nächsten zwei Stunden tatsächlich alles um mich herum vergessen lässt.

ENDE

Epilog

„Kann ich dir noch irgendwie helfen?" Coles starke Arme umfassen mich von hinten. Die Nase in meinem Haar vergraben zieht er mich näher an sich.

„Nein, schon gut. Ich bin so gut wie fertig. Aber ..." Lächelnd wende ich mich zu ihm um und schlinge meine Arme um seinen Hals. „Du könntest unseren Gästen schon mal einen Eierflipp anbieten."

„Oder aber wir lassen sie ein paar Minuten warten", raunt er mir ins Ohr und zieht eine Spur aus Küssen und sanften Bissen meinen Hals hinab. Das lässt mir einen Schauer das Rückgrat hinab rieseln. Ich spüre sein Grinsen an meiner Haut, weiß, dass er es liebt, mit mir zu spielen und mich heiß zu machen.

„Das klingt vielversprechend", schnurre ich und schiebe meine Hand in seinen Schritt. Sein bestes Stück drängt gegen den Stoff seiner Jeans und wird noch praller, als ich meine Finger um die Beule kreisen lasse. „Aber", flüstere ich und bedenke ihn mit einem sexy Blick, „wir werden unsere kleine Auszeit auf später verschieben." Mit diesen Worten lasse ich unvermittelt von ihm ab und trete an ihm vorbei zur Anrichte, wo das Tablett mit dem selbstgemachten Eierflipp und den Gläsern bereitsteht.

„Das war jetzt aber ganz schön fies", bemerkt Cole und wendet sich mit einem na-warte-ich-werde-dich-schon-noch-kriegen-Blick zu mir um. Das stille Versprechen, das in seinen Augen liegt, lässt mir auf süße Weise die Unterleibsmuskeln zusammenziehen. Wahnsinn, obwohl wir inzwischen über fünf Monate zusammen sind, ist es wie am ersten Tag. Ich bin nach wie vor süchtig nach diesem Mann und ich weiß, dass es ihm bei mir nicht anders geht. Mit einem Kuss auf meine Stirn schnappt er sich das Tablett und geht zu den anderen ins Wohnzimmer. Ich bleibe in der Küche und räume die letzten Teller und Gläser unseres Weihnachtsessens in den Geschirrspüler. Es ist ein eigenartiges Gefühl, ohne Rosa zu sein. Aber da mein Fond Dank Vorstrafe gesperrt wurde, musste ich sie zwangsläufig entlassen. Auch wenn die Drogenanklage fallen gelassen wurde so war der Alkoholtest, dem ich mich damals im Präsidium unterziehen musste, dennoch positiv. Die zwei Bier im Stadion und die zwei in Coach

Klarks Villa waren dann doch zu viel. Es würde Olivia bestimmt freuen, wenn sie wüsste, dass ich mir doch noch eine Vorstrafe eingehandelt habe. Doch das tut sie nicht, da sie hinter Gittern sitzt. Coles Anwälte haben dafür gesorgt, dass der Gerichtsprozess beschleunigt wurde. Außerdem erhielt meine Stiefmutter Dank seinen Leuten die Höchststrafe: 6 Jahre unbedingte Haft und eine dicke Geldstrafe. Coles und Scarletts Meinung nach ist das Urteil viel zu mild. Apropos Scarlett, nach dem Ärger mit ihrer Mutter hat sie sich verändert, wurde offener und umgänglicher. Wir zwei sind über die Monate zusammengewachsen. Ich hätte nie gedacht, dass ich das einmal sagen würde, aber sie ist für mich tatsächlich wie eine richtige Schwester geworden. Ihre Beziehung zu Mad ist besser denn je. Vor einer Woche ist sie zu ihm in seine Wohnung gezogen und heute feiern sie das Weihnachtsfest sogar mit seiner Familie.

In Gedanken an die beiden schalte ich den Geschirrspüler ein, wasche mir die Hände und gehe ins Wohnzimmer, wo Cole, Emma, Mason, Jester, Alec und dessen Freundin Maria warten. Die sechs belustigen sich gerade über Alecs Vorliebe, seinen Eierflipp mit Kakao zu verfeinern, als ich mich auf die Couch zu meinem Liebsten setze. Die Stimmung ist ausgelassen wie immer. Nie hätte ich gedacht, dass wir alle einmal so gute Freunde werden. Doch das sind wir. Wir verbringen viel Zeit miteinander und sind zu einer richtigen Clique zusammengewachsen. Mason hat nach meiner Festnahme begriffen, dass das zwischen Cole und mir etwas Ernstes ist, und freut sich mit uns. Er selbst hat vor einigen Wochen bei einem Kurzurlaub in Deutschland auf dem Oktoberfest ein Mädchen kennengelernt. Sie heißt Julia, ist 22 und ziemlich angetan von unserem Muskelberg. Jester hat da weniger Glück. Er trauert nach wie vor Emma hinterher, auch wenn er es nie zugeben würde. Ich glaube, sie zu verlieren war das Schlimmste, was ihm passieren konnte. Meine Freundin hingegen hat seinen Betrug rasch verkraftet. Im Moment verdreht sie einem Eishockeyspieler aus Portland den Kopf.

„Leute, ich halte es nicht mehr aus, lasst uns bitte die Geschenke öffnen", unterbricht Maria meine Gedanken und hüpft von der Couch. „Darf ich anfangen, Riley?" Sie sieht mich aufgeregt an.

„Klar." Schmunzelnd die Füße unterziehend, schmiege ich mich an Cole und beobachte, wie die gebürtige Mexikanerin zum Christbaum eilt. Dort, wo die bunt geschmückte Tanne steht, war bis vor kurzem noch eine von Olivias teuren

Designerkommoden. Ich habe sie verkauft, um über die Runden zu kommen. So wie ein Großteil des anderen Plunders von ihr. Cole hat zwar angeboten, mir finanziell unter die Arme zu greifen, doch das möchte ich nicht. Es fühl sich gut an, den Kram dieser Hexe loszuwerden.

„Frohe Weihnachten, mein Schatz!" Mit einem Grinsen, das von einem Ohr zum anderen reicht, übergibt Maria Alec das erste Päckchen. Er bekommt eine Flasche seines Lieblingsparfums, einen Kalender mit Fotos von ihnen beiden und einen Essensratgeber mit dem Titel „Über Geschmack lässt sich streiten" geschenkt. Letzterer entlockt ihm einen beleidigten Gesichtsausdruck, was uns losprusten lässt. Aber mal ehrlich, seine kulinarischen Vorlieben wie Burger mit Eis oder Donut mit Ketchup sind wirklich ziemlich ekelhaft. Nacheinander verteilen wir unsere Geschenke. Cole und ich haben uns unsere für den Schluss aufgehoben. Ich habe für ihn ein Wochenende in der Silver-Suite im Le Moreau. Es soll eine Erinnerung an unseren ersten gemeinsamen Abend sein. Sein Bekannter, der Hotelbesitzer hat mir einen Spezialpreis gemacht, als er mitbekommen hat, für wen die Reservierung ist. Natürlich ist dieses Geschenk für jemanden wie Cole, der allein mit seinem Duschgel-Werbespot mehr im Monat verdient, als er überhaupt ausgeben kann, ein mickriges Geschenk. Doch es kommt von Herzen und darauf kommt es an. Coles Geschenk an mich ist eine Karibikreise, die wir nach meinem Bachelorabschluss antreten werden. Ich freue mich jetzt schon auf die Zeit mit ihm.

Als kein Päckchen mehr unter dem Weihnachtsbaum steht und ich auf und in die Küche will, um frischen Eierflipp zu holen, hält mich Cole mit einem: „Moment, meine Kleine. Wir sind noch nicht fertig", zurück. Plötzlich sind unsere Freunde ganz still und sehen mich mit einem wissenden Lächeln an. *Was ist denn jetzt los?* Cole überreicht mir ein Couvert, das ich mit gerunzelter Stirn entgegennehme.

„Noch ein Geschenk?", frage ich verwirrt.

„Mach es einfach auf." Der Ausdruck, der um seine Augen spielt verrät nichts. Also öffne ich dem Umschlag und ziehe ein Blatt Papier hervor. Ich brauche nur die ersten paar Zeilen des Schreibens zu lesen, um zu begreifen, was es ist. Ich schlucke, spüre, wie meine Augen feucht werden. Ergriffen hebe ich den Kopf, suche Coles giftgrünen Blick.

„Das ist die Zusage eines Verlags. Du hast meine Story eingereicht?" Jetzt zeigt sich doch ein Lächeln auf seinen Lippen.

„Nachdem du dazu zu feige warst und an deinem Können immer wieder gezweifelt hast, habe ich mir erlaubt, die ersten beiden Kapitel an einige Verlage zu schicken."

„Und sie wollen die Story", sage ich heißer, während eine Träne des Glücks über meine Wange rollt.

„Um genau zu sein, sind sie begeistert davon. Sieh noch mal in den Umschlag." Ich tue wie mir geheißen und entdecke ein weiteres Stück Papier – einen Verlagsvorschuss über 10.000 USD. Das lässt mir die Kinnlade herunterklappen und die anderen lachen.

„Herzlichen Glückwunsch, meine Schöne." Während mich Cole in seine Arme zieht und seine Lippen auf meine senkt, applaudieren unsere Freunde und rufen mir Glückwünsche zu.

Das ist der schönste Tag meines Lebens, denke ich, während ich weinend vor Glück den Mann meines Herzens küsse.

Danksagung

Mein allergrößter Dank gilt meinen beiden Testleserinnen Tina Jacobsen und Jenny T.. Dank euch beiden habe ich mich getraut, ein wenig unverblümter zu schreiben. Und ja, ich muss gestehen, es hat tierisch Spaß gemacht.

Danke an meinen Bruder Andi, mein kleines Schelliböhnchen, der den Titel für diese Story gefunden hat.

Dann ein dickes Dankeschön an meinen Mann Michael von M.T. Design, der mir 20 Cover entwerfen musste, nur damit ich mich letztlich doch für die erste Variante entschieden habe.

Auch meiner wundervollen Lektorin Katharina Zahirovic sei gedankt. Die Arbeit mit dir ist und bleibt der Hammer!

Außerdem ein herzliches Danke an meine Cousine und wichtige Ratgeberin Gitti, meinen Test- oder Korrekturleserinnen Sissy, Nancy, Katja, Saskia und Miriam.

Und natürlich und auf keinen Fall zu vergessen: ein fulminant großes Dankeschön an euch, meine Leser.

Dafür, dass ihr Riley und Cole begleitet, und wer weiß, ihnen vielleicht sogar ein Plätzchen in euren Herzen geschenkt habt.

Kurzbiografie

Christine Troy wurde 1981 in Dornbirn, Österreich, geboren. Glücklich verheiratet lebt sie mit ihrem Mann und den beiden gemeinsamen Kindern bis heute im beschaulichen Vorarlberg. Die Leidenschaft fürs Schreiben entdeckte sie erst mit Ende zwanzig. 2015 wechselte sie vom Jugendfantasy- ins Romance- Genre, wo sie sich über eine große und stetig wachsende Fanbase erfreut. Neben dem Schreiben arbeitet Christine als Werbe- und Hörbuchsprecherin.

Weitere Bücher der Autorin

Cassidy – Weiß wie Schnee
Band 1

Noel Parker ist heiß, erfolgreich, schlagfertig und verdammt charmant. Als Moderator der Show Get up Georgia bricht er die Herzen tausender Frauen und gilt im Süden Amerikas als Superstar. Als Cassidy Miller aus Montana den Job der neuen Wettermoderatorin annimmt, hat sie keine Ahnung, mit wem sie es zu tun hat. Nur eines weiß sie sicher, Noel geht ihr unter die Haut. Seine Anwesenheit macht sie nervös und genau das kann sie gerade gar nicht brauchen. Doch Noels Bann zu entgehen ist alles andere als ein Kinderspiel. Dann ist da noch die Sache mit der Co-Moderatorin Stella, die Cassidy offensichtlich aufs Blut nicht ausstehen kann und ihr das Leben beim Sender zur Hölle macht. War der Umzug nach Georgia doch keine gute Idee?

Cassidy–Schwarz wie Ebenholz

Band 2

Durch Finns Drohungen verunsichert, überlegt Cassidy ihre Sachen zu packen und zurück nach Montana zu fliegen. Doch sie ist Noels Charme längst verfallen und nicht imstande ihn einfach so zu verlassen. Dank eines Videos, das durchs Internet kursiert, tauchen ausgerechnet jetzt auch noch Paparazzi auf, die Cassy ins Visier nehmen. Und auch Noel kämpft, wie sich bald zeigt, mit den Geistern seiner Vergangenheit. Wird es den beiden gelingen, die Hindernisse zu überwinden?

Cassidy – Rot wie Blut

Band 3

Nachdem Finn von der Polizei gefasst wurde, packt er über die ehemaligen Machenschaften seines Bruders aus. Damit gerät Noel ins Visier der Ermittler. Während der erfolgreiche Morning Show Moderator sich dem Gesetz stellen muss, quälen Cassidy jedoch ganz andere Sorgen. Nun, da sie den Grund für Noels geheime Zahlungen kennt, stellt sie sich mehr denn je die Frage, ob er der Richtige für sie ist. Und als hätten die beiden nicht schon genug Ärger, begibt sich Cassidy in eine Situation, in der sie einfach alles riskiert.